흑철의 마법사

1 재능 없는 제자의 수행담

마요이 도후 지음
뉴무 일러스트
이승원 옮김

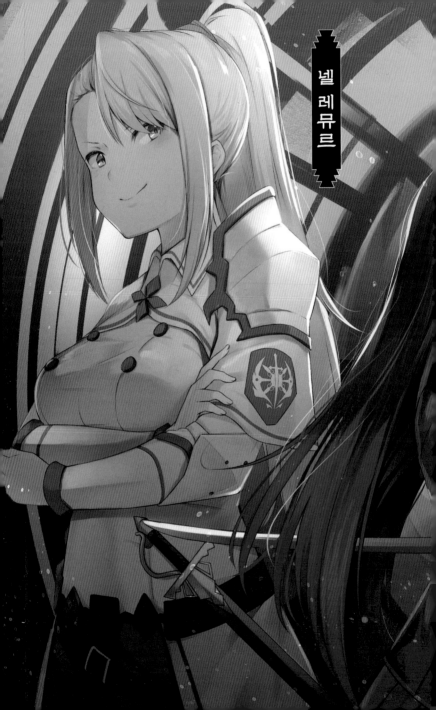

넬
레
뮤
르

그레이 코볼트 보스는 고통을 참다못해 메이스를 놔버렸다.

몸을 웅크리려 했지만, 고통에 의한 경직 탓에 또 빈틈을 보였고,

하루나는 코볼트의 부러진 새끼손가락을 움켜잡고 그대로 지면에 내던졌다.

합기도로 코볼트를 던진 하루나는 그대로 나이프를 몇 번이나 휘둘렀고,

그때마다 코볼트의 몸에는 상처가 늘어났다.

로쿠사이치나츠

카츠라기 하루나

데리스 파렌하이트

흑철의 마법사

1.재능 없는 제자의 수행담

마요이 도후 지음
뉴무 일러스트
이승원 옮김

라루나

CONTENTS

KUROGANE NO MAHOUTSUKAI

뉴무/일러스트

제1장 제자를 받다

맑은 하늘에서 쏟아지는 따뜻한 햇살이 창문을 통해 스며들어왔다. 나는 개운한 기분을 맛보며 익숙한 침대에서 몸을 일으켰다. 두 손을 천장으로 힘껏 뻗은 후, 몸을 가볍게 풀었다.

"으음⋯⋯."

아침 식사는 뭘로 할까. 그러고 보니 전에 사둔 훈제 고기와 빵이 남아 있던가. 달걀은── 관두자. 방치해둔 지 너무 오래됐다.

이렇게 평소처럼 아침으로 뭘 먹을지 생각하고 있을 때, 멀리서 종 울리는 소리가 들렸다.

"뭐야, 벌써 점심 종이 울리고 있잖아? 그래서 창밖이 훤하구나."

어젯밤에는 언제 잠을 잤더라⋯⋯. 으음, 기억이 나지 않는다. 침실에서 잔 것을 보면 침대로 이동하기는 한 것 같았다. 실험도 좀 적당히 해야겠다고 매번 생각하지만, 밤만 되면 열중하게 된다니깐.

"⋯⋯아, 그러고 보니 오늘은 기념일이구나. 오늘로 몇 번째지?"

내 이름은 데리스 파렌하이트. 십수 년 전의 이날에 판타지 풍 이세계에 흘러들어오고 만, 가련한 방랑자다. 기념일이란 내가 이 세계에 오고 만 날을 가리킨다. 자기 생일은 깜빡해도, 이날만은 잊을 수 없다. 뇌에 새겨져 있다고 해도 과언이 아닐 수준이다.

참고로 나는 영락없는 아시아인, 정확하게는 일본인처럼 생겼으며, 가로로 쓴 내 이름을 처음 봤을 때는 위화감을 느꼈다. 하지만 비교적 자연스럽게 받아들인 것은 내 기억에 문제가 있기 때문일까. 뭐, 나는 일본에 대한 지식은 지니고 있지만 공교롭게도 나 자신에 대한 기억은 지니고 있지 않았다. 이름 또한 이렇게 이상했다. 아마 본명은 아닐 것이다.

어디서 살았고, 어떤 일을 했으며, 어쩌다 이 세계에 온 것인가. 전혀 기억이 나지 않기 때문에, 이 세계에 온 지 얼마 안 되던 시절에는 꽤나 혼란스러웠다. 뭐, 결국 기억은 돌아오지 않았다.

그래도 인간의 환경 적응력은 어마어마했고, 이런저런 고난을 극복한 지금은 유유자적하게 은둔형 외톨이 생활을 만끽하고 있다. 마을 밖은 몬스터들로 넘쳐나고, 과학이 발전하지 않은 이 세계도 그렇게 나쁜 곳은 아니다. 과거에 어떻게 살아왔는지 기억하지 못하기에, 예전 세계에도 딱히 미련은 없다.

……그렇게 생각해보면, 나는 의외로 매정한 편일지도 모른다. 지금은 가족을 그리워하지도 않을 뿐만 아니라, 적극적으로 타인과 얽히려고 하지도 않았다. 나이도 먹을 만큼 먹은

아저씨가 자유롭게 살아가고 있을 뿐이다.

"이 세계에서는 다들 젊은 나이에 결혼하잖아. 나도 슬슬 가정을 꾸려야 하려나?"

열다섯이나 열여섯에 결혼하는 여자애도 있으며, 특이한 취향을 지닌 귀족은 더 어린 애들과 혼인하기도 하지만, 남자 중에는 늘그막에 결혼하는 녀석도 많다. ……그래. 아직 일러. 이 생활을 좀 더 즐기자고.

그러고 보니 그 녀석도 슬슬 결혼을 할 나이인가. 정확한 나이는 언급하지 않겠지만, 그 녀석도 나이를 꽤 먹었잖아. 나도 남 말 할 처지는 아니지만, 그 녀석은 괜찮을까?

──텅텅!

느닷없이 이 집의 문을 두드리는 소리가 들렸다. 불길한 예감이 엄습했다.

"데리스 씨~! 계신가요~?"

이 목소리는── 아아, 예감이 적중했다. 없는 척……할 수는 없겠지. 아침, 아니, 점심 식사를 만들려고 불을 피웠으니까. 내가 집에 있다는 건 이미 들켰을 것이다. 젠장. 어쩔 수 없나. 나는 세수를 하고 싶은 충동을 억누르면서 현관으로 향했다.

──철컥.

"아, 데리스 씨! 드디어 나왔──."

"집에 아무도 없어요. 돌아가 주세요."

나는 힘차게 문을 닫은 후, 그대로 잠갔다. 자아, 점심 식사나 준비해볼까.

"저기요~! 왜 문을 닫는 거예요?! 집에 없는 척하지 말라고요, 데리스 씨!"

"이상한 권유 같은 건 됐어요. 우리 집은 가난하거든요."

"그런 걸 하러 온 것도 아니에요! 저예요, 저! 캐논이라고요!"

낯이 익은 소년이 문을 마구 흔들어댔다. 무기를 연상케 하는 이름을 지닌 이 캐논이란 소년은 이 나라, 마법왕국 아델하이트에 소속된 마법사 중 한 명이다. 나의 몇 안 되는 친구이기도 하며, 이 나라에서 생긴 성가신 일을 나한테 떠넘기러 오는 골치 아픈 자이기도 했다. 아아, 역시 너는 내 친구가 아냐. 나는 매정해서 친구 같은 건 없다고.

"나야 나, 사기 따위에 걸려들 것 같냐고. 순순히 돌아——어?"

아까 문이 열렸을 때, 캐논 뒤편에 누군가 있었던 것 같은 느낌이 들었다. 게다가 여자애 같았다. 캐논은 항상 혼자서 나를 찾아왔는데.

"뭐야. 너, 애인이 생긴 거야? 축하해. 그리고 돌아가."

"축복을 해주면서도, 일관되게 문을 안 열어주네요! 그리고 이 사람은 제 애인이 아니에요! ……어라?"

캐논의 목소리에서 지친 기색이 느껴졌다. 너무 불쌍하니까, 슬슬 문을 열어줘야겠는걸. 아까 그 소녀도 신경 쓰이니까 말이야. 나는 자물쇠를 푼 후, 문을 열었다.

"그런데, 오늘은 어떤 문젯거리를 지참해서 찾아온 거야?"

"저, 정색하면서 그런 소리 좀 하지 마세요. 깜짝 놀랐잖아요."

"나름대로 배려한 거야. 마음 같아서는 인상을 쓰고 싶은 심정이거든."

"배려 참 감사합니다. 그런데 데리스 씨. 매번 이러지 좀 않으면 안 될까요? 제가 아침에 찾아왔을 때도 문을 열어주지 않았잖아요. 저도 이제 피곤하다고요……."

"너는 툭하면 귀찮은 문젯거리를 가지고 오잖아. 오늘 찾아온 용건에 따라 너에 대한 대우가 결정될 거야."

"으~."

이 녀석이 아침에 찾아왔다는 것을 전혀 눈치채지 못했다. 그건 사과해야겠다. 마음속으로 말이다.

"……저 애와 연관이 있는 거야?"

캐논 옆에는 아까 언뜻 보였던 소녀가 얼이 나간 표정으로 서있었다. 고급스러운 옷을 입고 있는 걸 보면, 꽤 귀한 가문의 아가씨인가? 눈에 띄는 것을 피하려는 건지 후드를 깊이 눌러썼다. 이런 대낮에 저런 복장을 하고 있으면 오히려 거꾸로 눈에 띌 것이다. 좀 어수룩한 애 같네.

"으음, 저는——."

"잠깐 있어봐. 이런 곳에 서서 이야기하는 것도 좀 그렇지. 뭔가 사정이 있는 것 같으니까, 일단 들어와. 캐논, 그렇게 미심쩍은 표정으로 나를 쳐다보지 마. 나는 낯가림이 심하니까 그렇게 쳐다보면 부끄럽다고."

"처음부터 순순히 집에 들여보내 주지 않은 것에 대한 소소한 저항이에요."

"그래? 꽤 먹혔어. 자아, 들어와."

캐논의 열렬한 어필을 무시한 나는 그들은 거실로 안내했다. 아, 맞다. 불을 지펴뒀지. 일단 두 사람을 거실 소파에 앉힌 후, 나는 주방의 불을 껐다. 좋아, 오케이.

"기다리게 해서, 미안해."

"괜찮아요. 그것보다 데리스 씨…… 집안이 엉망이네요. 생활력이 여전한걸요."

"책으로 된 탑이 잔뜩……."

"그건 그냥 못 본 척해주면 고맙겠군."

자랑은 아니지만, 내 집은 엉망진창이다. 나만 뭐가 어디 있는지 알면 된다는 결정적인 이유하에, 정리와 청소는 그냥 내킬 때만 했다. 캐논에게 이런 말을 듣는 것도 익숙했다. 하지만, 누구인지도 모르는 소녀에게 이런 말을 들으니 꽤 대미지가 큰걸.

"내 생활 같은 건 아무래도 상관없잖아. 그것보다 빨리 본론으로 들어가자. 이래봬도 나는 한가하지 않다고."

"하아, 불리해지면 이야기를 돌린다니까요……. 저기, 후드를……."

"아, 예!"

자기가 후드를 쓰고 있다는 것을 이제야 눈치챈 듯한 소녀는 허둥지둥 후드를 벗었다. 그러자 검은색 머리카락을 모아 묶은 포니테일이 모습을 드러냈다. 검은색 머리카락이라, 신기한걸. 이 세계에서 검은색 머리카락을 지닌 건 극동 지방에 있는 일부 민족과 나 같은 전이자뿐── 잠깐, 전이자?

"……캐논. 너, 이 애를 어디서 데려온 거야?"

"그걸 이제부터 설명하려던 참이에요. 우선 서로의 자기소개부터 할까요. 그럼──."

캐논이 검은머리 포니테일 소녀에게 시선을 보내자, 그녀는 갑자기 벌떡 일어서면서 나를 향해 이렇게 말했다.

"저, 저를, 당신의 제자로 삼아주시면 안 될까요?!"

……뭐?

* * *

그들, 그녀들은 무슨 일이 일어난 것인지 전혀 이해하지 못했다. 평소처럼 아침에 일어나, 평소처럼 등교를 하고, 평소처럼 수업을 받았다. 학교가 끝나면 짧은 자유를 구가하며, 문무에 힘쓰는 자들은 부활동을 하고, 딱히 목적이 없더라도 친구들과 함께 시간을 보내기도 했다. 변함없는 나날, 정해진 일상풍경⋯⋯. 그렇다. 평소와 다름없는 나날을 보낼 줄 알았는데, 눈앞에 평소와 전혀 다른 광경이 펼쳐졌다.

──시간이 정지된 것이다. 어떤 자는 함께 귀가하려던 다른 반 친구를, 또 어떤 자는 구기 종목 연습 중에 허공에 정지된 공을 쳐다보았다. 그리고 자신 이외, 아니, 자기 반 클래스메이트 이외의 모든 것이 정지되었다는 사실을 눈치챘다.

동요할 여유도 없이, 어느새 발치에는 정체불명의 마법진이 생겨났다. 신성한 빛을 뿜는 그 마법진은 아름다웠지만, 젊은 그들은 이 기묘한 사태 속에서 그저 공포만을 느끼고 있었다. 이윽고 공포에 삼켜진 것처럼, 의식이 옅어져갔다.

다시 정신을 차려보니, 그곳은 빛이 스며들지 않는 어둠 속이었다. 하지만 바닥에 그려진 불가사의한 마법진이 사위를 어렴풋이 비추고 있어서, 희미하게 주위가 보였다. 차가운 돌로 된 바닥의 감촉 덕분에 먼저 정신을 차린 이들은 주위에 쓰러져 있는 클래스메이트들을 발견하더니, 그들을 깨웠다.

"하루나, 일어나. 하루나!"

"으, 응⋯⋯. 어? 치나츠⋯⋯?"

스포츠웨어 차림으로 쓰러져 있던 카츠라기 하루나는 아직 멍징하게 정신을 차리지 못한 것 같았다. 그래도 그녀가 다치지 않았다는 사실에, 허리 언저리까지 기른 윤기 넘치는 머리카락을 지닌 교복 차림의 소녀, 로쿠사이 치나츠는 안도의 한

숨을 내쉬었다.

"으음…… 치나츠, 여기는 어디야? 나는 한창 달리기를 하고 있었는데……. 아, 그러고 보니 뛰던 도중에 이상한 꿈을 꾼 것도 같아."

"하루나도 꿈을 꿨구나. 혹시 그 꿈에서, 바닥에 그려진 이 마법진을 보지 않았어?"

"앗! 맞아! 봤어!"

하루나는 꿈에서 본 것과 똑같이 생긴 그 마법진을 보고 놀란 건지, 큰 목소리로 그렇게 외쳤다. 주위에 있던 클래스메이트들도 대부분 정신을 차렸기에, 하루나는 주위의 주목을 모으고 있었다.

"……아하하. 보아하니 우리 반 애들이 전부 여기에 있는 것 같지?"

"응. 그래. 나도 방금 정신을 차려서 여기가 어디인지는 몰라. 아까까지 선생님을 돕고 있었는데, 선생님과 주위에 있던 것들이 그대로 꼼짝도 하지 않게 되더니…… 그 후에는 하루나와 비슷해."

치나츠는 이 반의 학급 반장이며, 품행이 성실하고 성적 또한 전교에서 손꼽히기 때문에, 방과 후에 교사들을 돕는 일이 잦았다. 게다가 외모 또한 아름다웠다. 새하얀 피부와 윤기 넘치는 칠흑빛 머리카락은 청초 그 자체인지라, 남자들에게 인기도 많았다.

"하루나는 축구부의 도우미를 하러 갔지? 땀 많이 흘렸네. 으음. 자, 내 손수건으로 좀 닦아."

"아, 고마워. 방금까지 축구부의 운동장에서 운동을 하고 있었거든."

치나츠가 귀여운 복숭앗빛 손수건을 건네준 이는 머리카락을 포니테일 모양으로 귀엽게 묶은 하루나였다. 머리카락이 땀에 젖은 건 방금까지 운동을 했기 때문이리라. 그녀와 치나츠는 초등학교 때부터 친구 사이였으며, 항상 친하게 지내는 단짝이다.

치나츠가 학문으로 전교 1등이라면, 하루나는 부활동 및 무도 같은 운동으로 다른 학교의 주목을 받을 만큼 뛰어난 스포츠 소녀다. 특정 운동부에 속하지는 않았지만, 이름만은 모든 부의 명부에 올라 있다. 몸집이 작지만 압도적인 운동능력과 센스를 지녀서 끊임없이 입부 권유를 받았으며, 도우미로서 다양한 경기에 참가하기도 한다. 한번 하기로 마음먹으면 엄청난 집중력을 선보였고, 단시간의 운동으로 하나에서 열까지 전부 습득했다. 검도와 공수도 같은 무도에서는 특히 뛰어난 실력을 선보였으며, 전국대회에 진출한 적이 있을 정도다.

"정말, 하루나는 항상 이런다니깐. 그래도 평소와 다름없는 하루나를 보니 좀 안심이 돼. 여기는 빛이 없어서 주위가 어떤지 잘 보이지 않네. 그래서 다들 불안해하는 것 같아……."

"정말이네. 완전 어두컴컴해. 아, 그래도 저쪽에 문이 있는 것 같네."

"……어째서 보이는 거야?"

"에헤헤. 나, 옛날부터 밤눈이 좋았거든."

"고양이 같네……."

그러고 보니 하루나는 옛날부터 눈이 좋았지, 하고 치나츠는 약간 어이없어하면서 생각했다. 바로 그때, 하루나가 말한 문이 묵직한 소리를 내면서 열리기 시작했다.

"어, 뭐야?"

"진정해. 아, 아무 일도 아닐 거야."

어둠 너머에 무엇이 있는지 모르는 학생들이 그 갑작스러운 소리를 듣고 겁먹었다. 하루나와 치나츠도 문이 있다는 걸 알지 못했다면 같은 반응을 보였을 것이다. 열린 문을 통해 눈부신 빛이 들어오더니, 사람들의 모습이 보였다. 그리고 그중 한 명이 입을 열었다.

"허허허, 진정하십시오. 저희는 적이 아니랍니다."

그 목소리의 주인은 노인이었다. 흰색 후드가 달린 저 의복은 로브일까. 노인은 인상 좋은 할아버지 같은 분위기를 지녔지만, 현대와는 동떨어진 복장을 하고 있기에 학생들은 경계심에 사로잡혔다.

종교 관계자일까? 유괴당한 걸까? 그런 생각만 머릿속에서 소용돌이쳤다. 그걸 눈치챈 노인은 쓴웃음을 지으며 변명을 시작했다.

"이거 실례했군요. 우선 이 상황을 설명하도록 할까요. 소개가 늦었습니다. 저는 요셉이라고 합니다. 이 나라, 마법왕국 아델하이트에서 높은 지위를 맡고 있으며, 이세계인인 여러분을 용사로서 맞이하는 막중한 임무를 맡게 되었습니다."

학생들이 아연실색하는 가운데, 요셉이라는 노인이 설명을 이어갔다.

이 세계는 학생들이 있던 세계와는 다른 세계이며, 아델하이트를 구하는 영웅으로서 그들은 소환되었다. 이 세계에는 몬스터라는 괴물이 있으며, 그들을 통괄하는 인간의 적, 마왕이 존재한다. 마왕은 한 명이 아니라 여러 파벌로 분류된 조직의 수장을 맡고 있는 몬스터들을 가리키는 계급 같은 것이며, 그중 하나가 이 나라가 있는 대륙에 본거지를 만들었다고 한다.

──그 설명은 상세한 부분을 생략하고 있으며, 꽤 대략적이었다. 요셉의 태도를 본 치나츠는 뭔가가 마음에 걸렸다. 하지만 이야기가 진행되자, 다른 학생들은 경솔하다는 생각이 들 정도로 흥분을 감추지 못했다.

"어이, 혹시 우리는 용사인 거 아냐? 영웅인 거냐고!"

"전이, 전이다! 만세!"

주로 남학생들이, 아니, 여학생들 중에도 기쁨을 감추지 못하는 이가 있었다.

"저기, 다들 왜 기뻐하는 거야?! 아까까지만 해도 수상한 종교에 납치당한 거라고 생각했잖아!"

학급 반장인 치나츠는 흥분한 이들을 말리기 위해 큰 목소리로 그렇게 말했다.

"아, 그래. 로쿠사이 양은 게임 같은 걸 잘 안 하나 보네."

"뭐, 반장도 너무 발끈하지 마. 그리고 보통 이런 설명 다음에 이어지는 중요 이벤트가 있거든."

하지만 그들은 치나츠의 말에 귀를 기울이지 않았다. 게임 운운을 떠나서, 이것은 위법적인 구속이자 엄연한 유괴인데도 말이다. 마치 앞으로 무슨 일이 벌어질지 알고 있는 듯한 반응이었다.

"치나츠, 일단 가만히 있자. 괜히 저 사람들에게 주목을 받았다간, 왠지 위험할 것 같은 느낌이 들어……."

하루나는 설득을 하려고 하는 치나츠의 소매를 잡아당기며 걱정 섞인 목소리로 그렇게 말했다. 친구가 그런 표정을 짓자, 치나츠는 마음속에서 샘솟던 정의감을 억눌렀다. 일단 치나츠는 하루나 옆에 얌전히 앉았다.

"허허허. 여러분의 관대함에 감사드립니다. 그럼 우선 여러분의 스테이터스에 대해 설명하도록 하겠습니다."

요셉의 부하로 보이는 흰색 로브 차림의 사람들이 얇은 석판 같은 것을 가지고 왔다.

"스테이터스……?"

치나츠가 의문에 찬 목소리로 그렇게 말하는 가운데, 요셉은 설명을 이어갔다.

"이 석판은 『신문석(神問石)』이라고 해서, 신의 축복을 얻은 특수한 아이템입니다. 이것들을 손에 들고 자신의 힘을 보여 달라고 생각하면, 석판에 스테이터스가 표시되죠."

요셉이 눈짓을 보내자, 흰색 로브 차림의 집단이 학생들 한 명 한 명에게 석판을 하나씩 나눠줬다. 하루나와 치나츠도 얇은 석판을 받았다.

"……하루나, 스테이터스라는 건 지위나 입장 같은 의미야?"

"으음, 이 경우에는 게임에서 쓰이는 스테이터스를 말하는 것 같아. 나도 심심풀이 삼아서 해본 적이 있는데, 치나츠의 집에는 게임기가 없지? 모 유명 RPG 같은 건 알아?"

"으음, 드래곤 같은 게 나오는 판타지 게임 말이지?"

"맞아. 그런 게임에는 캐릭터별로 힘이나 지력, 마력 같은 능력, 흔히 스테이터스라고 부르는 게 있어. 이 상황을 거기에 비춰 보면, 우리에게도 스테이터스가 설정되어 있는 걸지도 몰라."

"잘 아네—— 아, 맞아. 하루나는 남동생이 있지."

치나츠는 운동을 좋아하는 하루나가 게임에 대해 해박한 게 좀 의아했지만, 일전에 하루나 집에 놀러가 보니 키가 큰 남자애 두 명이 게임을 하고 있었던 게 생각났다.

"맞아~. 그래서 나도 반쯤 억지로 게임을 할 때가 있어.

뭐, 그리고 해보니 의외로 재미있지 뭐야. 그래서 남자애들이 저렇게 좋아하는 거야."

"그, 그렇구나……."

하루나가 방금 말했다시피, 일부 남학생들은 약간 섬뜩할 정도로 기뻐하고 있었다. 치나츠와 같은 생각을 지닌 여학생들은 질린 표정을 짓고 있었다.

"석판은 받았습니까? 그럼 영웅인 여러분의 첫 사명은 바로 스테이터스를 공개하는 겁니다. 부디 여러분의 위대한 힘을 저희에게 알려주셨으면 합니다. 뭐, 방법은 간단합니다. 여러분이 위대한 힘을 지니고 있는 건 필연이라 해도 과언이 아니지요. 그저 석판에 자신의 힘을 선보이라고 명하기만 하면 됩니다."

흰색 로브 차림의 부하가 원래 위치로 돌아가자, 요셉이 온화한 표정을 지으며 그렇게 말했다. 하루나와 치나츠는 고민에 잠겼다. 한편, 가장 먼저 상대의 말에 따른 이가 있었다.

"어이, 이거 좀 봐! 이게 내 스테이터스── 으음, 직업은 전사이고, LV4……? LV4면 레벨4라는 의미인가? 레벨4면 강한 거야?"

"오오, 대단하군요! 레벨4 전사라면 숙련된 강자 수준이지요! 역시 용사님은 대단합니다!"

"정말?! 만세! 나의 숨겨진 재능이 드디어 눈을 떴구나!"

석판을 사용한 학생들이 차례차례 환성을 질렀다. 현재 솔선해서 스테이터스를 확인한 남자들 전원이 찬사를 받았다. 이 분위기에 휩쓸린 건지, 아까까지 부정적이었던 학생들도 시키는 대로 할지 말지 고민하기 시작했다.

"흐음~. 레벨4면 낮은 줄 알았는데, 그렇지 않구나."

"······나는 저러는 게 마음에 안 들어. 분위기에 휩쓸리는 것 같잖아."

"확실히 좀 부자연스럽기는 해. 우리는 어떻게 할까?"

"으음——."

"어, 뭐야? 하루나와 치나츠는 스테이터스를 확인해보지 않은 거야?"

분위기에 휩쓸린 학생들이 스테이터스를 확인해보는 가운데, 두 사람은 눈앞에 있는 석판을 보면서 망설이고 있었다. 바로 그때, 가장 먼저 스테이터스를 확인해본 그룹에 속한 유일한 여학생인 미즈호리 토코가 두 사람에게 말을 걸었다.

그녀는 몸매가 좋고 건강미 넘치는 육체를 지녔으며, 잿빛 머리카락과 개조 교복이 꽤 노는 듯한 인상을 자아내고 있다. 매사에 성실한 치나츠는 저런 토코를 이해하지 못했다. 그런 토코의 시선이 하루나를 향하고 있었다.

토코는 외모만 보면 성실함과는 거리가 멀고 말투도 거칠지만, 1학년인데도 불구하고 공수도부 여자 부장으로서 부원들을 이끌고 있는 스포츠 소녀다. 이야기를 나눠보면 의외로 남들을 잘 챙겨주며, 부원들에게도 존경을 받고 있다. 하지만 도우미로 부활동에 참가하는 하루나와의 승부에서 진 적이 많기 때문인지, 일방적으로 그녀를 라이벌처럼 여기고 있었다.

"하루나, 빨리 스테이터스를 확인해봐. 참고로 나는 레벨5 격투가였어! 잘은 모르겠지만, 엄청난 거래! 무지 칭찬하더라니깐!"

토코는 게임을 하지 않는지, 스테이터스의 의미를 제대로 이해하고 있지 않은 것 같았다. 그래도 칭찬을 받아서 기쁜건지, 가슴을 펴며 으스댔다. 토코는 가슴이 꽤나 컸으며, 볼륨감으로는 압도적으로 하루나에게 이기고 있었다.

"그, 그래? 좋겠네. 레벨5면 꽤 강한 건가 봐?"

"저 할아버지의 이야기에 따르면, 일기당천? 같은 거래. 엄청 흥분한 목소리로 그렇게 말했어."

"일기당천이구나. 하지만 우리에게 그런 힘이 진짜로 있을까……?"

"그걸 어떻게 알아. 뭐, 기분전환 삼아 어울려주는 것도 괜찮지 않겠어? 치나츠는 생각이 너무 많아. 아키라 녀석은 직업이 용사라네. 풋, 진짜 웃긴다니깐."

토코가 손가락으로 가리킨 곳에는 금발의 미남이 있었다. 토에 아키라. 요즘 들어 고등학생 모델로 각광을 받기 시작했으며, 여자들에게도 인기가 많은 남학생이다. 키가 훤칠하고 애교도 있지만 좀 가벼운 구석이 있으며, 여러 여자애와 사귀고 있다는 소문도 끊이지 않는다. 양아치는 아니지만, 치나츠가 요주의 인물로 여기며 조심하는 남자다.

"아직 레벨5는 나와 아키라뿐인 것 같아. 자아, 하루나도 빨리 해봐. 내가 인정하는 너라면, 분명 레벨이 상당할 거야! 뭐, 나보다 높지는 않겠지만 말이야!"

"아하하⋯⋯. 치나츠, 어떻게 할래?"

"하아. 다들 해본 것 같으니 어쩔 수 없네. 좋아, 우리도 일단 해보자."

"응! 그럼, 우선——."

치나츠가 의욕을 내자, 하루나는 바로 행동에 옮겼다. 아무래도 내심 신경이 쓰인 것 같았다. 그런 하루나를 본 치나츠도 한숨을 내쉬면서 석판에 손을 대더니, 스테이터스를 표시해달라고 머릿속으로 생각했다. 이윽고 석판 표면에 푸르스름한 빛이 떠오르더니, 문자 같은 것이 그려졌다.

"어디어디, 하루나는 어떤 능력을—— 어?"

* * *

"——이제 됐어. 네가 어떤 상황인지 얼추 이해했어."

"예? 아직 본격적인 이야기는 안 했는데요?"

나는 눈앞에서 열변을 늘어놓고 있는 소녀, 카즈라기 하루나의 말을 막았다.

"하아. 요셉, 그 망할 영감……. 또 성가신 일을 나한테 떠넘기려는 거구나. 젠장……."

"저기, 데리스 씨? 방금 설명만으로 정말 이해한 거예요?"

캐논이 미심쩍은 눈길로 나를 쳐다보며 물었다. 뭐, 당연히 이해했지. 마법기사단의 일원이라면 그 정도 통찰력은 가지고 있어야 할 거 아냐.

"나는 쓸데없이 남의 불행담을 듣고 싶지 않거든. 예상과 달리 이 애는 스테이터스가 낮았던 거지? 기대하고 있던 친구들에게 경멸을 당했고, 영감은 실망했겠지. 그리고 어떻게 할지 고민한 요셉 영감은 용사를 함부로 대할 수도 없으니, 그냥 나한테 떠넘기기로 한 거야. 안 그래?"

"아, 약간 달라요. 단장님에게 제자로 삼을 생각이 없냐고 타진해봤는데, 딱 잘라 거절당했거든요. 그 후에 요셉 님께서 이 아이를 데리스 씨의 제자로 만들기로 결정하셨죠."

"결국 그게 그거잖아. 잠깐만, 그 녀석의 의사는 존중하면서 내 의사는 무시한 거냐?"

"그야 단장님은 무서우니까요……."

뻔뻔하게 그딴 소리를 늘어놓지 말라고. 저 애도 옷차림이 반듯하기는 하지만 캐논에게 떠넘겨진 걸 보면 홀대를 당하고 있는 게 뻔했다. 그 이전에 고등학교 한 반의 학생을 전부 소환하다니, 제정신이냐고. 하아, 정말…….

"──신문석은 가지고 왔지? 일단 스테이터스를 확인해보자고."

"사부님, 그럼……!"

"나는 아직 네 사부가 아냐. 일단 확인만 할 거야."

캐논이 신문석을 꺼내서 스테이터스를 표시시켰다. 아무리
실망스러운 수치라고 해도, 이 녀석은 신에게 은총을 받았을
것이다. 심각하게 나쁘지는——.

= =
= =

카츠라기 하루나 16세 여자 인간

직업 : 마법사 LV1

HP : 10/10

MP : 5/5(+5)

근력 : 1 내구 : 1 민첩 : 1 마력 : 4(+3) 지력 : 1

손재주 : 1 행운 : 1

스킬 슬롯

◇미설정

◇미설정

= =
= =

——으음. 뭐랄까…….

"웬만한 마을아낙보다 나쁘네."

"아, 그 할아버지한테도 같은 말을 들었어요!"

* * *

뭐, 좋다. 그 영감이 나한테 이 녀석을 떠넘길 속셈이라는 건 이해했다. 마을아낙보다도 스테이터스가 나쁜 이세계의 영웅을 나에게 하사하다니, 정말 끝내주는걸.

"네 스테이터스는 파악했어. 일단 내가 너를 제자로 받아들인다고 가정하자. 그럼 너는 어쩌고 싶어?"

"어쩌고, 싶냐고요……?"

"말 그대로의 의미니까 어렵게 생각하지 마. 너를 버린 친구들에게 복수하고 싶어? 아니면, 남들에게 인정받을 만큼 강해져서, 마왕 토벌에 힘을 보태고 싶은 거야?"

"저는——."

어느 쪽이든 간에 나는 거절할 생각이다. 이 녀석을 제자로 받아들인다고 해서 나한테 득이 될 건 없다. 괜히 시간을 낭비하게 될 뿐만 아니라, 내 자유시간이 줄 것이다. 저 애의 몸을 마음대로 할 수 있어봤자, 저런 풋내 나는 절벽가슴 여자애에게는 흥미가 없거든. 하다못해 내 흥미를 끌 정도의 대답을 한다면 마음이 바뀔지도 모르지.

"——우선, 딴 애들을 박살내주고 싶어요."

……복수인가. 뭐, 그렇겠지.

"그리고, 으스대고 싶어요! 흥, 나는 너를 넘어섰어! 하고 말하면서 말이에요. 가능하면 저한테 다시 도전하고 싶게 만드는 게 이상적이겠네요. 뭐랄까, 빌어먹을~ 하고 생각하게 만들고 싶어요."

으스── 어, 뭐?

"잠깐만. 그게 네 나름의 복수야?"

"아뇨~. 그냥 취미 같은 거예요. 저는 옛날부터 자이언트 킬링을 엄청 좋아했거든요. 다양한 경기에 참가해서, 무명인 상태로 대활약을 하는── 예전 세계에서는 제 이름이 널리 알려지는 바람에 요즘 들어 욕구불만이었어요. 그러니 이 세계에서의 이 상황은…… 정말 이상적이에요. 아, 그래도 치나츠는 예외예요. 치나츠는 제 단짝친구인데다, 끝까지 저를 감싸줬거든요. 현재 목표는 저를 가장 비웃어댔던 아키라 일파예요. 그 녀석들을 제대로 비웃어주고 싶어요!"

이 녀석, 환한 미소를 지으면서 무슨 소리를 하는 거지? 그 것보다, 이 상황을 즐기고 있는 것 같지 않아? 마을아낙보다도 스테이터스가 낮은데 말이야.

"너, 바보라는 소리를 자주 듣지?"

"바보처럼 긍정적이라는 소리는 자주 들어요!"

오케이, 꽤나 요상한 여자애인 것 같군. 꽤 재미있는 인재라는 건 인정해주지. 하지만 그것만으로 내 자유시간을 빼앗을 수 있을 거라고는 생각하지 말라고.

"그렇게 맑은 눈동자로 나를 응시하지 마. 이 아저씨에게는 너무 눈부시거든. 네가 꽤 의욕적이라는 건 충분히 알았어. 하지만, 이대로는 나한테 득이 되는 게 너무 없다고."

"데리스 씨, 설마 이 애한테 자기 밤시중을 시킬 생각인 건 ——."

"없어! 이 애를 제자로 받아들이기 싫어서 일부러 이딴 소리를 하는 거라고!"

내가 캐논의 멱살을 잡고 흔들자, 마을아낙 미만인 소녀가 손을 들었다. 뭔가 할 말이 있는 것 같았다. 절도 있는 자세로 손을 드는걸.

"이번에는 또 뭐야? 네가 내 밤시중을 들겠다는 소리를 해도, 나는 절대 제자로 들이지 않을 거야. 자기 몸을 소중히 여기라고."

"아, 그런 게 아니에요. 저는 요리, 빨래, 청소를 꽤 잘하는 편이에요! 특히 요리는 동생들도 맛있다고 할 정도로 잘해요!"

"……뭐?"

혹시 자기 어필을 하는 건가?

"아하, 그거 잘됐네요. 집안일 능력이 사멸 상태인 데리스 씨의 집에서 살면서 각종 집안일을 해주는 거예요. 데리스 씨는 보수 삼아 하루나 양을 제자로 삼아서 수행을 시켜주는 거죠. 음, 서로에게 이득이니 정말 완벽하네요. 좋아, 결정~!"

"네가 결정하지 마……!"

"자, 잠깐만요! 아, 아야야야야야야야얏!"

나는 캐논의 머리에 아이언클로를 날려줬다. 캐논은 항복한다는 듯 내 팔을 손바닥으로 두드렸지만, 깔끔하게 무시했다.

그건 그렇고, 집안일 도우미라. 확실히 나에게 있어서 집안일은 사활을 건 문제다. 요즘 들어 집에 틀어박혀서 지내느라 맛있는 걸 먹지도 못했다. 마을에 나가는 시간이 아까운 탓에 이렇게 된 거지만, 요리를 할 줄 아는 이가 집에 있다면 이야기가 달라진다. 솔직히 말해 집안일을 해줄 인재가 필요했다. 보아하니, 제법 자신이 있어 보이는데…….

"──나는 제자를 꽤나 험하게 다뤄. 게다가 수행을 하면서 전반적인 집안일도 해야 하지. 약한 소리를 할 시간도 없을 거다. 하지만 너를 꼭 강하게 만들어주겠다고 약속하지. …… 나를 따라올 수 있겠어?"

"물론이죠! 하나도 노력, 둘도 노력! 모든 일에 죽을힘을 다해 임하다 박살나버리자는 게 제 신조거든요!"

"……마지막에는 박살나는 거냐?"

"자폭하는 경우도 많다는 평판이에요."

으음, 역시 불안하네. 요리를 하다 불을 내는 바람에 집이 홀랑 타버린다면, 목 놓아 울 거라고.

"테스트기간을 정하도록 할까. 일주일 동안, 네가 일하는 모습을 지켜보지. 물론 테스트 기간에도 제자로 여겨줄 테니까 안심해. 네가 그놈들 앞에서 으스댈 수 있도록 수행도 시켜주지."

"저, 정말인가요?!"

"단, 의욕과 네 집안일 실력에 따라 테스트 기간 후에 너를 내칠 수도 있어. 그때는 으스대는 걸 포기하고, 얌전히 마을에서 일이나 해. 네 기량이면 무시당하지는 않겠지."

"아, 예! 저기, 최선을 다할게요!"

멋진 대답이군. 의욕 하나는 백점 만점인걸.

"데리스 씨가 은근슬쩍 기량을 칭찬하다니…… 허튼 짓을 하려는 건 아니죠?"

"호오. 캐논 군, 오늘은 꽤나 도전적인걸. 네가 나를 어떻게 생각하는지 이제 이해했어."

"제가 이 애를 여기까지 데려왔으니까 일단 주의를, 아야야 야얏! 머리는, 머리는 안 돼요!"

나는 또 아이언클로를 먹여줬다. 흠, 나중에 단장님에게 혼쭐 좀 나게 만들어줘야겠는걸. 그건 그렇고, 내가 스승이 되는 건가…….

"저기, 다시 자기소개를 해도 될까요?"

"응? 아, 그래. 앞으로 최소한 일주일은 같이 지내게 됐으니까 말이야. 우선 나부터 자기소개를 하도록 할까. 나는 데리스 파렌하이트. 편한 대로 불러."

"그럼 사부님이라고 부를게요!"

"있는 그대로의 호칭이네."

"예!"

……약간 멋쩍은걸.

"저는 카츠라기 하루나(桂城悠那)라고 해요. 제 이름에 쓰인 유(悠) 자는 얼마든지 끝없이 노력할 수 있다는 의미이고, 나(那) 자는 실컷 노력할 수 있다는 의미죠! 사부님, 잘 부탁드려요!"

"그래. 나도 잘 부탁해."

이름의 유래가 결국 노력하고 또 노력한다는 뜻인 거냐. 대체 네 부모는 네가 얼마나 노력하기를 바라면 그런 이름을 지어준 거냐고.

"저기, 질문 하나만 해도 될까요?"

"뭔데?"

"사부님은 어떤 지위를 지닌 분이며, 어떤 일을 하시죠? 저는 전혀 설명을 듣지 못했거든요."

"……"

내가 천천히 캐논 쪽을 쳐다보자, 그 녀석은 식은땀을 흘리면서 딴청을 부렸다. 인마, 그 정도 설명은 해주고 데려왔어야 할 거 아냐. 다음에 그 녀석을 만나면 이 일도 이야기해줘야겠군. 그 녀석한테 줄 선물로 딱이겠는걸.

"······좀 실력 있고, 너와 마찬가지로 직업이 마법사인 사람이야. 지금은 테스트 기간을 무사히 통과할 걱정만 해."

어쩌다 보니 나는 현대에서 소환된 소녀, 카츠라기 하루나를 제자(임시)로 맞이하게 됐다. 우선 이 녀석이 쓸 방부터 마련해야겠는걸······.

* * *

캐논은 내가 일시적으로 하루나를 맡기로 했다는 사실을 보고하기 위해 성으로 돌아갔다. 자아, 이제 이 집에는 나와 하루나뿐이다. 이 세계에 온 지 얼마 안 되는 이 녀석에게 설명해줘야 할 것은 산더미처럼 있다. 거실에서 간단히 점심 식사를 마친 후, 나는 하루나와 다시 마주했다.

"바로 수행을 시작하고 싶지만, 그 전에 네가 쓸 방부터 마련할까 해. 전에 이 집에 머물렀던 녀석이 사용하던 방이 있으니까, 그 방을 쓰도록 해."

"예! 그런데 사부님, 보아하니 방 입구가 막혀 있는 것 같은데요······."

"하루."

"······?"

"너 말이야, 너. 풀 네임으로 부르는 건 귀찮으니까, 줄여서 하루라고 부르겠어."

"아, 예. 애칭이군요. 알았어요!"

놀릴 속셈으로 한 말인데, 내 말을 있는 그대로의 의미로 받아들인 건가. 진짜로 긍정적인 녀석이다. 꽤 배배 꼬인 이유로 내 제자가 되려고 한다는 게 믿기지 않을 정도다.

"이 난장판인 방을 보면 알겠지만, 나는 정리정돈과 청소를 잘 못해. 어디에 뭐가 있는지는 파악하고 있어서 그런지, 정리를 좀 해야겠다는 생각은 하면서도 실행에 옮기지를 않아. 그러니까 이 집은 거의 쓰레기장 같은 상태야."

"즉, 사부님의 집안일 능력은 사멸 상태라는 거군요. 캐논 씨가 말한 대로네요."

"큭……! 그, 그런 말을 서슴없이 하네."

"저는 사부님을 허심탄회하게 대할 생각이거든요. 다른 꿍꿍이를 품거나 비밀 같은 걸 만들 생각은 없어요!"

뭐, 그건 기쁘지만. 조금은 나를 배려하며 발언을 해주면 더 기쁠 것 같다.

"본격적인 수행은 내일부터 하기로 하고, 이참에 오늘은 청소를 하도록 할까. 자아, 하루의 실력을 어디 한번 볼까!"

"사부님도 도와줄 건가요?"

"이렇게 무질서한 집을 너 혼자 청소하라고 시킨다면 양심의 가책을 느낄 것 같거든. 오늘은 도와주지. 자아, 지시를 내려달라고."

스승이 제자에게 지시를 받는 건 좀 부끄럽지 않냐고? 미안하지만 이건 완벽하게 내 관할 밖의 일이거든.

* * *

낮에 청소를 시작했는데, 정신을 차리고 보니 해가 지고 있었다.

"해냈군."

"해냈네요."

그래도, 이렇게 깨끗해질 거라고는 생각도 못했다. 난잡하게 놓여 있던 책으로 된 탑은 종류별로 분류된 다음에 질서정연하게 책장에 꽂혔다. 바닥 또한 쌓여 있던 먼지를 전부 쓸어낸 후에 광이 날 정도로 닦았다.

하루는 내가 생각했던 것보다 훨씬 가정적이었으며, 나에게 적절한 지시를 내렸다. 기분이 좋아진 나머지 방뿐만 아니라 이 집 구석구석까지 청소했을 정도다. 시어머니처럼 손가락으로 창틀을 훔쳐봤지만, 먼지 한 톨 묻어나지 않았다. 엄청 피곤하기는 하지만, 그래도 왠지 기분이 좋았다.

"좋아. 정리, 정돈, 청소는 합격이야. 잘했어, 하루."

"자기 주위가 깨끗해지면 마음에도 여유가 생기니까요. 사부님은 일에, 저는 수련에 집중할 수 있을 거예요! 아, 저녁은 어떻게 할까요?"

"……보존식량이라면 있어."

"사부님, 혹시 요리하는 게 귀찮아서 항상 그런 걸로 끼니를 때운 건가요? 그러고 보니 점심 때 먹은 것도 보존식량이었던 것 같은데——."

"……."

"사부님은 요리 능력도 사멸된 것 같네요."

기분 탓일까? 스승인 내 체면이 어마어마하게 폭락한 것 같은 느낌이 들었다.

"뭐, 오늘은 해도 졌잖아. 지금 마을에 가봤자 가게가 문 닫았겠지. 오늘만 이 집에 있는 것들로 끼니를 때우자. 오늘은 주방에 있는 도구를 쓰는 법만 가르쳐줄 테니까, 식재료는 내일 사러가는 거야."

"으음, 조리용 도구는 있나요?"

"전에 같이 살던 사람이 쓰던 걸 두고 갔거든. 뭐, 얼마든지 써도 돼."

"그런가요. 알았어요. 내일부터는 식사도 기대해주세요. 저, 열심히 할게요!"

"하하, 기대하지."

좋아. 소모품은 필요경비로 왕성에 청구하자. 하루의 생활용품은 내일 캐논이 가지고 오기로 했고, 모자란 건 내일 장을 보러 갈 때 산다면—— 하루의 수행은 내일 오후부터 가능할 것 같군. 내일에 대비해, 오늘은 일찍 휴식을 취하기로 할까.

＊　＊　＊

——수행 1일차.

다음날, 나는 거실 테이블에 흰색 책자를 펼쳐놓고 펜을 쥐었다. 주방에서는 하루가 만들고 있는 요리의 맛있는 향기가 흘러나오고 있었다.

"자아, 하루 양. 필요한 건 사왔고, 점심을 먹기에는 좀 이른 시간이니까, 식사 때까지 필기수업을 하도록 할까?"

"수, 수행은 몸으로 하는 게 아닌 거예요……?!"

"하루, 네 직업이 마법사라는 걸 잊은 거야?"

왜 저렇게 절망적인 표정을 짓는 걸까. 뭐, 오래간만에 우월감에 젖으며 마음속으로 기뻐하고 있는 나도 문제지만.

"하루는 공부를 싫어해?"

"아, 아뇨. 평소에도 공부를 열심히 하는 편이었고, 딱히 싫어하는 것도 아니에요. 하지만 몸을 움직이는 게 더 즐겁거든요……."

"그래. 하루의 약점은 공부구나. 크크큭."

"우와~ 사부님이 악당 같은 표정을 짓고 있어……. 미리 말해두겠는데, 이래봬도 제 성적은 중간에서 약간 아래 정도는 된다고요!"

그건 자랑스레 할 소리가 아니잖아. 고등학교에 따라 다르기는 하지만, 으스댈 정도의 성적은 아니거든? 게다가 남의 약점을 파악해두는 건 인간관계의 기본이라고. 하루도 어제 했었잖아.

"뭐, 농담은 그만하고 빨리 시작하자. 밥이 식으면 아깝잖아."

"그건 그래요. 저도 식기 전에 먹고 싶거든요."

"걱정하지 마. 오늘은 약간 어려운 정도니까 금방 끝나. 하루에게 설명해줄 건 레벨과 스테이터스에 관해서야. 이 세계에서는 일방상식 같은 거니까, 우선 이것만 외워둬."

"아, 예!"

하루는 펜을 쥐면서 메모를 하려고 했다. 벌써부터 머리에서 김이 나려고 하는 것 같지만, 노력으로 커버해보라고.

"하루의 스테이터스를 보면서 설명하도록 할까. 하루, 머릿속으로 스테이터스를 보고 싶다고 생각해봐."

"이렇, 게요? ——우왓."

"반응을 보아하니, 눈앞에 스테이터스가 표시됐나 보네."

"예. 진짜로 게임 같네요."

"요셉 영감이 말한 석판이 없더라도, 이런 식으로 자기 스테이터스만은 언제든 볼 수 있어. 또한, 지금 하루가 보고 있는 표시는 나에게 보이지 않지. 그 석판은 어디까지나 다른 사람에게 스테이터스를 공개하기 위한 거야. 스테이터스에 관한 정보는 목숨이 오고갈 정도로 중요한 거니까, 앞으로는 함부로 남들에게 보여주지 않도록 주의해."

하루는 새하얀 페이지에 펜으로 글자를 적었다. 아마 요셉 영감은 이 설명도 해주지 않고 신문석으로 전원의 스테이터스를 알아냈을 것이다. 뭐, 그러는 편이 관리하기 편할 테지만. 앞으로도 이런 방침으로 나가면 언젠가 문제가 발생하겠지. 한 반의 학생 전원을 전이시킨 것도 그렇고. 인원이 많아지면 그만큼 컨트롤하기 어려울 것이다. 영감도 별나다니깐.

"다음은 스테이터스를 보는 법인데, 주목해야 하는 건 직업과 스킬 슬롯이야."

"제 직업은 마법사네요. 이건 처음부터 정해져 있는 건가요?"

"아냐. 처음에는 설정되지 않는데, 이 세계로 전이된 부작용 같은 거지. 보통은 자기가 되고 싶은 직업에 맞춰 길드에서 정해줘. 뭐, 네 친구들에게는 그게 은총으로 작용한 것 같지만 말이야."

직업의 레벨과 스테이터스가 처음부터 뛰어난 건 그 탓이리라. 뭐, 그 때문에 나중에 고생하게 되지만 말이야. 요셉이 그들 전원을 관리할 수 있을 것 같지도 않고, 이 세계에서 강해지는 법 또한 꽤 특수하다.

"직업을 바꿀 수는 있나요? 가능하면 격투가 같은 게 되고 싶어요."

"……유감이지만 그건 안 돼. 지금 직업과 평생 동안 함께

하며 살아갈 수밖에 없어."

인마. 그건 마법사인 스승 앞에서 할 소리가 아니잖아.

* * *

지나치게 허심탄회한 성격 탓인지 아무렇지 않게 독설을 늘어놓는 하루 때문에 마음에 상처를 입으면서도, 나는 설명을 이어갔다. 지지 않아. 나는 지지 않을 거라고.

"하루는 자기 직업인 마법사 밑에 레벨 표기가 있는 건 눈치챘어?"

"예. 일전의 그 할아버지도 그 레벨을 가지고 얼마나 강한지 분류하는 것 같았어요."

"눈치가 빠른걸. 맞아. 이제부터 중요한 이야기를 할 거니까 메모해둬. 레벨은 직업과 스킬에 각각 존재하며, 몬스터를 쓰러뜨린다고 오르는 건 아냐. 특히 직업 레벨은 웬만해서는 오르지 않는다고 생각하면 돼. 하루의 불행담에 나온 용사 군이나 공수도 걸은 레벨이 5라며? 그 정도면 인간으로서는 최정상급의 실력이야. 당연히 레벨이 높을수록 다음 레벨로 올라가는 것도 어려워지지."

"흠흠."

"그리고, 직업의 레벨이 높을수록 스테이터스에 플러스 보정이 작용해. 하루는 MP와 마력이 아주 약간 상승했을 거야."

"흐, 흠흠…… 사부님, 질문이 있어요!"

하루는 또 절도 있는 자세로 손을 들었다. 등이 굽은 편인 내가 다 본받고 싶을 정도로 멋진 자세인걸.

"그래. 뭔데?"

"아까, 레벨은 몬스터를 쓰러뜨려도 오르지 않는다고 하셨죠? 그럼 어떻게 하면 오르나요?"

"당연한 의문이군. 하지만 그 전에 먼저 스킬에 대해 설명하도록 할까. 하루, 네 스테이터스의 왼쪽 편에 보면 스킬 슬롯이라는 항목이 있지?"

"으음, 미설정이라고 적힌 게 두 개 있어요."

"그걸 손가락으로 살며시 눌러봐."

하루는 고개를 갸웃거리면서도 내가 시키는 대로 허공을 향해 검지를 내밀어서 버튼을 누르는 시늉을 했다.

"사부님, 엄청 많은 글자가 튀어나왔는데요……."

"그건 스킬 설정의 선택지가 표시되는 화면인데, 지금까지 하루가 경험한 기능이 기재되어 있을 거야. 너는 무술을 했으니『격투술』이나『검술』,『회피』같은 게 있지 않아?"

"아, 있네요. 어? 마법사인데도 무술 관련 스킬을 익힐 수 있나요?"

"그게 재미있는 점이니까 기억해둬. 단순히 직업 레벨을 올리기 위해서는 그 직업에 관련된 스킬의 레벨을 올려야만 하니까 주의해. 즉, 관련 스킬 레벨을 일정 수준까지 올린다면 직업 레벨도 올라가는 거지. 마법사라면 『화염 마법』이나 『물 마법』 같은 걸 올려야 하는 거야."

"지, 지금 열심히 메모하고 있으니까, 잠시만 기다려주세요!"

하루는 필사적으로 방금 내가 해준 이야기를 정리했다. 뭐, 처음에는 이 부분이 잘 이해가 안 되지. 머리에서 새어나오는 연기가 꽤 거무튀튀한 색으로 변했는데, 괜찮은 건가?

"참고로 묻는데, 하루는 마법을 써본 적이 있어?"

"없어요!"

"음, 솔직하군. 그럼 스킬의 선택지에도……."

"없어요! ……앗, 없네요?! 사부님, 직업 레벨을 올리지 못한다는 위기에 봉착하고 말았어요! 제가 평생 레벨1일지도 모르는 위기에 처했다고요!"

하루의 뇌가 한계에 도달한 건지, 연기뿐만 아니라 김도 나기 시작했다. 일단 여기까지만 하기로 할까. 밥도 먹고 싶으니 말이야.

"진정해. 지금은 없어도 기초를 배우고 나면 선택지에 추가되거든. 일단 지금까지 설명한 걸 정리한 후에 밥을 먹자. 밥을 먹고 나면 하루의 취향에 맞는 훈련을 하는 거야. 너는 딱 봐도 실전파 같거든."

"아, 알았어요……."

……음식을 담는 것 정도는 내가 하도록 할까.

* * *

점심 식사는 볶음밥과 달걀탕이었다. 이 세계에도 쌀은 있는데, 아무래도 장을 볼 때 사둔 것 같았다. 아직 이쪽 세계의 금전감각을 파악하지 못했을 하루에게, 최소한의 지식을 알려주고 일주일치 식비를 넘겨준 내 판단은 틀리지 않은 것 같았다. 험악하게 생긴 아저씨를 상대로 가격을 깎기 위해 흥정을 하더니, 충분한 양의 식재료와 잔돈까지 가지고 왔다. 웬만한 주부 뺨치는 생활력이다.

"입에 맞나요?"

"……맛있어."

이 세계에 오고 오래간만에 볶음밥을 먹는 건데, 진짜로 맛있다. 처음 보는 식재료도 많았을 텐데, 용케도 이렇게 완벽한 볶음밥을 만들었군. 솔직히 말해 정말 놀라웠다. 달걀탕도 보드라운 달걀과 감칠맛이 뒤엉키며 절묘한 악센트가 되고 있었다. 이 달걀탕을 먹으니 볶음밥이 먹고 싶어졌다. 볶음밥을 먹으니, 또 달걀탕을——.

"——잘 먹었습니다."

"맛있게 드셔주셔서 감사합니다."

다 먹었다. 나는 어느새 음식을 깨끗하게 비웠다. 아아, 볶음밥을 먹고 이렇게 감동하는 날이 찾아올 줄이야. 나는 하루를 얕봤다. 그리고 맛있는 것을 먹는다는 식문화가 얼마나 위대한지 실감했다.

"솔직히 말해자면, 이렇게 집안일을 잘하는 줄은 몰랐어. 트집 잡을 구석이 없네."

"가, 갑자기 무슨 소리를 하는 거예요?"

"제자 운운을 떠나서, 이 정도면 그냥 집안일 도우미로 고용하고 싶을 정도야. 하루, 일자리를 못 구하면 우리 집에서 일해. 왕성에서 일하는 것보다 임금을 더 많이 줄게. 아니, 그냥 이 집에서 살면서 일해."

"저기, 농담이 아니라 진담이에요?"

"진담이에요. 진심으로 하는 말이에요."

"새, 생각 좀 해볼게요……."

하루는 칭찬을 듣고 좀 멋쩍은지 볼을 붉히면서 볶음밥을 먹었다. 으음, 이럴 줄 알았으면 테스트 기간 같은 건 정하지 않는 편이 좋았을지도 모르겠는걸. 제자로서 얼마나 도움이 되는지 보고 오케이를 할 생각이었는데, 이미 예상보다 훨씬 도움이 되었고—— 무엇보다, 이 녀석은 그냥 보고만 있어도 재미있다.

"하루, 식사와 설거지를 마친 다음에 캐논이 가져다준 운동복으로 갈아입고 마당으로 나와. 네가 그렇게 바라던 수련을 시작해보자고."

* * *

이 집은 가장 가까운 마을에서 꽤 떨어진 곳에 있다. 인적이 없는 산의 울창한 숲속에 존재하는 것이다. 캐논은 요즘 들어 자주 이 집과 마을, 혹은 성을 왕복하고 있는데, 그것이 꽤 운동이 된다고 한다. 또한 그것이 내가 마을에 가기 싫어하는 이유 중 하나다.

언뜻 보기에는 불편하기만 한 것 같지만, 이런 장소에서만 가능한 게 있다. 결계를 주위에 쳐두면 웬만한 폭음은 밖으로 새어나가지 않기에, 남들에게 폐를 끼치지도 않는다. 즉, 웬만한 짓을 해도 크게 문제가 없는 것이다.

"자아, 오후에는 이 마당에서 스킬 공부를 할 거야."

"예?! 고, 공부요……?"

"꼼짝 말라는 지시를 받은 강아지 같은 표정 짓지 마……. 공부라고 해도 네가 질색하는 필기수업 같은 게 아냐. 실제로 스킬의 레벨을 올리는 것을 체험해보려는 거지. 하루는 말로 설명하는 것보다 그게 더 적성에 맞지?"

"예! 그편이 더 좋아요!"

목소리가 왠지 필사적이네.

"하루는 무도 계열의 스킬을 하나 익힌다면, 어떤 게 좋아?"

"무도, 말인가요? 으음, 아까 본 것 중에서 하나를 고르라면 격투술이 좋을 것 같네요. 저는 그런 쪽에 꽤 자신이 있거든요."

하루는 그렇게 말하면서 어떤 자세를 취했다. 저것은 무술의 자세인 걸까. 나는 무술 쪽은 박식하지 않아서 모르지만, 자세가 상당히 안정적이었다.

"좋아. 그럼 격투술 스킬을 익히도록 할까."

"그래도 될까요? 스킬 슬롯은 두 개밖에 없는데요?"

"격투술을 익혀도, 슬롯이 하나 남거든. 거기는 마법 계열 스킬 칸으로 쓰는 거야. 그리고 특기 분야부터 익히면 하루도 자신감이 생기겠지. 그러니 주저하지 말고 익혀. 본격적인 이야기는 그 다음에 하자고."

"예! 알았어요!"

하루는 어떤 무도의 인사법 같은 자세를 취한 후, 의기양양하게 스킬 설정을 시작했다. 역시 기쁜 것 같았다. 격투술 스킬의 설정도 무사히 마친 것 같군.

"그럼 시험 삼아 무도의 기술을 연습해봐. 최대한 집중을 하면서, 몸놀림 하나하나에 정성을 들이는 거야."

"으음, 그럼 정권 찌르기를 해볼게요. 후우~……."

스킬 레벨은 관련 동작을 취하면 오른다. 『요리』는 요리를 하면 오르고, 『검술』은 검을 휘두르거나 검술 대련을 하면 오르는 것이다. 하지만, 그냥 동작을 취하기만 한다고 오르는 것은 아니다. 정성을 들이며 열중하면 할수록 레벨업도 빨라지는 것이다.

반대로 농땡이를 피우며 대충하는 것은 그야말로 최악이다. 스킬에는 거짓말이 통하지 않으니까. 무술 계열에서 가장 효과적인 것은 의식을 최대한 집중하게 되는, 목숨이 걸린 실전이지만…… 뭐, 레벨이 낮을 때는 이런 연습만으로도 충분히——.

"사부님! 정권 찌르기를 한 번 했는데, 스킬 레벨이 올랐어요!"

——저기, 아무리 그래도 이건 너무 빠르잖아.

＊ ＊ ＊

확실히 스킬 레벨이 낮을 때는 이런 연습만으로도 레벨이 오르기는 한다. 하지만, 주먹을 한 번 내지른 것만으로 레벨이 오르는 건 비정상적이라고. 대체 정권 찌르기를 하면서 얼마나 신경을 집중시킨 건데?

"하루가 저렇게 허둥대는 걸 보니 진짜로 레벨이 오른 것 같은데……. 일단 확인을 좀 해봐도 될까?"

"아, 예."

캐논한테서 빼앗은 신문석으로 하루의 스테이터스를 확인해봤다. 남한테 함부로 스테이터스를 보여주면 안 돼? 스승은 별개지만.

= =
= =

카츠라기 하루나 16세 여자 인간

직업 : 마법사 LV1

HP : 10/20

MP : 5/5(+5)

근력 : 3 내구 : 3 민첩 : 3 마력 : 4(+3) 지력 : 1

손재주 : 1 행운 : 1

스킬 슬롯

◇ **격투술 LV2**

◇ **미설정**

= =
= =

진짜로 격투술 스킬이 레벨2가 되었다. 맙소사.

"하루, 너 대체 뭘 한 거야?"

"그, 그게 저도 잘……. 평소처럼, 죽을힘을 다해 정권 찌르기를 했을 뿐인데요."

죽을힘을 다해, 라. 설마 말 그대로의 의미로 한 것인가? 게다가 평소처럼 했다고 말한 것을 보면, 이 녀석은 일상적으로 그렇게 해온 건가. 제정신이 아니군.

"사부님, 스테이터스도 상승한 것 같은데요."

"그, 그래. 이참에 설명을 해둘까. 스킬 레벨이 오르면 그 스킬에 대응하는 스테이터스도 상승하지. 방금 하루는 격투술의 레벨이 올랐으니까…… HP, 근력, 내구, 민첩이 상승했을 거야. 뭐, 스킬을 익혔을 때도 다소 오르긴 했을 테지."

"그렇군요! 스킬을 익히고, 스테이터스도 상승시킨다. 그렇게 강해지는 거네요!"

역시 시켜보기 잘한 것 같았다. 필기수업 때와는 다르게 하루가 바로 이해한 것 같았다. 하지만 이 녀석은 천재일지도 모른다. 일주일 동안 테스트해보겠다는 물러터진 생각은 때려치우고, 빨리 판단을 내리는 편이 나을 것 같았다.

"하루. 오후에는 저녁 준비를 할 때까지 적당히 휴식을 취하면서 방금 그 수련을 계속해봐. 그 결과 여하에 따라, 너를 정식으로 내 제자로 삼겠어."

"정말인가요?! 저, 열심히 할게요!"

"그래, 기대할게. 그리고 휴식도 전력을 다해서 해. 너는 같은 일을 하면서도 다른 애들보다 훨씬 체력을 소모할 테니까 말이야."

하루는 이미 그 점을 알고 있는 것 같았다.

"예! 저기, 다른 무술을 시험 삼아 해봐도 될까요? 유도나 합기도는 대련 상대가 없으니 무리지만, 취미 삼아 하던 권법 같은 걸 해보고 싶거든요."

……요즘 학교에는 합기도부 같은 것도 있는 건가? 이 녀석은 별의별 걸 다 했나 보네.

"그렇게 해. 아, 맞다. 나는 레몬이라도 좀 썰어서 가져와야겠네."

그 후, 나는 할일을 제쳐두고 하루가 수련하는 모습을 쭉 쳐다보았다.

* * *

훈련을 시작하고 네 시간이 흘렀다. 이쯤이면 괜찮을 것 같다고 판단한 나는 하루에게 말을 걸며 수건을 건네줬다. 도중에 휴식을 취하기는 했지만, 전심전력을 다해 수련에 힘쓴 하루는 온몸이 땀으로 범벅이 됐다. 아무래도 저녁 준비 전에 먼저 씻는 편이 나을 것 같네. 다행히도 이 집에는 내가 고심해서 만든 자작 욕실이 있다. 욕실 같은 건 왕족이나 귀족의 집 혹은 고급 여관에나 있는 기호품인지라, 나도 그걸 만들 때는 정말 필사적이었다.

"하암, 역시 몸을 움직이니 기분이 좋네요. 움직임이 점점 날카로워지면서, 높은 수준에 올라가는 걸 실감할 수 있어요. 기분이 참 끝내주네요."

"뭐, 훈련 도중에 스킬 레벨이 쑥쑥 올랐을 테니까 말이야.

움직임이 날카로워질 만도 하지. 어디, 스테이터스를 확인해봐."

"아, 이 결과에 따라 사부님의 제자가 될 수 있을지 결정되는 거죠? 긴장되네요……."

내가 신문석을 내밀자, 하루는 머뭇거리면서 그 석판에 손을 댔다.

= =
= =

카츠라기 하루나 16세 여자 인간

직업 : 마법사 LV1

HP : 10/95

MP : 5/5(+5)

근력 : 18 내구 : 18 민첩 : 18 마력 : 4(+3) 지력 : 1

손재주 : 1 행운 : 1

스킬 슬롯

◇ **격투술 LV17**

◇ 미설정

= =
= =

"——레벨, 17! ……크, 크크큭, 크하하하하!"

"사부님?"

"후, 후훗…… 휴우~. 이야~ 오래간만에 실컷 웃었네. 하루, 너는 진짜 재미있는 녀석이구나."

한나절 동안의 기초 훈련만으로 레벨이 이만큼이나 오를 줄이야. 몬스터 소굴에 던져놓고 불철주야로 사투를 벌이더라도 이만큼 성장하지는 않을 것이다.

"으음, 사부님의 말이 잘 이해가 되지 않는데…… 혹시, 제자로 삼을 정도의 장래성이 없는 건가요?"

"아니, 오히려 차고 넘칠 지경이야. 아, 그전에 회복부터 시켜주도록 할까. ──힐."

회복마법으로 하루의 HP를 최대치까지 회복시켜줬다. 내 손가락 끝에서 방출된 조그마한 빛이 하루의 몸에 녹아들듯 사라졌다. 이걸로 체력이 완전히 회복됐을 것이다.

"와아, 몸이 따뜻해졌어요."

"참신한 표현이군. 너를 정식으로 제자로 들일까 해. 그럼 밥이나 먹으러 가자."

"뉘앙스가 너무 가벼운 거 아니에요?! 테스트 기간이 짧아진 건 기쁘지만, 그래도 이건 너무하다고요, 사부님!"

"하하하."

농담이야. 사부 조크~. 정식으로 제자로 들일 거라면, 이걸 해야겠지.

"그래. 식사 전에──."

이 스킬을 써줘야지. 스테이터스 화면에 새로운 표기가 나타났다.

= =
= =

◇특수 스킬 『무관의 사제지간』의 대상을 지정합니다.

대상자 : 카츠라기 하루나

이 스킬은 단 한 번만 발동 가능합니다. 괜찮겠습니까?

= =
= =

휴우, 꽤 감개무량한걸. 그 시절에는 제자를 들일 생각도 안 했고── 자아, 예스. 이제 하루에게도 선택 화면이 표시되었을 것이다.

"······무관의 사제지간? 사부님, 이게 뭔가요? 무관의 사제지간이 될 거냐는 선택지가 표시됐어요."

"작별 선물, 과는 의미가 다르려나. 너를 정식으로 내 제자로 삼기 위한 의식 같은 거야. 안 해도 제자로 인정하기는 할 건데, 어떻게 하겠어? 나쁜 아저씨가 젊고 아리따운 하루를 이상한 함정에 빠뜨리려 하는 걸지도 모른다고."

"물론 예스죠."

하루는 주저 없이 손가락을 놀렸다. 전혀 망설이지 않는걸.

"어리둥절한 표정 짓지 마세요. 저는 이래뵈도 사부님을 믿거든요. 그러니 망설일 필요가 없어요."

"하루 남짓한 시간 만에 나 같은 어른을 믿는 것도 좀 그런데 말이야."

"저는 눈뿐만 아니라 코도 좋거든요. 사부님한테는 음흉한 냄새가 나지 않아요."

"네가 무슨 개냐……."

"참고로 저는 고양이 파예요."

어이, 그런 이야기가 아니라고. 하아. 됐다, 됐어.

"방금 계약에 대해서는 나중에 설명해주지. 직업 레벨과 세트로 이야기해주는 편이 이해하기도 쉬울 거야. 일단 욕실에 가서 씻고 와. 밤이 되면 추우니까, 이대로 있다간 감기 걸릴 거다."

"예~. 사부님, 저녁에는 뭐가 먹고 싶어요?"

"매시포테이토만 아니면 뭐든 상관없어. 그건 하도 먹어서 질렸거든."

"정말, 편식하지 마세요!"

＊　＊　＊

——첨벙.

욕실 이용법을 하루에게 얼추 가르쳐준 후, 땀 때문에 몸이 식기 전에 씻으라고 권했다. 현대를 살다온 애들이라면 대충 설명을 해줘도 금세 요령을 파악해서 혼자 씻을 수 있을 거라고 생각했다. 하지만, 내 생각은 짧았다.

"사부님, 등을 씻겨드릴까요?"

"너, 바보냐?"

왜 같이 목욕을 하자는 걸까. 당치도 않은 녀석을 제자로 삼았다는 생각이 든 나는 경악했다. 아니, 진짜로 말이다.

"저는 이 세계에 대해 더 알고 싶어요! 그러기 위해서라도, 목욕을 하는 시간도 유익하게 활용하고 싶거든요."

"……레벨이 올라서 즐거운 건 알겠지만, 네 사부로서는 자기 연령과 성별을 고려해줬으면 좋겠는걸. 경우에 따라서는 잡혀갈 수도 있다고."

바로 내가 말이야.

"에이~."

"에이~가 아니라…… 하아. 오늘은 욕실 밖에서 대화 상대가 되어주지. 그럼 아슬아슬하게 세이프일 거야."

"와아, 감사해요!"

"하아."

"후훗, 제 생각이 맞네요."

내가 현관을 통해 집밖으로 나가려 했을 때, 하루가 기분 좋은 듯이 웃으면서 그렇게 중얼거렸다.

"뭐가 말이야?"

"사부님은 언뜻 보기엔 성실함과는 거리가 멀어 보이지만, 제 생각대로 제자를 제대로 지도해주는 좋은 사람이라는 걸 다시 확인했어요. 역시 제 코는 정확하네요."

"……."

이 제자는 나를 시험한 건가. 으스대는 목소리로 저딴 소리 하지 말라고! 아, 그래. 하루의 페이스에 휘말리면 안 돼. 이 녀석, 분명 의기양양한 표정을 짓고 있을 게 틀림없다고.

"나는 원래 성실한 어른이야. 가사능력이 사멸했을 뿐이지."

"예! 그런 부분은 제가 메워드릴게요."

"그래. 기대할게. 기대할 테니까, 목욕하면서 이 나라의 역사라도 공부하겠어? 재미있을 거야."

"죄송한데, 지금은 죽을힘을 다해 릴랙스하고 싶으니까 재미있는 이야기를 해주세요."

"이 녀석, 요구까지 하기 시작했어……!"

자기 생각을 거리낌 없이 솔직하게 말하네.

나는 욕실과 벽 하나만 사이에 두고 있는 곳으로 이동한 후, 하루나가 좋아할 만한 강자들 이야기(저명한 창작물 속 캐릭터 포함)를 해줬다.

"그래서! 그래서 그 오크는 어떻게 됐나요?!"

"자기 나라로 돌아가서, 미녀 오크들에게 둘러싸여 여생을 보냈다는 것 같아. 그런데, 너 이야기에 너무 열중하는 거 아냐?! 몸을 제대로 씻고 있는 거야?"

"이제부터 씻을 거예요~. 지금은 머리를 감고 있어요."

"아~ 기니까 씻는 데 시간이 걸리는구나."

역시 여자들의 목욕시간은 남자보다 길다. 내가 추위에 떨기 시작했을 즈음에야 하루는 목욕을 마쳤다. 으으, 판단 미스군.

"다 됐어요!"

"벌써?!"

언제 준비한 건지는 모르겠지만, 목욕을 마친 하루는 금방 저녁 식사를 완성했다. 나는 식욕을 자극하는 흉악한 향기에 끌려갔다. 참고로 하루는 잠옷 대용으로 체육복을 입고 있었다. 목욕 직후에는 색기가 느껴질 줄 알았지만, 그렇지 않았다.

──수행 1일차, 종료.

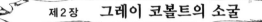

제2장 그레이 코볼트의 소굴

——수행 2일차.

충분한 수면이란 사치다. 아무리 빨리 일어나려고 해도, 아침이 되면 5분만 더, 5분만 더, 같은 욕구에 사로잡히고 만다. 그러니 발상을 역전시켰다. 밤늦게까지 잠들지 않은 다음, 아침에 푹 자는 것이다. 오오, 멋진 작전이야. 나는 지금 압도적인 승리를 거머쥐었다.

——캉캉캉캉!

내 귓가에서 강철과 강철 부딪히는 소리가 울려 퍼졌다. 기분 좋게 잠을 자고 있던 나는 그 소리 때문에 꿈에서 깨어나고 말았다.

"사부님~ 일어나세요~. 아침이에요~."

"……"

나는 이제부터 늦잠이라고 하는 행복을 만끽할 생각이었는데. 하지만 하루가 온 후로는 여섯 시에 일어나게 됐다. 그렇다. 반강제로 말이다…….

"사부님, 좋은 아침이에요! 오늘도 따뜻한 햇살이 쏟아지는 기분 좋은 아침이네요."

"응, 좋은 아침이야. 그런데 하루, 너는 매일같이 프라이팬과 국자를 이용해 나를 깨울 생각이냐?"

"실은 저도 이러고 싶지 않아요~. 하지만 사부님은 이렇게 해야 일어나잖아요."

"……생활습관이라는 건 무시무시하네."

"이제부터 고쳐나가면 돼요. 그럼 저는 일과인 러닝을 하러 갈게요. 아침 식사는 거실 테이블 위에 준비해뒀으니까, 챙겨 드세요."

"으~……."

"정신이 들었으면 수면은 깔끔하게 포기하세요. 그럼 30분 후에 돌아올게요~."

체육복 차림인 하루는 그렇게 말하더니, 힘차게 방밖으로 나갔다. 기억에는 없지만 왠지 그리운 느낌이 들었다──. 진짜 엄마 같은 녀석이다. 아, 어린 여자애 상대로 이런 느낌을 받는 것도 좀 그런가.

내 눈꺼풀은 여전히 수면을 갈구하고 있었다. 하지만 이대로 잠들었다간 30분 후에는 하루의 주먹이 나한테 날아올 것이다. 어제 아침에 이미 체험해봤기 때문에 알고 있다. 나는 이래봬도 똑똑하거든.

"일어날게. 일어나면 되잖아~."

나는 느릿느릿 침대에서 나온 후, 옷장에서 옷을 꺼냈다.

* * *

하루의 수행 2일차가 시작되었다. 테이블 위에 놓인 일본

느낌 물씬 나는 조식을 보고 놀란 나머지, 내 잠기운은 싹 사라졌다. 러닝을 마치고 돌아온 하루와 함께 설거지를 한 후, 오전 수행을 시작했다. 장소는 아까 식사를 한 거실의 테이블 자리다. 이곳은 완전히 공부방이 되어버렸는걸.

"으음~ 그럼 오늘의 수련 내용을 발표할까 합니다."

"잘 부탁합니다!"

"오늘은 마법을 익힐 거야. 아무리 격투술 스킬을 단련해봤자, 마법사 레벨은 오르지 않거든. 하루, 어젯밤에 내가 준 책은 읽어봤어?"

나는 어젯밤 하루에게 『고블린도 이해할 수 있는 마법의 기초』라는 마법사용 입문서를 건네줬다. 내가 하루에게 직접 가르쳐주는 게 가장 좋겠지만, 어제는 낮부터 쭉 하루를 신경 쓰느라 본업 쪽을 신경 쓰지 못했다. 그래서 결국 밤샘을 해서 그쪽을 처리한 것이다.

"예! 입문서인데다 귀여운 캐릭터가 해설을 해주는 내용이라서 저도 쉽게 이해할 수 있었어요. 그리고 마지막 부분에서 고브오 군이 피앙세인 고브코를 구하기 위해 초급 어둠 마법을 쓰는 장면에서는 감동했다니까요!"

뭐, 원래는 유아용 서적이니까. 텍스트 자체의 양도 얼마 되지 않고, 마법 기초 중의 기초만 실려 있는 그 책을 어제 장을 보러 갔을 때 일부러 사왔다. 솔직히 말하자면 이런 걸 읽어봤자 스킬의 레벨업에는 도움이 되지 않지만, 마법을 익히

흑철의 마법사 1.재능 없는 제자의 수행담

기 위한 계기로 삼기에는 충분했다.

"좋아. 다 읽긴 했나 보군. 그 책에도 적혀 있었다시피, 마법에는 속성별로 스킬이 있지. 불, 물, 바람, 흙, 번개, 빛, 어둠── 하루가 그중 하나를 익힌다면 어느 걸 익히고 싶어?"

"그야 물론 어둠이죠! 한 사람의 팬으로서, 저도 고브오처럼 멋지게 어둠 마법을 써보고 싶어요!"

고브오의 영향력…… 뭐, 방금 질문에 정답이 있는 건 아니지만 하루는 그런 이유로 괜찮은 건가. 이 녀석은 의외로 단순하네. 뭐, 의욕이 유지된다면 그걸로 충분하지만 말이야.

"으음~. 어둠 마법은 공격용으로는 잘 쓰이지 않지만, 적의 능력을 저해하거나 시체 혹은 중력을 조종할 수 있는 트리키한 마법이지. 그래서 익숙해질 때까지는 쓰기 어려울 거야. 그래도 괜찮아?"

"물론이죠. 하지만 제가 익힐 수 있는 스킬 일람에는 어둠 마법이 없었어요."

"아니, 있을 거야. 확인해봐."

"어……? 있네요?!"

고브오의 매력에 빠져, 그 책을 다 읽은 성과다. 적어도, 마법을 익힐 계기는 됐지?

"고브오에게 감사하라고. 그럼 비어있는 스킬 슬롯을 설정하자. 그리고 조작에 실수하지 않도록 주의해. 마법 계열 이외의 스킬을 습득하면 직업 스킬이 오르지 않는데다, 스킬을 재설정하기 위한 조건도 엄청 성가시고 복잡하거든."

"아, 예……. 오케이예요. 어둠 마법을 설정했어요."

"좋아~."

가장 걱정했던 건 설정을 하다 실수하는 사태다. 그것만 클리어하면 큰 산은 넘었다고 할 수 있다.

"사부님, 질문이 있어요. 스킬 슬롯을 더 늘릴 수는 없나요? 토코나 다른 클래스메이트는 스킬을 잔뜩 가지고 있었던 것 같거든요……."

"그건 직업 레벨이 높기 때문이야. 직업 레벨이 올라가면, 그때마다 스킬 슬롯도 하나씩 늘어나. 레벨1이면 지금의 하루처럼 두 개뿐이고, 레벨2면 한 개 늘어나서 총 세 개가 되는 거지."

"토코는 레벨5 격투가니까…… 총 여섯 개의 스킬 슬롯을 지닌 거네요?"

"정답이야. 스킬 슬롯이 많을수록 스테이터스도 추가적으로 상승하니까, 직업 레벨을 적극적으로 올리는 게 이 세계에서 강해지는 상투수단이지."

"그렇구나~. 그럼 마법사로서의 실력도 열심히 갈고닦아야겠네요!"

의욕이 샘솟은 녀석한테 찬물을 끼얹는 소리 같지만, 마법과 공부는 떼려야 뗄 수 없는 관계다. 실전에서 마법을 단련할 방법도 있지만, 하루가 마법을 쓰려고 한다면 MP가 족쇄로 작용할 것이다. 현재 최대치가 겨우 5밖에 안 되거든. 회복약은 꽤나 부피를 차지하며, 복용하는 데도 한도가 존재한다. MP가 바닥날 때까지 마법을 쓰고 나면, 남는 시간에는 마법서와 즐거운 공부 타임을 가져야 한다. 지금은 꿈에도 모르겠지만. 뭐, 지력이 상승하면 머리에서 김이 나는 일도 줄어들 것이다. ……그렇게 되면 진짜 좋겠네.

"하루의 목표는, 접근전으로 적을 두들겨 팰 뿐만 아니라 마법도 쓸 수 있는 초공격형 마법사야. 그만큼 익혀야 할 것도 많지만, 네 집중력이라면 불가능하지는 않겠지."

"으음, 노래하며 춤추는 아이돌 같은 건가요?"

"뭐? 으, 응……?"

그런 식으로 비유할 거라고는 생각도 못했다. 적절한 비유 같지만, 그렇지 않은 것 같기도 한데…….

"원래는 처음 일주일 동안은 무술을 가르친 다음, 너를 정식 제자로 들인 후에 마법을 가르칠 생각이었어. 뭐, 이건 내가 테스트 기간을 정한 바람에 생긴 문제야."

"어, 그게 무슨 소리예요?"

"직업 레벨이 올라가면 알려줄게. 자아, 고브오의 마법을 쓰는 법을 알려줄 테니까 밖으로 나가자."

MP 문제로 한두 번밖에 못 쓰겠지만.

"그, 그 전설의 마법을요?! 좋아요! 가요!"

……고브오를 잘 이용하면, 이 녀석은 필기수업도 열심히

하는 거 아냐?

　　——수행 2일차, 종료.

　　　　　　＊　＊　＊

　　——수행 3일차.

　　하루에게 마법을 가르쳐주고 하루가 지났다. 고브오 덕분인지 우려했던 필기수업도 막힘없이 진행됐다. 무술만큼은 아니지만 지금은 초급 마법을 연달아 쓸 수 있을 만큼 성장했다. 이대로 가면 오늘 안에 직업 레벨도 오를 것이다.

　＝ ＝
＝ ＝

카츠라기 하루나　16세　여자　인간

직업 : 마법사 LV1

HP : 115/115

MP : 45/45(+5)

근력 : 22　내구 : 22　민첩 : 22　마력 : 20(+3)　지력 : 9　손재주 : 1　행운 : 1

스킬 슬롯

◇ 격투술 LV21

◆ 어둠 마법 LV8

= = = = = = = = = = = = = = = = = = = =
= = = = = = = = = = = = = = = = = = = =

음, 나쁘지 않은걸. 격투술의 레벨도 상승한 것을 보면, 개인적으로 몰래 연습을 하고 있는 것 같았다. 만약 하루의 직업이 격투가였다면 이미 레벨업을 했을 것이다. 이게 ◆로 표시되는 직업 대응 스킬이라면 말이지.

참고로 하루의 스테이터스는 나와 사제관계를 맺는 고유 스킬『무관의 사제지간』의 힘에 의해 언제든지 열람할 수 있게 됐다. 잘 가라, 소임을 다한 신문석이여. 하지만, 하루는 내 스테이터스를 볼 수 없다. 하루 녀석은 이걸 설명해주자마자 내 스테이터스를 보려고 했거든. 호기심이 왕성한 건 좋다. 하지만, 스승에게도 사생활이라는 게 있거든. 나도 확인을 할 때는 하루에게 허락을 구하고 있으며, 일단 대등한 관계로 지내려 한다고.

그리고 이 스킬이 하루에게 주는 은총이 하나 더 있지만, 그건 직업 레벨이 오른 후에 알려주자.

"또 마을에 가는 건가요?"

"그래. 네 수행이 생각보다 순조롭거든. 예정보다 빠르지만, 하루의 기초 능력은 어느 정도 갖춰졌지. 오늘은 취지를 바꿔서 밖에서 수련을 할 거야."

"아, 외부 훈련이네요!"

하루의 눈이 반짝였다. 그래, 외부 훈련이다. 뭐, 장을 보러 갔을 때 말고는 이 집 주위에서 수련을 했으니까 말이다. 아직 본 적이 없는 마을, 아직 본 적이 없는 세계에 흥미를 가지는 심정도 이해는 된다. 아마 해외여행을 떠나기 직전의 젊은 이 같은 심정일 것이다.

나와 하루가 살고 있는 이 나라, 마법왕국 아델하이트는 마법이 발전한 나라다. 내륙에 위치하기 때문에 생선 요리를 먹을 일은 흔치 않지만, 마법의 힘으로 만든 고성능 매직아이템의 개발이 진보한 덕분에 다른 나라에 비해 편리성 면에서 뛰어나다. 자원 또한 풍부했다. 대국이라고 할 만큼 크지는 않고, 소국이라고 부르기에는 크며, 왕의 방침 또한 항상 중립적인 평화로운 나라다. 그런 나라에도 군대는 있으며, 믿기지 않을 만큼 강하다. 이 나라의 군대라 할 수 있는 마법기사단, 정확하게는 그 기사단의 단장이 압도적으로 강한 거지만.

전쟁에 휘말리지는 않지만, 마을을 둘러싼 결계 밖에는 몬스터가 존재했다. 내버려두면 도로를 파괴하거나 마차가 습격 당하는 등의 피해가 발생하기에, 몬스터를 토벌할 자들이 항상 필요했다. 아까 언급한 마법기사단의 임무 중에는 이런 몬스터들의 처리도 포함되어 있다. 하지만 그 범위는 사람들의 안전을 확보하는 데 집중되어 있기 때문에, 귀중한 물자를 수집할 수 있는 던전 내부나 몬스터의 서식구역 등에는 들어가지 않는다.

그럴 때 나서는 이들이 바로 일확천금을 꿈꾸는 모험가들이다. 그들은 흉포한 몬스터가 배회하는 위험구역에 일부러 들어가서, 위험을 감수하며 현상금이 걸린 몬스터를 쓰러뜨리거나 지정된 소재를 모으는 것으로 생계를 유지한다. 모험가라는 직업이 따로 존재하지 않지만, 언제부터인가 그런 일을 하는 전사나 마법사들을 모험가라는 호칭으로 부르게 되었다고 한다.

그들에게 일을 알선해주는 길드에서는 직업이 정해지지 않은 이들을 대상으로, 적성에 맞는 직업을 정해주는 일도 처리하고 있다. 그런 길드가 바로 오늘 우리가 갈 목적지 중 하나다. 뭐, 그 전에 가야할 곳이 더 있지만.

"사부님은 왜 산속에서 사는 거예요? 불편하지 않아요? 숲에도 짐승들이 지나다니는 길밖에 없어서, 마을에 내려가는 데도 걸어서 한 시간은 걸리잖아요."

출발을 하려던 순간, 하루가 뜬금없이 그런 말을 했다.

"마을 안이나 인근에서 폭발이 일어나면 위험하잖아."

"그건 그렇지만── 폭발?! 이 집이 폭발할 가능성이 있는 거예요?!"

"자주 일어나지는 않으니까 걱정하지 마."

"걱정을 안 하는 게 무리 같은데요……."

하루는 걱정스런 표정으로 집을 쳐다봤지만, 상당히 위험한 일거리가 들어오지 않는 한 안전하다. 그것보다 확률이 높은 게 나 때문에 화난 그 녀석이 이 집을 박살내는 거지만, 그건 비밀로 해두자.

"불편하다는 것치고는 하루도 아무렇지 않아 보이잖아. 지금은 익숙해졌지만, 캐논이 처음 우리 집에 왔을 때는 지쳐서 문 앞에 쓰러졌다고. 그때는 정말 큰일이었지."

"저는 산에서 하는 트레이닝에도 익숙하거든요. 이 정도는 식은 죽 먹기예요."

"믿음직하네. 자아, 가자."

"예~."

힘차게 대답을 한 하루는 섀도복싱을 하면서 하산하더니, 마을에 도착할 즈음에는 격투술 레벨이 1 올랐다.

＊ ＊ ＊

아델하이트 왕성 인근의 마을, 디아나. 왕성에 인접한 마을답게 규모가 크며, 구획 정리도 잘 되어 있어서 아름다운 마을 경관을 한눈에 볼 수 있다. 특히 상업구획은 많은 사람들이 오가고 있으며, 상인들의 활기찬 목소리가 곳곳에서 들려왔다. 나는 이런 장소를 정말 질색한다. 하아, 사람들로 붐비는 곳은 정말 싫다니깐.

"와아, 여기는 항상 활기차네요! 사부님, 저 가게에서는 생선을 팔아요. 그런데 엄청 비싸네요!"

"식재료라면 일전에 산 게 아직 남아 있잖아. 우리가 갈 곳은 바로 저기야, 저기."

금방이라도 사라져버릴 것 같은 개구쟁이 소녀의 목덜미를 움켜쥔 나는 어느 가게를 손가락으로 가리켰다.

"무기점『호랑이수염』……?"

이세계 전이의 부작용으로 하루는 이 세계의 언어로 이야기할 수 있고, 문자도 읽을 수 있게 됐다. 가게의 간판 또한 읽을 수 있다. 그렇지 않다면 책도 읽을 수 없을 것이며, 대화조차 나눌 수가 없을 테니까.

"저 가게에서는 모험가용 무기와 방어구를 팔지. 우선 하루의 옷과 장비부터 마련하자. 지금 그 옷을 계속 입고 다니는 건 싫지?"

"에헤헤, 움직이기 편하긴 하지만요……."

현재 하루가 지닌 옷은 전이될 때 입고 있었던 체육복과 성에서 지급해준 호화로운 옷, 그리고 움직이기 편한 운동용 옷뿐이다. 며칠 동안 매일같이 훈련을 하면서 더러워질 때마다 빨아서 입었지만, 솔직히 불편할 것이다.

"여기가 사부님의 단골 가게인가요?"

"그래. 파는 물건은 하나같이 성능이 뛰어나고, 부탁만 하면 오더메이드도 가능하지. 게다가 주인장이 엄청 완고해서 손님이 많지 않아. 항상 한가해서 드나들기 좋은 가게지. 레벨5의 대장장이가 운영하는 무기점 중에서 이렇게 괜찮은 곳은 흔치 않거든."

"사부님, 가게 안에서는 절대 그런 소리를 하지 마세요."

"괜찮다니깐 그러네."

──딸랑딸랑.

하루의 말을 무시하면서 문을 열자, 도어 벨이 귀여운 소리를 냈다. 가게 안에는 검과 갑옷 같은 것이 잔뜩 놓여 있었으며, 무기가 잔뜩 들어있는 커다란 나무통도 보였다. 뭐랄까, 상품에 파묻힌 느낌이 들 정도로 가게가 좁았다. 가게 카운터로 이어지는 길 또한 좁았다. 정리 좀 하고 살라고. 아, 내가할 소리는 아닌가?

"어서 오세요~. 어, 데리스 나리 아이가. 간 두목한테 볼일이 있는 기가?"

카운터 너머에서 어설픈 사투리를 쓰며 우리를 맞이한 이는 바로 이 가게의 얼굴마담 격인 아니타다. 어릴 적에는 표준어를 썼지만, 상인이 된 후로 사투리를 쓰게 된 괴짜다.

"그렇기는 한데, 이 녀석을 위한 옷을 몇 벌──."

"와아~ 무기가 엄청 많네요! 이게 전부 진짜인가요?"

"진짜니까 함부로 만지지 마. 절묘하게 균형이 잡혀 있으니까, 까딱 잘못하면 무너질 거야."

"아하하, 조심할게요."

"하아. 아무튼, 아니타."

"……."

"아니타?"

"……데리스 나리가 여자를 데리고 온 기가~?! 이건 사건 이대이, 대박 사건이대이!"

──어이.

* * *

"데리스 나리가 여자를 끌고 왔대이! 여자를 끌고 왔대이 ~!"

"어이, 왜 두 번 말하는 거야?"

왜 이 녀석은 나를 보자마자 영문 모를 소리를 외치는 걸까. 그것도 간 씨가 있는 작업장을 향해서 말이야. 의도적으로 저러는 거 맞지?

"하아~ 개운타~. 그런데, 이 애는 어디서 잡은 기고? 쪼끄마하고 귀여븐 아가씨 아이가. 나리도 능력이 좋대이~."

"팔꿈치로 내 옆구리를 찌르지 마."

"데리스 나리는 이런 취향이었던 기가. 좀 의외대이~. 내는 나리가 글래머를 좋아하는 색골로 오해했다 아이가. 뭐, 저 애를 끼고 댕기는 것도 범죄 같지만 말이대이. 그런데 이 딴 곳을 데이트 장소로 삼는 건 좀 글치 않나?"

"오해에 오해를 거듭하지 마. 하루는 내 제자일 뿐, 그렇고 그런 사이가 아냐. 자아, 인사해."

나는 아니타의 선제공격을 맞고 얼이 나가 있던 하루의 등을 두드렸다.

"아, 예! 사부님의 제자가 된 카츠라기 하루나예요. 마법사가 된 지 얼마 안 됐지만, 잘 부탁드려요!"

"아, 참 예의가 바른 애대이. 내는 아니타라꼬 한대이. 그런데 나리, 진짜로 제자를 받은 기가?"

"어쩌다 보니 말이야."

"⋯⋯진짜가~?"

"너, 오늘은 평소보다 더 끈질기잖아."

손님이 없어 심심해서 그런지, 나를 괜히 놀려대고 있는 느낌이 들었다. 이러다간 몇 안 되는 단골까지 잃을 거라고.

"간 씨는 안에 있어?"

"그렇대이. 평소맨키로 열심히 망치를 휘둘러대고 있다 아이가. 질리지도 않고 잘만 한대이."

"너도 저렇게 열심히 일을 하면, 언젠가 대성할걸? 그것보다 왜 그런 말투를 쓰는 건데? 엄청 수상쩍잖아."

"괜, 한, 참, 견, 이대이! 이건 내가 견습 상인 시절에 익힌 유서 깊은 화법인기다. 옛날에 돈의 신 다마야가 썼다는 화법인디, 금전운과 장사운을 좋게 해준다꼬――."

"알았다, 알았어. 그 이야기는 나중에 들어줄 테니까, 일단 간 씨를 불러줘."

"여전히 성미가 급하대이. 뭐, 좋타. 잠시만 기다리그라."

아니타는 그렇게 말하더니 그 자리에서 심호흡을 했다. 그리고 환한 미소를 지으며 간 씨가 있는 작업장을 향해 고개를 돌렸다.

"큰일났대이~! 얘들, 한지붕 아래에서 동거생활을 하고 있다칸다~!"

"시끄러워, 아니타! 아까부터 작업장까지 네 목소리가 들린다고! 데리스의 취향 같은 건 내 알 바가 아니란 말이다!"

작업장 쪽에서 재투성이가 된 얼굴을 내민 이는 호랑이수염의 점주인 간 씨였다. 키가 150cm 정도 되는 하루보다도 작지만, 온몸은 터질 듯한 근육으로 뒤덮여 있다. 손에 쥔 거대한 망치는 대장장이질에 쓰이는 거지만, 무기로도 충분히 쓸 수 있을 것 같았다. 간 씨는 아인족인 드워프이며, 내가 아는 이들 중 최고의 대장장이다.

"자아, 됐재?"

아, 응. 하지만 고맙다는 말은 못하겠는걸.

"……오래간만이군, 데리스. 드디어 가정을 꾸린 거냐?"

"간 씨, 그런 소리에는 이미 질렸다고요."

"훗, 농담이다. 저기 있는 아가씨의 활기찬 목소리가 작업장까지 들렸거든. 귀여운 제자가 쓸 장비를 사러 온 거지?"

간 씨는 초면일 때는 대하기 힘든 면도 있지만, 친분이 어느 정도 쌓인 상대에게는 이런 멋진 농담도 할 줄 아는 나이스가이다. 진짜로 재미있는 농담을 한다니깐.

"귀엽다는 말에는 동의 못하겠지만, 얼추 맞아요. 특별히 주문하고 싶은 것도 있어서 그러는데, 잠시 시간을 내주겠어요?"

"흠. 뭐, 좋아. 데리스의 주문이면 꽤나 큰 일거리일 테니까 말이지. 장사도 안 되는 이런 가게보다는 내 주머니 사정에 도움이 되겠지. 내 작업장에서 이야기하도록 할까?"

"고마워요. 아니타, 하루가 입을 옷과 속옷을 골라주지 않겠어? 이 녀석은 의복이 거의 없거든."

속옷 같은 건 남자인 내가 있으면 고르기 힘들 테니, 한가해 보이는 아니타에게 부탁을 해뒀다.

"후회할 낀데……. 내한테 그런 부탁을 했다가 돈 펑펑 깨지면 우짤 기고? 비싼 걸로 왕창 팔아치울지도 모른대이."

"하루, 인정사정 봐주지 않고 값을 깎아도 되니까, 필요한 만큼만 사."

"알았어요!"

"크흐흐, 내를 상대로 값을 깎을 수 있을 것 같나? 농담 좀 작작 하그라~."

아니타는 승리를 확신하고 있는 것 같지만, 저 방심에 발목을 잡히고 말 것이다. 이참에 하루가 실력 발휘를 해서 아니타에게 세상이 녹녹치 않다는 걸 알려주는 편이 좋겠다. 상인으로서의 자부심이 눈곱만큼이라도 남아있으면 좋겠는데.

"그런데, 오더메이드로 뭘 만들 거지? 무기? 갑옷?"

후덥지근한 대장간에 들어가자, 통나무 같은 의자에 걸터앉은 간 씨가 나에게 질문을 던졌다.

"저 녀석은 일단 마법사 지망생이니 전투복은 로브로 하려고요. 간 씨에게 부탁하고 싶은 건 무기 쪽이에요. 옛날에 내 지팡이를 만들어준 적이 있죠? 그것과 비슷한 걸 만들어줬으면 해요."

"……너, 진짜로 저 아가씨에게 그걸 무기랍시고 주려는 거냐? 몸이 상할지도 몰라."

"무슨 말이 하고 싶은 건지는 알아요. 하지만, 제 생각에는 충분히 쓸 수 있을 거라고 생각해요. 하루 녀석은 겉모습과 다르게 뇌가 근육으로 된 타입이거든요."

"마법사인데 뇌가 근육으로 되어있다는 건 문제라고 생각하는데…… 뭐, 데리스의 제자니까 나도 참견은 하지 않도록 하지."

"신경써줘서 고마워요."

나는 간 씨를 향해 깊이 고개를 숙였다. 지나치게 다가오지도 않고, 과도하게 거리를 두지도 않았다. 간 씨의 이 미묘한 거리감은 여러모로 도움이 됐다.

"하지만 재료가 좀 모자라지. 만들기 전에 너한테 상당한 양의 광석을 채취해달라고 요청해야 될 것 같군."

"그 점도 이미 고려했어요. 다음 행선지는 길드니까, 적당한 토벌 의뢰를 맡아서 겸사겸사 채취해오죠. 하루도 슬슬 실전을 경험해보는 편이 좋을 것 같으니, 좋은 기회일 것 같아요."

"……제대로 제자를 가르치고 있는걸. 예전의 너라면 이러지 않았을 것 같은데 말이야. 아, 그러고 보니 너는 한번 열중하면 그대로 몰두하는 타입이었지. 그 정도로 저 아가씨가 대단한 거야?"

"대단하다기보다는 이상하달까…… 아무튼, 재미있는 녀석이에요. 일단 한 달 후에는 아델하이트 마법학원의 졸업제에 출전시킬 생각이죠."

"호오, 졸업제…… 잠깐만, 졸업제라고?!"

──아델하이트 마법학원이란 이 나라의 미래를 책임질 인재가 공부하는 곳이며, 이 나라에서 특히 중요시되는 마법사의 육성기관이기도 했다. 학생들은 다들 혹독한 시험을 통과한 재능 넘치는 자들이며, 이 학교를 졸업해 국가에 종사하는 것이야말로 가장 명예로울 뿐만 아니라 출세의 지름길로 여겨지고 있다.

그런 마법학원의 졸업제 또한 중요시된다. 그 해의 졸업생 중에서 참가자를 모은 후, 마법을 통한 대결로 수석을 정하는 축제다. 출전조건이 학원의 졸업 대상자이기 때문에 외부인인 하루는 참가할 수 없다. 하지만, 이 축제에는 학생 이외의 인간이 참가할 수 있는 방법이 딱 하나 존재한다.

"학장 추천을 이용해서, 하루의 실력을 가늠해볼까 해요.

먼 옛날의 왕족이 재미 삼아 만든 규정인데, 최근 몇 년 동안은 쓰이지 않았지만 거기 학장은 저에게 빚을 졌거든요. 뭐, 참가 자체는 가능할 테죠."

과거에 학장 추천을 통해 졸업제에 나가서 우승한 자는 없지만, 만약 우승을 한다면 마법학원을 수석으로 졸업한 것으로 인정된다. 학생이 쌓을 수 있는 커리어 중 최고라 할 수 있다.

"상상을 초월하는 행동력이군……. 하지만 그 학교 학생의 실력은 하나같이 장난 아닐 텐데? 졸업한 후에 마법기사단에 들어가는 녀석도 많고, 실력자를 스카우트하려고 높으신 양반이 졸업제를 관전하러 오는 경우도 있지. 그래서 참가에 혈안이 된 녀석들도 많다고. 특히 올해는 엄청난 천재가 있다니까, 네 제자한테 너무 가혹한 짓 아닐까?"

"뭐, 하루의 실력을 시험해보기에 딱 좋은 기회군요. 게다가 괜히 고생하지 않고 이 나라로부터 학원 졸업생으로 인정받을 수 있죠."

"아니, 거기 나간다는 것만으로도 충분히 고생하는 거라고. 너는 이따금 성격이 괴팍해질 때가 있단 말이야. 뭐, 그때까지 네가 주문한 걸 완성할 수 있도록 나도 노력해보지."

졸업제에서 쓸 장비는 사전 신청을 통해 허가만 받는다면 제한은 없다. 단, 무기는 지팡이로 한정된다. 자아, 그러니 하루에게도 도움을 받아보도록 할까.

＊　＊　＊

"어이~ 하루. 필요한 건 다 샀어?"

간 씨와 이야기를 마친 나는 가게 쪽으로 가서 하루가 물건 구매를 마쳤는지 물어보았다. 가게 앞에서 기다리고 있던 하루의 양옆에는 방금 구매한 물건이 들어있는 듯한 봉투가 있었다. 둘 다 꽤 컸다.

"사부님, 미션 컴플리트예요!"

"그래? 잘했어!"

우리는 서로를 향해 엄지를 내밀었다. 한편, 아니타는 얼굴이 새파랗게 질린 채 카운터에 넙죽 엎드려 있었다.

"거, 거짓말……. 바가지를 씌울 생각이었는데, 헐값에 팔았어……."

충격이 큰지, 사투리도 쓰지 않았다. 콧노래를 부르고 있는 하루와는 대조적인걸. 이 일로 정신을 차렸다면 앞으로는 좀 제대로 일을 해줬으면 좋겠다.

"어라, 아니타. 꽤 당했나 보지?"

"두목, 저 애는 대체 뭐예요……. 저, 이렇게 제대로 깨진 건 처음이라고요……."

"손님은 어디까지나 손님이지. 뭐, 데리스의 수제자인 만큼 얕보고 달려들었다간 당하는 게 당연할 거다."

"으으……."

"뭐, 데리스가 주문한 물건까지 생각하면 그래도 충분히 이득일 거다. 아가씨, 마음에 드는 걸 샀어?"

"예! 아니타 씨는 참 친절한 분이세요!"

"악마대이. 저 애는 악마가 틀림없다……."

자아, 이곳에서의 용건은 마쳤으니 다음 목적지로 가보도록 할까. 아, 그 전에──.

"하루. 들고 다니려면 성가실 테니까, 네 양옆에 있는 봉투를 내 가방에 넣어. 아직 들를 곳이 있거든."

나는 메고 있던 가방을 내리며 하루에게 재촉을 했다.

"으음, 이 정도는 제가 들고 다닐 수 있어요. 제자의 짐을 스승에게 들게 하는 것도 좀 그렇잖아요."

"개의치 마. 내 가방은 매직아이템이거든."

"매직아이템, 인가요? 보기에는 평범한 가방 같은데……."

"겉보기에만 그런 거야. 이 가방 안은 다른 공간과 이어져 있는데, 수납된 물건의 시간이 정지되지. 얼추 이 가게만 한 공간이야. 무게도 없어지니까 꽤 편리하다고. 아, 그래도 살아있는 건 넣을 수 없어."

"와아~ 냉장고 대용으로 쓸 수 있겠네요. 그럼 잘 부탁드릴게요!"

"그래. 빨리 내놔."

나는 하루가 넘겨준 짐을 가방에 넣었다.

"우와! 그거, 보관기능까지 있는 가방이가! 완전 레어 물건이대이~! 내도 언젠가 그런 걸 가지고 싶은디……."

돈 냄새를 맡은 듯한 아니타가 눈을 반짝이며 벌떡 일어섰다. 의외로 빨리 부활했는걸. 여기 있다간 귀찮은 일이 벌어질 것 같으니 빨리 도망치도록 할까.

＊　＊　＊

모험가 길드. 다양한 의뢰를 취급하는 알선소이기도 한 이 시설은 기본적으로 어느 나라에나 설치되어 있다. 간단한 등록만 한다면 범죄자가 아닌 한 누구라도 이용할 수 있다. 모험가를 직업으로 삼는 이는 물론이고, 용돈벌이 삼아 의뢰를 맡는 이도 꽤 많다.

거대 게시판에는 의뢰 내용이 적힌 종이가 종류별로 붙어 있으며, 집 청소부터 소재 채취, 강대한 몬스터의 토벌에 이르기까지, 종류가 다양했다. 주의해야 할 점은 달성하지 못했을 때 내야 하는 위약금과 달성 기한일 것이다. 기한이 내일까지인 의뢰를 맡았는데 목적지가 이틀거리에 있는 바람에 위약금을 물게 된 바보가 옛날에 있었다던가?

그런 점을 고려하며 자기 실력에 맞는 의뢰가 적힌 용지를 게시판에서 떼어내서 접수 카운터로 가지고간 다음, 수속을 밟으면 준비가 끝난다. 그 다음에는 의뢰를 수행하면 된다.

"다양한 의뢰가 있네요~. 사부님, 오늘 수련은 이건가요?"

"그래. 말 안 해도 알겠지만, 토벌 타입의 의뢰를 맡을 거야."

하루에게 있어 첫 실전이다. 보통 신입은 긴장한 탓에 다리가 덜덜 떨리는 법이다. 여자애라면 더 그러하리라.

"좋아요! 실전~ 실전~ ♪"

하지만 내 제자는 매우 기분이 좋아 보였다. 허공에 주먹질을 해대면서 리드미컬하게 실전이라는 말을 읊조리고 있었다. 뭐, 애초부터 그런 걱정은 하지 않았다. 이 애는 머릿속 나사가 풀린 것 같으니까.

"으음······. 아, 이거야."

"사부님, 안 보여요."

하루는 발돋움을 하면서 내가 뗀 종이를 쳐다보려고 했다. 하지만 하루는 키가 작기 때문에 보이지 않는 것 같았다.

······이러니 조그마한 애완동물 같은걸.

"우선 접수 카운터로 가볼까."

"저는 아직 못 봤는데요······."

어차피 나중에 확인할 테니 문제없다고 생각한 나는 그대로 접수 카운터로 이동했다. 이곳에 오는 것도 오래간만인걸.

의뢰를 받는 카운터는 총 열 개다. 왕성 인근의 길드답게 꽤 많았다. 그런데도 줄이 생기는 것을 보면 이용자의 수요에 비해 아직 부족한 것 같았다. 하지만 아무도 없는 카운터가 딱 하나 있었다. 다른 곳은 미인 길드 직원이 담당하고 있지만, 거기는 꾀죄죄한 할아버지가 앉아있기 때문이다. 뭐, 남자라면 미인 쪽으로 가는 게 당연하지.

"이야, 이 카운터는 여전히 한산하네."

"응……? 이야, 데리스잖아! 오래간만이군!"

카운터 앞의 할아버지는 나를 보더니 흥분한 기색으로 그렇게 말했다. 나는 조지아라는 이름을 지닌 이 할아버지와 굳은 악수를 나눴다.

"할아버지가 아직 살아있어서 안심이야."

"흥, 나는 평생 현역이라고. 오늘도 열심히 인간관찰 중이지."

"일을 하는 게 어때? 일단은 접수 담당이잖아."

"이것도 어엿한 일이라고. 자기 주제를 모르는 미심쩍은 녀석, 그리고 우리 애들을 건들려고 하는 못된 놈들이 없는지 엄격~하게 체크하고 있지."

경비원인가. 본업은 때려치운 거냐.

"저기, 사부님. 이분은 누구죠?"

"아니?! ……이야, 꽤나 예쁘장한 아가씨인걸. 어디서 납치해온 거지? 내가 같이 가줄 테니까, 자경단 대기소로 가자."

"왜 하나같이 그딴 반응을 보이는 건데……?! 이 애는 내 제자라고, 제자!"

경위를 생략하며 설명을 마친 후, 하루에게 인사를 지켰다.

매번 이런 짓거리를 해야 하는 건가. 쳇, 귀찮아…….

"아~ 하루. 이 할아버지는 조지아라고 하는데, 겉보기에는 꾀죄죄하지만 일단은 이 길드의 우두머리야. 그런데 취미가 접수 담당인, 못 말리는 괴짜지."

"괴짜 소리는 집어치워라. 다들 나를 조지 영감이라고 부르지. 잘 부탁한다."

"예, 잘 부탁드려요!"

"……뭐, 여기는 항상 비어 있고, 길드 대표와 친해지는 것도 나쁘지는 않지. 나처럼 적당히 친하게 지내주라고."

"알았어요!"

"주객이 전도된 거 아니냐?!"

농담만 주고받으니 본론으로 들어갈 수가 없다. 나는 게시판에서 가지고 온 의뢰 용지를 카운터에 두며 조지 영감에게 보여줬다. 그러자 하루도 카운터 위에 놓인 종이를 응시했다.

"그레이 코볼트의 소굴 토벌, 인가요?"

"호오, 꽤 스파르타군. 토벌 타입의 의뢰 중에서도 꽤 성가신 몬스터의 소굴을 고르다니…… 이 애는 실력이 꽤 괜찮은가 보지?"

"실은 아직 마법사 레벨1이야. 내 제자로 들어온 지 며칠밖에 안 된 햇병아리거든."

"……이건 레벨3 수준의 토벌 의뢰라고."

게시판에 붙어있던 의뢰 용지에는 적정 레벨이 적혀 있다.

레벨3이면 어엿한 모험가가 파티를 이뤄서 도전해야 할 난이도다. 레벨에 따른 접수 제한은 없지만, 길드의 판단에 따라 달성이 불가능하다고 판단될 경우에는 위약금을 선불로 받는 경우도 있다. 토벌 대상에게 모험가가 살해당했을 경우, 위약금의 회수가 어려워지기 때문이다. 참고로 기한 안에 위약금을 내지 않고 도망칠 경우, 지명수배가 되고 만다.

"강한 상대인가 보네요! 사부님, 의욕이 끓어올라요!"

"아, 그래. 뭐, 데리스가 동행한다면야 풋내기 마법사가 같이 가더라도 어찌어찌——."

"아, 나는 안 가. 그러면 수행이 안 되거든."

내 말을 듣자 조지 영감의 눈동자는 콩알만 해졌으며, 하루의 눈은 반짝거렸다.

* * *

길드에서 그레이 코볼트 토벌 의뢰를 억지로 받아낸 우리는 일단 마을을 벗어나 집으로 돌아갔다.

"조지 할아버지가 필사적으로 말리던데 말이에요……."

"뭐, 하루 정도 나이의 애면 얼추 손녀뻘이니까 말이야. 과보호를 할 정도로 걱정하는 거겠지. 뭐, 개의치 마."

조지 영감은 위약금을 선불로 내놓으라고 했다. 레벨1이 이 정도 의뢰를 클리어한 전례가 있는데도 말이다. 뭐, 그 녀석들은 파티를 짜서 의뢰를 수행했을지도 모르지만 말이야.

"점심때가 되었는데, 집에 돌아와도 괜찮은 거예요?"

"그래. 목적지인 폐광산은 이 산의 반대편에 있거든. 그리고 하루에게 장비도 건네줘야 하잖아."

"장비?"

하루가 머무는 방의 바닥에는 색깔이 미묘하게 다른 판자가 깔려 있다. 사실 이 판자는 빠지게 되어 있다. 그리고 판자 밑에는…….

"──보물 상자네요."

"예전에는 다른 녀석이 이 집에 살았다는 이야기를 전에 했었지? 이 상자 안에는 그 녀석이 남겨두고 간 장비가 들어 있어. 하루, 이걸 너한테 줄게."

나는 상자에서 꺼낸 의복 『컴뱃 로브』를 하루에게 건네줬다. 전체적으로 오렌지색을 띠고 있으며, 움직임이 편한 타입의 복장이다. 전투법이나 이미지적으로 볼 때 하루에게 딱 어울리는 옷이다.

"예엣?! 바, 받을 수 없어요. 이건 다른 분의 물건이잖아요?"

"괜찮아. 그 녀석이 견습 시절에 쓰던 거니까 말이야. 최적화 마법이 걸려 있으니까, 입으면 네 몸에 맞게 사이즈가 조절될 거야. 이 옷도 보물 상자 안에 처박혀 있는 것보다는 누군가가 자기를 입어주는 걸 기뻐할 거야."

"으음~ 그런가요……."

"거실에서 기다리고 있을 테니까, 입고 나와."

"예~."

하루의 대답을 들으며 방에서 나온 나는 기다리는 동안 거실에서 아이템을 정리했다. 길드에서 돌아오는 길에 구입한 회복약 같은 필수 물자를 보관 기능이 있는 파우치에 넣었다. 그리고 필요 없는 물건들을 꺼내고……. 아, 하루의 물건도 꺼내둘까.

"사부님~."

"어라, 벌써 다 갈아입은 거야? 의외로 금방── 푸읍?!"

하루의 목소리가 들린 방향을 향해 고개를 돌린 순간, 나는 화들짝 놀랐다. 컴뱃 로브를 반쯤 걸치다 만 상태인 하루가 미안하다는 표정을 지으며 서있었던 것이다.

"이 옷, 어떻게 입는 건지 모르겠어요……."

"그건 알겠어. 알겠는데…… 너는 좀 수치심이라는 걸 가져!"

"무슨 소리를 하는 거예요! 사부님 말고 다른 사람 앞에서는 이러지 않는다고요!"

너는 왜 자신만만한 투로 그딴 소리를 늘어놓는 거냐고. 아무리 내 취향과 정반대라고 해도, 너는 일단 고등학생이잖아. 누구나 실수라는 걸 할 때가 있단 말이다. 나도 옛날에 의도치 않게 실수를 범한 적이……. 아, 지금은 그런 소리를 늘어

놓을 때가 아니지!

"하루, 부탁이니까 나한테도 함부로 속살을 보여주지 마. 오늘 마을에서 들었던 농담이 농담이 아니게 될 수도 있단 말이야. 그 녀석들은 진짜로 소문내는 걸 좋아하니깐, 잘못된 정보가 퍼지기라도 하면 진짜로 난리날 수도 있어."

"……예?"

아무래도 이해를 못 한 것 같다. 아무튼, 이 상황을 타파하기 위해 옷을 입는 법을 가르쳐주기로 했다. 이렇게 입는 거라고!

"알았어요!"

"좋아! 그럼 방에 가서 제대로 입고 와!"

"예!"

……피로가 밀려왔다. 나쁜 뜻이 전혀 없기 때문에 더 골치가 아프다고……. 으음, 내가 뭘 하고 있었더라. 아, 그래. 짐을 정리하고 있었지. 내 멘탈아, 조금만 더 힘내.

얼마 후, 하루의 발소리가 들렸다. 그러자, 자연스레 몸이 긴장됐다.

"사부님, 옷 다 입었—— 어, 거실이 왜 이렇게 난장판이에요?!"

"아, 정리를 하고 있었는데……."

그러고 보니 거실이 가방에서 꺼낸 물건들로 가득 찼다. 큰일 났다. 무의식적으로 평소처럼 어지럽히고 말았어.

"청소를 해야 하는 제 심정을 좀 헤아려 주세요~."

"이 타이밍에서 그런 소리를 듣는 걸 납득 못하겠지만, 지금은 일단 솔직하게 미안하다고 말해두지. 아, 그 로브가 잘 어울리는걸."

"사부님~ 이 타이밍에 칭찬을 받아봤자 하나도 기쁘지 않다고요."

컴뱃 로브를 걸친 하루는 약간 부끄러워했다. 좋아. 전임자와 가장 차이가 나는 가슴 볼륨 쪽도 최적화가 되었는걸. 구분상으로는 로브로 분류되는 장비지만, 근접전 때도 움직이기 쉬우며 발차기도 날릴 수 있는 구조다. 구체적으로 설명하자면 스패츠가 포함되어 있다. 이 정도면 주먹질 및 발길질을 하는 무투파 마법사라고 소개해도 남들이 납득하겠지.

"뭐, 정리는 나중에 하기로 하고…… 그럼 하루는 그레이 코볼트의 소굴에 가줘야겠어."

"나중에 정리해야 할 사람은 저지만, 일단 의뢰를 우선하도록 할게요!"

너 대체 얼마나 가고 싶은 거냐…….

"나도 아무 이유 없이 이렇게 거실을 엉망으로 만든 건 아냐. 이 파우치 좀 보라고. 이건 아까 그 가방과 마찬가지로 수납 기능이 달려 있어. 안에는 HP와 MP를 각각 회복시켜주는 약과 횃불, 밧줄 등 탐색에 필요한 것들과 곡괭이가 들어있지."

"곡괭이도 들어있나요?"

"곡괭이도 들어있어. 길드에서 받은 의뢰는 그레이 코볼트의 토벌이지만, 목적을 하나 더 추가할 거야. 이 광석을 채취해와."

나는 파우치 안에서 새까맣고 조그마한 광석을 꺼내서 하루에게 보여줬다.

"지금 네가 가야 하는 폐광산의 가장 깊숙한 곳에서 이걸 캘 수 있어. 이 광석으로 하루의 무기를 만들 거니까, 최대한 많이 캐서 이 파우치에 넣어와."

"숯보다 새까맣──. 어, 무겁잖아요?!"

내가 넘겨준 광석을 아무 생각 없이 넘겨받은 하루가 무심코 양손으로 광석을 움켜잡았다. 그야 물론 무겁지. 야구공만한 이 광석이 볼링공보다 무겁거든. 발등에라도 떨어지면 심하게 다칠 수도 있다.

"저기, 마법사의 장비를 만드는 거죠?"

"그래. 마법사의 장비를 만들 거야."

당연하잖아.

"그리고 그레이 코볼트를 해치우면 증거 삼아 꼬리를 잘라서 파우치에 넣어와. 광석은 곡괭이를 쓰더라도 캐는 게 쉽지 않으니까, 몬스터를 전멸시킨 후에 캐도록 해. 안 그러면 위험하거든. 그리고 내 예상으로는 이 수련 도중에 하루의 직업 레벨이 오를 거야. 무사히 돌아오면 어떤 스킬을 새로 익힐지 같이 생각해보자. 그때까지는 레벨과 스킬 슬롯에 대해 생각하지 말고 수련에 집중하도록! 알았지?"

"알았어요!"

"좋아, 출발! ⋯⋯하기 전에 밥을 먹자."

"지금 준비할 테니까, 잠시만 기다려주세요."

하루는 로브 위에 앞치마를 걸치더니, 주방으로 향했다.

✳ ✳ ✳

점심 식사를 마친 데리스와 하루나는 마을과 반대 방향으로 하산하여 폐광산으로 향했다. 나무가 무성하고 길이라 부르기도 힘든 경로를 따라 걸으니 상당히 피로했다. 하지만 두 사람의 얼굴에는 피로가 어려 있지 않았다. 그뿐만 아니라 유원지에 놀러가는 부녀처럼 걸음이 가벼워 보였다.

"하루, 이 근처에서부터 몬스터가 나오기 시작할 거야. 나는 이 나무그늘에서 책이라도 읽으면서 기다릴 테니까, 여기서부터는 혼자 가도록 해. 괜찮겠어?"

"장소도 사부님이 알려주셨으니 아마 괜찮을 거예요."

"좋아. 이게 첫 실전이야. 뭐, 무리는 하지 말고 즐기다 와."

"예!"

파우치를 허리에 두른 하루나는 힘찬 목소리로 대답을 하며 달리기 시작했다. 지금까지는 속도를 내지 않았던 걸까.

나무들 사이를 가르며 달려가더니, 두꺼운 나뭇가지를 움켜잡고 매달리며 경쾌하게 나아간 하루나는 어느새 데리스의 시야에서 사라졌다.

"……산에서 자란 건가?"

데리스는 감탄과 어이없음이 반반씩 섞인 한숨을 내쉬었다.

한편, 최대한 빠르게 나아가고 있던 하루나는 곧 몬스터를 발견했다. 더러운 곤봉을 손에 쥐고, 잿빛 털로 온몸이 뒤덮인 조그마한 인간형 몬스터다. 몸집은 하루보다도 작았다. 하지만, 머리 부분은 늑대나 개와 비슷한 형태를 지녔다. 쉴 새 없이 코를 킁킁거리면서 뭔가를 찾듯 주위를 둘러보고 있었다.

(저게, 몬스터…….)

커다란 나무의 가지 위에 올라서서 몸을 숨긴 하루나는 그레이 코볼트를 관찰했다.

그레이 코볼트란 갈색 털을 지닌 코볼트의 아종이며, 인간에 대한 경계심이 강할 뿐만 아니라 흉포했다. 가장 무서운 점은 집단으로 행동하기 때문에 난전이 펼쳐지기 쉽다는 점이다. 한 마리뿐이라고 해도 고함을 질러서 주위에 있는 동료들을 부르는 습성을 지녔으며, 능숙한 모험가에게도 성가신 상대다. 단독으로 싸운다면 전투 관련 직업으로 레벨2, 다수를 상대한다면 레벨3의 파티가 적절하다고 여겨지는 몬스터다.

(보아하니, 이 주위에 있는 그레이 코볼트는 저 한 마리뿐이야. 하지만 너무 시간을 끌면 동료를 부를 가능성이 있어. 그렇다면——.)

힘차게 나뭇가지에서 뛰어내린 하루나는 지면에 착지하자마자 땅을 박차면서 앞으로 나아갔다. 총알처럼 나아간 하루나는 나무들의 사각지대를 이용해 그레이 코볼트에게 최대한 들키지 않는 최단 경로로 내달렸다. 그리고, 그레이 코볼트의 배후로 쇄도했다.

(——순식간에 해치우면 돼.)

하루나는 그레이 코볼트의 발을 걷어찼다. 깔끔하게 들어간 그 발차기는 그레이 코볼트를 공중으로 띄웠으며, 상대가 얼이 나가게 만들었다. 하늘을 쳐다보고 있는 그레이 코볼트의 시야에 들어온 것은 푸른 하늘과 하얀 구름, 그리고 그 뒤를 이어 나타난 검은색 그림자였다.

"으음, 역시 룰이 없으니 해치우기 쉽네."

그레이 코볼트의 안면에 꽂힌 주먹을 뽑아든 하루나는 여전히 미소를 지으며 그렇게 말했다.

* * *

카츠라기 하루나는 철이 들었을 때부터 노력을 아끼지 않는 소녀였다. 경쟁사회, 수험전쟁, 스포츠── 그래야만 하는 요인은 얼마든지 있다. 하지만 하루나의 근간을 이루고 있는 건 그런 어려운 것들이 아니라, 진심으로 사랑했던 어머니가 해준, 그저 흔한 말이었다.

『하루나라는 이름에는 말이지, 정말 멋진 의미가 담겨있단다. 언제든, 그 어떤 일이 있어도 절대 포기하지 않는다. 어떤 때라도 노력할 수 있다. 이 엄마는 하루나가 그런 아이가 되어주면 기쁠 것 같아.』

어릴 적에 누구라도 들은 적이 있을 듯한, 자신의 이름이 지닌 유래. 하루나는 이 말을 들은 순간, 마음속이 환하게 맑아지는 듯한, 그런 엄청난 충격을 받았다. 하루나는 남들에 비해 머리가 좋은 편이 아니기에, 어머니가 한 말의 의미를 전부 이해하지는 못했다. 하지만, 그녀는 바보 같을 정도로 솔직했다.

『응! 나, 노력할 수 있도록 노력할게!』

어머니는 그 말을 듣더니 웃음을 흘렸다. 그 반응을 보고 의욕이 불타오르기 시작한 하루나는 그날부터 포기하는 것을 관뒀다.

그다지 잘하지 못하는 공부에 있어서는 교사와 친구들에게 가르침을 구했고, 최고는 되지 못하더라도 중위권을 유지하게 됐다. 맞벌이라 부모님이 두 분 다 계시지 않는 날에는 솔선해서 집안일을 도왔다. 동생이 게임을 깨지 못하겠다며 엉

엉 울 때는 시크릿 스테이지와 시크릿 보스까지 공략해서 동생을 기쁘게 해줬다.

무슨 일에도 죽을힘을 다해 최선을 다했다. 그런 하루나가 가장 재능을 꽃피운 것은 운동경기였다. 중학교 때, 하루나는 소꿉친구인 치나츠의 권유로 함께 검도부에 입부했다. 발놀림, 죽도를 쥐는 법 등 초심자인 하루나는 아는 게 없었지만, 자신의 비정상적인 집중력을 통해 몸으로 그것들을 익혔다. 원래 운동신경이 좋았던 하루나는 엄청난 속도로 실력이 늘었으며, 초등학생 때부터 죽도를 해온 치나츠에게 한 달 만에 이기게 되었다. 그 다음 주에는 레귤러인 상급생에게 이겼으며, 그 다음 주에는 주장을 에이스의 자리에서 내려오게 만들었다.

그 순간, 하루나는 마음속 깊은 곳에서 생겨난 말로 형용할 수 없는 쾌감을 느꼈다. 자신의 노력이 명확한 형태로 나타났다. 그것이 너무나도 기분 좋았다. 단순히 생각하면, 이것들은 승자를 결정하기 위한 경쟁이다. 노력하고, 배우고, 흡수하고, 지고, 그리고 또 노력해서, 상대를 넘어선다——. 이 흐름에서 쾌감을 느낀 하루나는 어머니의 가르침이 옳았다고 확신했다. 그리고 더욱 맹신하게 됐다.

그 후에도 하루나의 실력은 쑥쑥 늘어났고, 여자만이 아니라 남자 중에도 그녀를 이길 수 있는 자가 없어졌다. 시합에서는 연전연승을 할 뿐만 아니라, 개인전으로 전국제패마저

했다. 하루나와 싸운 선수 중 한 명이 잡지 인터뷰에서 이런 말을 했다고 한다.

『저와는 눈빛이 달랐어요. 귀기가 어려 있었다고나 할까요. 시합이 아니라, 일본도를 들고 결투를 하는 느낌이었다고나 할까요……. 으음, 내가 지금 무슨 소리를 하는 거야? 그냥 못 들은 걸로 해주세요. 아하하.』

기자는 그녀가 센스 있는 농담을 했다고 여겼다. 하지만, 하루나와 대전한 경험이 있는 자들은 그 말을 듣고 식은땀을 흘렸다. 룰이 있는 시합이라 살았다. 하지만 아무런 속박도 없는 싸움이었다면, 순수하게 서로의 목숨을 빼앗는 시합이었다면, 그녀는 주저 없이 상대를 해치지 않았을까? 평소와 마찬가지로, 전력을 다해──.

검도를 통해 죽을힘을 다해 몸과 마음을 단련한 하루나는 더욱 뛰어난 정신력을 습득했다. 하루나는 부활동만이 아니라 구기대회나 일반인이 참가 가능한 마라톤에서도 전설을 만들었으며, 그 이름은 널리 알려졌다.

중학교를 졸업하고 치나츠와 같은 고등학교로 진학한 하루나는 당연히 검도부에 들어가려 했다. 하지만 그런 하루나를 다른 운동부에서 탐을 내지 않을 리가 없고, 하나같이 자기 부로 데려가기 위해 권유활동을 했다.

『그럼 견학만 할게.』

그런 말을 했을 때는 이미 늦었다. 스포츠의 스타트라인에

선 하루나에게 도중에 관둔다는 선택지는 존재하지 않았다. 온갖 부활동에 참가하다 보니, 하루나는 그중 하나만 고를 수가 없었다. 그런데도 그 부의 누구보다도 뛰어난 결과를 남기고 있었기에, 다들 하루나를 놔주고 싶어 하지 않는다는 악순환이 생겨났다.

『하루나는 욕심쟁이잖아. 이렇게 됐으니 돌아가면서 모든 부활동에 다 참가하는 건 어때?』

『그런 방법이 있었네! 역시 치나츠는 머리가 좋다니깐!』

『지, 진심이야……? 으음, 농담──.』

그런 경위로 모든 부에 자기 이름을 올린 하루나는 도우미로서 차례차례 모든 부활동에 참가했다. 하루나 쟁탈 분쟁을 종식시킨 치나츠는 각 부의 주장들에게 감사 인사를 받았고, 그 바람에 당혹스러워했다.

폭넓은 분야에서 사력을 다하게 된 하루나는 중학생 시절의 검도처럼 전국제패를 하지는 않았다. 하지만 그 조그마한 몸에 쌓인 기술과 경험은 그녀를 인간을 초월한 영역으로 이끌어갔다.

* * *

"꼬리를 잘라서 가져가야 했지? 좋아~."

하루나는 숨통이 끊긴 그레이 코볼트의 꼬리를 파우치에서 꺼낸 수렵 나이프로 잘랐다. 마치 생선을 손질하는 느낌이었으며, 피가 뿜어져 나오자 따로 피를 빼야 하나? 같은 생각만 했다. 그레이 코볼트를 그저 소재로 여기는 것이다.

"폐광산은 조금 더 가야하지? 해가 지기 전에 돌아오고 싶으니까, 좀 서둘러야지."

다시 달리기 시작한 하루나는 곧 채굴소 입구를 발견했다. 그와 동시에 감시 역할로 보이는 그레이 코볼트 두 마리도 포착했다. 복장은 아까 해치운 그레이 코볼트와 거의 동일했으며, 두 마리 다 곤봉을 들고 있었다. 입구 주위에는 하루나가 몸을 숨길 만한 나무가 없어서 모습을 드러내고 싸울 수밖에 없는 상황이었다.

(서로의 사각지대를 커버하며 보초를 서고 있네. 무기도 들고 있는 걸 보면, 지능이 나쁘지는 않아 보여. 이렇게 됐으니 고전적인 방법을 써볼까?)

하루나는 이곳에 오는 도중에 주워든 돌을 파우치에서 꺼낸 다음, 정신을 집중했다.

"에잇……!"

하루나가 던진 돌은 그레이 코볼트의 머리 위, 그러니까 그들이 경계하고 있지 않은 공간을 통과하더니 그대로 광산 입구 뒤편에 떨어졌다.

──달그락.

"그오?"

그 소리에 반응한 그레이 코볼트는 동료에게 무슨 소리가 들리지 않았어? 라는 의미가 담긴 듯한 제스처를 보냈다.

"그오그오."

"고오옹."

"그오."

이윽고 그레이 코볼트 한 마리는 소리가 발생한 곳을 확인하기 위해 그 자리를 벗어났다. 그러자 그곳에는 그레이 코볼트 한 마리만이 남았다. 그 순간, 하루나는 이미 다음 수를 준비했다.

"으......?!"

하루나가 던진 돌이 보초를 서고 있던 그레이 코볼트의 목에 꽂혔다. 목을 공격당한 탓에 비명조차 제대로 지르지 못한 그레이 코볼트는 눈앞에서 무언가가 다가오는 모습을 보았다. 그 상대는 이미 코앞까지 다가와 있었다.

도약을 하면서 그레이 코볼트의 머리를 움켜쥔 하루나는 그대로 무릎 차기를 날렸다. 이 공격에 의해 그레이 코볼트는 목숨을 잃었을지도 모르지만, 하루나는 움켜쥔 머리를 그대로 지면에 충돌시켰다. 그레이 코볼트를 쿠션 대용으로 쓴 것이다.

그레이 코볼트 한 마리를 손쉽게 해치웠다. 그리고 착지와 동시에 내달리기 시작한 하루나는 또 돌을 손에 쥐고 있었다. 모습을 감춘 그레이 코볼트를 쫓아간 하루나는 곧 채굴소 입구로 돌아왔다. 그런 그녀는 돌이 아니라 그레이 코볼트의 꼬리를 쥐고 있었다.

이제까지의 노력이 결실을 맺으며, 자기보다 강한 자와의 대결에서 발휘된다. 노력은 정의이며, 그 무엇보다 올바를 뿐만 아니라, 무엇보다도 즐겁다. 하루나가 그런 생각을 마음속에 품고 있는지는 알 수 없다. 하지만 하루나는 착실히, 죽을 힘을 다해 몬스터를 해치우는 법을 배웠으며, 항상 미소 짓고 있었다.

* * *

무릎차기로 해치운 그레이 코볼트의 꼬리를 회수한 하루나는 채굴소 입구에서 내부를 살폈다. 지면에 깔린 채굴용 차량의 레일은 안쪽으로 이어져 있지만, 빛은 거의 존재하지 않았다. 벽 쪽에서 튀어나와 있는 크리스털 결정이 흐릿한 빛을 뿜고 있을 뿐이었다. 횃불로 빛을 확보하지 않는 한, 나아갈 수도 없을 것 같았다.

"응, 어떻게든 되겠네. 횃불을 쓰면 눈에 띌 테니까, 그냥 이대로 가자."

하지만 하루나는 밤눈이 좋기에 그 점도 크게 문제가 되지는 않았다. 크리스털의 빛만으로도 충분하다고 판단한 그녀는 겁 없이 광산 안을 나아갔다. 나아가면 갈수록 주위는 어둠에 뒤덮였다. 안쪽에서 늑대의 울음 같은 소리가 들려왔고, 귀를 기울여보니 금속이 맞부딪치는 소리도 들렸다.

(사부님은 그레이 코볼트가 빛나는 물건을 모으는 습성을 지녔다고 했지? 혹시 채굴소에서 곡괭이로 광석을 캐고 있는 걸까? 까마귀 같은 습성을 지녔나 보네.)

불길한 분위기가 감도는 와중에도 그런 생각이나 하고 있는 것을 보면, 하루나는 역시 비정상인 걸지도 모른다. 몬스터의 소굴에 들어가는데도 전혀 긴장하지 않고, 담담히 주위를 경계하며 나아가고 있다. 그러자 외길인 통로에 깔린 레일이 끊기더니, 그 끝에 존재하는 거대한 공간이 눈에 들어왔다.

커다란 기둥이 한가운데에 존재하는 큰 방이다. 하루나가 걸어온 통로는 이 공간의 상층부에 위치해 있으며, 공간은 아래편으로 계속 이어지고 있었다. 목제 발판이 층을 형성하듯 존재했고, 그레이 코볼트가 발판을 이용해서 이동하는 모습이 보였다. 바깥쪽의 벽에는 구멍이 뚫려 있으며, 그곳에서 광석을 채취하는 소리가 흘러나왔다.

(이 레일은 여기까지만 설치된 게 아니라, 파괴된 것 같네……. 이곳은 나중에 생긴 공간인 걸까? 뭐, 그건 내가 알 바 아니지. 문제는 이 공간에 있는 그레이 코볼트의 숫자야. 언뜻 봐도 열 마리는 넘는 것 같고, 아까처럼 기습을 할 수도 없어. 게다가 이렇게 구멍이 많아서야 탐색에도 시간이 걸려. 으음, 빨리 그레이 코볼트를 해치운 다음, 목적지로 이어지는

루트를 찾으려면——.)

하루나의 머리에서 검은 연기 같은 게 피어올랐다. 이럴 때 단짝친구인 치나츠가 있다면 좋은 아이디어를 내줬을지도 모르지만, 지금은 직접 방도를 강구해야만 한다. 고심하고 또 고심한 결과, 하루나는 머릿속을 스친 작전을 우직하게 실행에 옮기기로 했다.

"어이~ 여기야~!"

고함을 질렀다. 그레이 코볼트가 있는 이 공간 전체에 울려 퍼지도록, 가능한 한 큰 목소리로 고함을 질렀다. 침입자인 자기가 여기에 있다고 선언하듯.

"그오?!"

"그오오오——옹!"

물론 이런 짓을 한다면, 인간을 질색하는 그레이 코볼트가 경계태세를 취할 것이다. 곳곳에서 울음소리가 들리더니, 벽에 있는 구멍에서 그레이 코볼트가 차례차례 모습을 드러냈다. 곤봉이나 곡괭이를 든 그놈들은 발판을 올라오며 하루나에게 몰려들기 시작했다.

발판 중에는 벽을 따라 완만한 나선 형태를 그리고 있는 것도 있는가 하면, 사다리로 오르내려야 하는 곳도 있다. 하지만, 하루나가 있는 곳으로 이어지는 발판은 나선 형태로 이어져 있는 외길뿐이다. 그것도 폭이 2미터도 되지 않을 만큼 좁다. 폭이 좁을 뿐만 아니라 이렇게 불안정한 곳에서는 그레이 코볼트가 일제히 다가오지 못할 테니, 끽해야 두 마리 정도가 선두에 설 수 있을 것이다. 게다가 손에 쥔 무기를 휘두르다 간 옆에 있는 동료가 맞을 수도 있기 때문에 움직임도 제한된다. 하루나는 이 점을 이용해 이곳에 있는 모든 그레이 코볼트를 한꺼번에 상대하기로 마음먹은 것이다.

　──실은 발판을 무너뜨려 추락시켜서 일망타진할까도 생각해봤다. 하지만 발판을 무너뜨려서 암벽등반으로 이 공간을 이동하다간, 돌아가는 데 시간을 지나치게 잡아먹을 것 같았다. 발판은 그만큼 소중한 것이다.

"그오오!"

인간형이라고 해도 행동거지는 짐승 그 자체다. 그레이 코볼트 무리는 순식간에 나선형 발판을 뛰어올라왔다. 하루나는 가볍게 준비운동을 하며 그 광경을 살펴본 후, 자신의 생각을 솔직하게 말했다.

"와아, 화가 제대로 났나 보네. 의외로 상대하기 쉽겠는걸?"

……하고 말이다.

(또 돌로 공격하는 것도 괜찮겠지만, 그래선 스킬 레벨이 올라가지 않잖아. 마법은 위기 상황에 대비해 온존하고 싶으니까, 배수진을 친 심정으로 힘내야지. 파이팅~!)

하루나는 마음속으로 기합을 넣은 후, 코앞까지 다가온 그레이 코볼트 무리와 대치하며 전투태세를 취했다. 정면을 쳐다보며 오른발을 앞으로 내민 후, 두 손을 펼쳐들면서 앞으로 내밀었다.

그 순간, 하루나의 마음속에 존재하는 스위치가 켜지더니, 그녀를 둘러싼 분위기가 변모했다. 하루나의 눈동자에 깃든 것은 예전에 그녀의 대전 상대들을 공포에 사로잡히게 만들었던 불온한 빛이다. 하지만, 감정적으로 변한 그레이 코볼트들은 그것을 눈치채지 못했다.

"그오옹~!"

앞 다퉈 달려온 그레이 코볼트 중 선두에 있던 녀석이 도약하더니, 그대로 곤봉을 휘둘렀다. 그 모습은 채굴소 입구에서 하루나가 무릎차기를 날렸을 때와 흡사했다.

──하지만, 그 후에 펼쳐진 결과는 그때와 명백하게 달랐다.

"하앗!"

하루나는 자신을 향해 날아오는 곤봉을 간단히 피하더니, 팔로 공중에 떠있는 그레이 코볼트를 가볍게 받아넘기며 흘렸다.

"그옹……?!"

그레이 코볼트는 반격을 당한 줄 알고 긴장했지만, 전혀 대미지를 받지 않았다. 하지만 그의 몸은 그대로 튕겨져 나가더니, 허공에 내던져졌다.

"그오오오오오……."

곧 내용물이 가득 들어있는 풍선이 터지는 듯한 소리가 들렸다. 하루나는 이 큰 공간의 천장 인근, 즉 나선 발판의 최상층에 있다. 그곳에서 떨어진 그레이 코볼트는 최후의 순간까지 비명을 지르다 결국 지면과 격돌했다. 그리고 어떻게 되었을지는 이야기할 필요가 없으리라. 그레이 코볼트가 원형을 유지하지 않고 있을지라도, 하루나에게 필요한 것은 꼬리뿐이다.

"후우……."

하루나는 크게 숨을 내쉬었다. 그녀가 방금 사용한 무술은 합기도였다. 상대의 힘을 이용해서 곱절의 대미지를 가하는 무술──그런 달인이나 가능할 법한 기술은 아무리 하루나라도 익히지 못했다. 그녀가 습득한『격투술』이라는 스킬의 은총을 얻고서야, 비로소 이런 판타지 같은 광경을 자아낼 수 있게 된 것이다.

"그오?!"

"그오옹?!"

"그오~!"

그 뒤를 이어, 하루나는 그레이 코볼트들을 연이어 나락으로 떨어뜨렸다. 그들은 자신에게 무슨 일이 일어난 것인지 이해하지 못했으며 어떤 자는 용맹하게, 어떤 자는 충분히 경계하면서, 또 어떤 자는 뒤에 있는 동족에게 떠밀리며 똑같은 결과를 맞이했다.

고도의 기술을 쓴 덕분에 하루나의 스킬은 연이어 레벨업을 했지만, 그녀는 그런 표시가 눈에 들어오지 않았다. 그녀의 머릿속에 존재하는 것은 다음 사냥감이 어떤 식으로 움직일까, 하는 일관된 생각뿐이었다. 머릿수가 반 이하로 줄었을 즈음, 그레이 코볼트 무리는 하루나와 싸우는 것이 무모하다고 생각한 것인지 그대로 걸음을 멈췄다.

"휴우, 컨디션이 좋네~."

그레이 코볼트들이 덤벼들지 않자, 하루나는 자세를 풀면서 온화한 분위기를 머금었다. 지면에는 그레이 코볼트의 시체가 산처럼 쌓여 있었다. 해체하는 것도 고생이겠다고 머리 한편으로 생각하며 하루나는 눈앞에 서있는 그레이 코볼트를 쳐다보았다.

"아, 미안해! 나 혼자만 즐겼네. 그럼 이제부터는 내가 공격을 할게."

하루나는 아까와 다른 자세를 취했다. 하루나에게 감도는 기운이 바뀌었다는 사실을 인식한 그레이 코볼트들은 공포에 사로잡혔다. 스테이터스 면에서 **자기보다 약간 뛰어난** 상대에게 고전할 리가 없는 하루나의 유린은 그 후로도 계속 이어졌다.

* * *

"응, 얼추 끝났네!"

이곳에 있던 대부분의 그레이 코볼트를 해치운 하루나는 주먹에 묻은 피를 닦으면서 그렇게 말했다. 공포에 질린 그레이 코볼트는 오합지졸이나 다름없었으며, 후반부에는 도망치는 놈도 속출했다. 하루나는 별다른 대미지를 입지 않고, 원래라면 파티를 이뤄서 치러야 할 전투를 혼자서 승리로 마쳤다.

하지만 그런 하루나도 딱 하나의 실수를 범하고 말았다. 그것은 바로――.

"아앗! 이 손수건은 치나츠가 준 거잖아!? 크, 큰일 났네. 이걸로 피를 닦았어. 빨리 물로 씻어야 해…….."

치나츠한테서 빌렸던 손수건으로 피범벅이 된 주먹을 닦고 말았다. 귀여운 핑크색이 소름이 돋는 선혈색으로 물들었다. 이 세계에는 세제나 표백제가 없다. 이렇게 되면 시간과의 승부다. 하루나는 허둥대면서 주위에 물을 구할 곳이 없는지 찾았다.

"앗, 이 파우치는 들어가 있는 물건의 시간을 정지시켜주지? 이, 일단 여기에 넣어두자."

――문제는 무사히 해결된 것 같았다. 한숨 돌린 하루나는 산더미처럼 쌓인 그레이 코볼트의 시체에서 꼬리를 잘라서 수거하는 작업을 시작했다. 잘라서 파우치에 넣고, 잘라서 파우치에 넣고……. 꽤나 시간이 걸릴 것 같았다.

(그건 그렇고, 전체적으로 컨디션이 좋네. 합기도의 흘리기

도 만화처럼 깔끔하게 들어갔고, 타격기와 관절기도 재미있을 정도로 완벽하게 들어갔잖아. 이것도 스킬 덕분일까? 스킬을 좀 더 갈고닦으면, 현실에서 못 썼던 기술도 쓸 수 있는 거 아냐?)

하루나는 그런 생각을 하면서 작업을 담담히 이어갔다. 곧 이 자리에는 서른여덟 마리의 꼬리 없는 그레이 코볼트의 시체만 굴러다녔다.

"해체 작업, 끝! 으음~ 달성감이 끝내주네……! 쓰러뜨린 상대를 해체해야 한다면, 확『해체』스킬을 익히는 것도 괜찮을 것 같아. 좋아, 사부님과 상의해봐야지. 이런 고민을 하는 것도 즐거워~."

하루나는 수렵 나이프를 파우치에 집어넣고는, 다음 목적지를 쳐다보았다. 최하층에는 다른 동굴과 별반 다르지 않아 보이는 동굴이 있었다. 수많은 동굴을 다 탐색하려면 시간이 지나치게 걸린다. 그래서 하루나는 도망치려 한 그레이 코볼트가 어느 동굴로 향하는지를 통해 판단을 내리기로 했다. 전투 도중에 도망치려고 한 그레이 코볼트가 몇 마리 있었는데, 그대로 내버려두자 전부 이 동굴로 도망치려 했다. 그래서 하루나는 이렇게 생각했다.

(즉, 이 동굴에 뭔가가 있어!)

……바보와 천재는 종이 한 장 차이라고 하는데, 이 상황에서는 어떻게 판단해야 할까?

그 동굴에 들어가 보니, 이곳도 벽에 크리스털이 박혀 있었다. 덕분에 시야는 확보됐다. 하루나는 기습을 경계하면서 성큼성큼 나아갔다.

벽 곳곳에는 채굴 흔적이 있었으며, 지면에는 곡괭이가 방치되어 있었다. 아무래도 아까까지 이곳에서 채굴이 이뤄진 것 같았다. 지금은 금속음이 들리지 않지만.

"으음, 이곳이 종점일까?"

동굴 끝에는 또 넓은 공간이 존재했다. 아까 전의 공간보다는 작지만, 이곳도 꽤 넓었다. 데리스의 집이 몇 채는 통째로 들어갈 것 같았다.

그곳에서 하루나는 발견했다. 이곳의 안쪽 벽에, 다른 광석과 이질적인 분위기를 지닌 광석이 박혀 있다는 사실을. 그레이 코볼트 토벌에 이은 두 번째 목적을 달성할 수 있게 됐다. 이 광석을 채취해서 돌아가면, 하루나는 오늘 수련을 마치는 것이다.

"그루오오오오———!"

"뭐, 이렇게 간단히 끝날 리가 없지!"

머리 위편에서 커다란 울음소리가 들리자, 하루나는 예상했다는 듯 눈을 반짝였다. 그래서 길드에서 조지 할아버지가 그렇게 반대를 했던 것이다. 이런 토벌 의뢰가 이렇게 물러터졌을 리가 없다. 분명 뭔가가 있다. 하루나는 그런 확신을 가지고 있었다.

"그오오오."

하루나가 고개를 들자, 거대한 그림자가 눈에 들어왔다. 그레이 코볼트의 머리를 세 배 정도로 크게 만들고 송곳니와 손톱, 근육을 더욱 강인하게 만든 듯한 외형이다. 손에 쥔 무기는 폐기 직전의 곤봉이 아니라, 강철제 대형 배틀 메이스였다. 눈앞에 있는 하루나를 사냥감이라 여기는 건지, 늑대를 연상케 하는 입에서는 타액이 흘러나오고 있었다.

부웅 하는 소리를 내며 상대가 팔을 휘둘렀다. 뭔가가 날아온다는 것을 눈치챈 하루나는 서둘러 그 자리를 벗어났다.

──쾅!

하루나를 향해 날아온 것은 바로 커다란 바위였다. 맹렬한 기세로 날아온 그것은 하루나가 방금 지나왔던 통로를 막았다.

(어라라, 퇴로가 끊겼네. 이게 그레이 코볼트의 두목인 걸까? 사부님은 전부 해치운 다음에 채굴을 하라고 했으니까, 우선 이 녀석부터 어떻게 해야겠네.)

우람한 몸집을 지닌 그레이 코볼트 보스 앞에 선 하루나는 손을 쥐락펴락하면서 무엇부터 할지 결정했다. 사냥감으로 여기는 하루나의 그런 태도가 마음에 들지 않는 건지, 그레이 코볼트 보스는 분노에 찬 고함을 터뜨렸다. 분노는 다음 행동으로 이어졌고, 놈은 그대로 지면으로 뛰어내렸다.

"그르르르르……!"

"우와, 가까이에서 보니 진짜 크네."

대치한 하루나와 그레이 코볼트 보스는 어른과 어린애, 아니, 그 이상으로 체격에서 차이가 났다. 게다가 상대는 둔기까지 들고 있었다. 우직하게 정면 승부를 펼쳤다간 상대도 되지 않을 것이다. 물론 하루나 또한 그럴 생각은 눈곱만큼도 없었다.

"그르아――!"

상대가 힘껏 휘두른 메이스가 대지에 작렬하자, 채굴소가 뒤흔들렸다. 이 공격을 피한 하루나는 파워로 승부해서는 승산이 없다는 사실을 재확인했다. 그렇다면 부드러움으로 강함을 제압하는 방침으로 가기로 했다.

상대의 맹렬한 공격을 합기도로 흘려낸 후, 자신의 힘을 더해 그레이 코볼트 보스를 지면에 내동댕이쳤다. 공격 목표로 삼은 건 상대의 머리다. 상대가 선 상태에서는 공격을 명중시키기도 힘들지만, 쓰러뜨리고 나면 높이는 신경 쓸 필요가 없다.

하루나는 상대를 쓰러뜨리자마자 머리에 발차기를 꽂았다. 지금의 힘으로 날릴 수 있는 혼신의 일격을 명중시킨 것이다.

――부웅!

"우왓!"

상대가 휘두른 메이스가 하루나의 긴 머리카락을 스치고 지나갔다.

"그오오."

"우와~ 생각했던 것보다 훨씬 튼튼한 것 같네……."

그레이 코볼트 보스는 정신을 차리려는 듯 머리를 세차게 흔들더니, 낮게 으르렁거리면서 몸을 일으켰다. 방금 상황에서 상대가 반격을 할 거라고는 생각도 못한 하루나는 놀란 바람에 가슴이 뛰었다. 오랫동안 무도를 통해 갈고닦은 반사 신경을 살려서 종이 한 장 차이로 피하기는 했지만, 만약 맞았다면 치명상을 입었을지도 모른다.

(위, 위험했어……. 긴장한 건 아니지만, 가슴이 엄청 뛰네.)

그 후에도 그레이 코볼트 보스의 빗나간 공격이 지면에 명중했고, 하루나는 히트 앤드 어웨이 전법을 펼쳤다. 대미지는 계속 쌓이고 있다. 하지만, 이대로는 결정타를 먹일 수 없다. 안구나 목 같은 급소를 노릴 생각도 했지만, 다소 학습능력이 있는지 아까 한 번 쓰러진 후에는 급소를 철저하게 감싸고 있었다.

(관절기를 날리기에는 체격 차이가 너무 나는데다, 털과 두꺼운 피부 때문에 위력이 분산될 테고……. 후훗, 드디어 이 순간이 찾아왔군요~!)

그레이 코볼트 보스가 다시 쓰러진 순간, 입가에 미소를 머금은 하루나가 오른손에 의식을 집중시켰다. 하루나는 어둠 마법을 쓰기로 마음먹었다. 방금까지 그녀가 펼친 싸움을 보면 믿기지 않겠지만, 하루나의 직업은 바로 마법사다. 결코 격투가가 아니다.

(고블린의 영웅, 고브오가 마왕 오크호를 쓰러뜨릴 때 썼다는 대마법…… 이걸로 저 녀석을 쓰러뜨리겠어!)

하루나가 데리스에게 배운 어둠 마법은 교본에 실릴 레벨의 초급 마법 하나뿐이다. 그래도, 그녀의 직업은 틀림없는 마법사다.

＊　＊　＊

이 세계에서 마법을 습득하는 방법은 여러 가지다.

그중 하나는 마법 스킬을 획득하면서, 기초 중의 기초이자 각 계통의 견습용이라 불리는 완전 초급 마법을 익히는 것이다. 불꽃 마법으로 치면 불씨로나 겨우 쓰일 약한 불꽃을 만들어내는 『엠버』에 해당한다. 물 마법으로 치면 마실 수 있는 깨끗한 물을 조금씩 만들어내는 『워터』에 해당한다. 하루나가 쓰는 어둠 마법에서는, 유해한 독성을 지닌 소량의 진흙을 만들어내는 『애드버』다. 스킬 레벨을 올리면 그 단계에 맞는 새로운 기초 마법을 익힌다.

그리고, 스크롤이라고 하는 아이템을 사용해 마법을 익히는 방법이 있다. 스크롤은 1회용이며, 하나당 한 사람만 마법을 익힐 수 있다. 또한 던전에서 발견하는 것 이외에는 입수

방법이 없다. 스킬 레벨이 일정 수준 이상일 때만 습득할 수 있다는 제한이 있기는 하지만, 레벨이 오르면서 익히게 되는 마법보다 강력하기 때문에 상당한 가격에 거래되고 있다.

마지막 방법이 바로 타인에게서 마법을 이어받는 것이다. 이 방법으로 마법을 습득하는 경우는 매우 드물다. 그것도 그럴 것이, 마법을 가르쳐주는 쪽이 그 마법을 쓸 수 없게 되는 것이다. 스승과 제자, 혹은 귀족이나 왕족이 다음 세대에 비술을 전수할 때 쓰는 방법이라 할 수 있다. 물론 이 경우에도 대상자의 스킬 레벨이 낮으면 습득할 수 없다.

하루나가 유일하게 습득한 것은 어둠 마법을 스킬 슬롯에 넣었을 때 자동으로 익힌 애드버뿐이다. 영웅 고브오가 마왕 오크호를 식사로 독살할 때 쓴 엄청난 마법이라고 하루나는 생각하지만, 실은 어둠 계통의 초급 마법이다. 솔직히 말해, 어둠 마법 스킬을 익히면 누구라도 쓸 수 있다.

하지만 데리스는 기본인 이 마법을 우선 철저하게 갈고닦으라고 하루나에게 말했다. 하루나는 스승의 말에 따라 MP가 허용하는 한도 내에서 애드버를 몇 번이나 반복해서 사용했고, 또한 효율적이면서 유익한 사용법을 익혔다. 그 덕분인지, 하루나의 머릿속에는 이미 승리의 방정식이 존재했다.

쓰러졌던 그레이 코볼트 보스가 몸을 일으키자, 하루나는 의기양양하게 왼손의 손가락을 까딱거리면서 덤벼보라는 듯 도발했다. 상대방의 감정을 자극하기 위한 행동이라는 것은 한눈에 알 수 있지만, 짐승이기에 감정이 훤히 드러나는 경향이 있는 그레이 코볼트 보스는 분노를 드러내며 간단히 걸려들고 말았다. 하루나를 향해 쇄도하면서 메이스를 풀 스윙한 것이다.

동작이 크기 때문에 하루나에게 명중하지는 않았지만, 마법을 쓰면서 동시에 합기도를 펼치지는 못했다. 대신 하루나는 공격을 피하는 것과 동시에 오른손에 거머쥐고 있던 진흙 덩어리를 그레이 코볼트 보스의 안면을 향해 던졌다.

"하앗!"

"그오——?!"

독이 든 진흙은 정확하게 상대의 얼굴에 명중했고 눈과 코, 입 안에 그 진흙이 들어간 그레이 코볼트 보스는 고통스러워했다. 초급 마법의 독은 맹독 수준에 미치지 못했지만, 생물로서의 약점 부위에 닿았을 때 극심한 통증을 자아내기에 충분했다. 그 고통은 시력을 빼앗고, 악취는 후각을 무효화시켰다. 아마 입안에서도 난리가 났을 것이다.

"그아아오오오오————!"

혼란에 빠진 상대는 메이스를 마구 휘둘러대며 날뛰었다. 하지만 보이지도 않는 적을 무턱대고 공격하는 것에 지나지 않아 하루나로서는 그 공격에 맞는 것이 오히려 힘들 지경이었다.

메이스의 궤도를 피하면서 접근한 하루나는 파우치에서 꺼낸 수렵 나이프로 상대의 두 다리를 벴다. 그리고 공격을 마치자마자 그대로 물러섰다.

(역시, 딱딱하네.)

집을 나서기 전에 주방에서 정성껏 갈아둔 나이프인데도, 그레이 코볼트 보스의 단단한 피부에는 얕은 상처만 겨우 냈다.

(하지만 피가 나는 걸 보면 베이지 않는 건 아냐.)

하루나는 다시 애드버 마법을 영창한 후, 이번에는 양손으로 그 진흙을 움켜쥐었다.

(몸을 젖힌 다음——.)

던졌다. 또 던졌다. 하루나가 던진 진흙은 그레이 코볼트 보스의 두 다리에 난 상처에 명중했다. 오늘 투구 성공률은 무시무시하게도 100퍼센트를 유지하고 있다.

"그아아……?!"

상처를 통해 독이 스며들자, 그레이 코볼트 보스는 고통을 참는 건지 잠시 동안 움직임을 멈췄다.

"에잇!"

"——윽!!!"

어느새 품속으로 파고든 하루나가 메이스를 쥔 그레이 코볼트 보스의 오른손 새끼손가락에 강렬한 발차기를 날렸다. 우직 하면서 뭔가가 부서지는 소리가 나더니, 손가락이 비정상적인 방향으로 꺾이면서 누가 봐도 뼈가 부러졌다는 걸 알 수 있는 참상이 펼쳐졌다.

그레이 코볼트 보스는 고통을 참다못해 메이스를 놔버렸다. 몸을 웅크리려 했지만 고통에 의한 경직 탓에 또 빈틈을 보였다. 하루나는 코볼트의 부러진 새끼손가락을 움켜잡고 그대로 지면에 내던졌다. 합기도로 코볼트를 던진 하루나는 그대로 나이프를 몇 번이나 휘둘렀고, 그때마다 코볼트의 몸에는 상처가 늘어났다.

그레이 코볼트 보스의 시력이 겨우 회복되었을 즈음, 특제 독진흙 경단이 리필됐고, 상처 부위도 오염이 되었으며, 내동댕이쳐지고, 베이고, 뼈가 부러지더니——.

"커, 억……."

전투가 시작되고 30분이 흘렀을 즈음, 지면에 털썩 쓰러진 그레이 코볼트 보스는 그대로 숨을 거뒀다. 그의 몸에 새겨진 셀 수도 없을 만큼 많은 상처에는 전부 진흙이 묻어 있었으며, 대부분의 손가락과 발가락이 부러졌다. 거품을 물고 있는 입과 충혈된 눈에는 대량의 진흙이 묻어 있었고, 숨통이 끊긴 얼굴은 고통으로 점철되어 있었다. 독과 타격기술로 대미지를 축적시키며 장기전을 펼친 결과, 승리의 여신은 하루나를 향해 미소 지은 것이다.

"이겼……다~!"

하루나는 한손을 치켜들며 승리의 함성을 내질렀다. 전혀 마법사답지 않은 전투내용이기는 했지만, 그녀는 스테이터스와 레벨이라는 크나큰 벽을 뛰어넘으며, 엄청난 위업을 이뤄냈다.

"하암, 지, 진짜 피곤해……. 사부님, 진짜 너무하다고요~."

하루나는 엉덩방아를 찧더니, 허억허억 하고 거친 숨을 내쉬었다. 예전에 경험했던 전국대회에서도 이렇게 집중한 적은 없을지도 모른다. 몸과 마음에 피로가 몰려오는 것을 실감했다. 또한 그것이 필설로 형용할 수 없는 달성감으로 변모하는 것을 느꼈다. 파우치에서 회복약을 꺼낸 하루나는 목을 축이려는 듯 단숨에 들이켰다.

"푸핫~! 맛없지만, 맛있어! 휴우~ 살겠네. 그럼 꼬리를 잘라볼까── 어?"

하루나는 의기양양하게 그레이 코볼트 보스의 꼬리를 자르려고 했다. 하지만 수렵용 나이프로는 잘리지가 않았다.

"죽은 후에도 방어력에는 변함이 없네……. 으음, 어떻게 한다? 해체를 할 수가 없는데…… 엄청 크기는 하지만, 시체니까 파우치에 들어가겠지?"

하루나가 허리에 찬 파우치를 풀어서 그레이 코볼트 보스의 시체 앞으로 가져가자, 파우치에 거구의 시체가 점점 빨려 들어갔다. 그리고 다음 순간에는 온몸이 안으로 쏙 들어갔다. 약간 섬뜩한 광경이었다.

"우와~……. 뭐, 뭐어, 보스는 이대로 가지고 가서 사부님

에게 어떻게 할지 물어봐야겠네. 피곤하지만, 이제부터 채굴
도 해야 하잖아. 곡괭이를 꺼내서——."

전투 중에는 상대방의 움직임에 집중하느라 하루나는 스킬
이나 직업의 레벨업은 무시했다. 뭔가에 몰두하면, 주위가 보
이지 않게 되는 것이 하루나의 나쁜 버릇이다. 그래서 이제야
어떤 중요한 사실을 눈치챘다.

"보스의 메이스가 광석이 있던 벽에 박혔네……."

그레이 코볼트 보스가 전투 도중에 내팽개친 거대한 메이스
는 하루나가 캐야하는 광석이 있던 장소에 그대로 박힌 것 같
았다. 그 바람에 지면에는 칠흑빛 파편이 굴러다니고 있었다.

* * *

나는 읽고 있던 책에 책갈피를 끼운 후, 하늘을 올려다보았
다. 하늘은 오렌지색으로 물들어 있었고, 슬슬 돌아가야 할
시간이 되었다. 뭐, 곧 하루도 돌아올 것이다. 약간 걱정이 되
어서 몰래 밖에서 지켜보기도 했다. 제자 육성에 영 익숙해지
지 않는걸. 필요 이상으로 제자를 과보호하는 느낌이 들었다.

"사부님~. 저, 돌아왔어요~."

아, 마침 돌아왔군. 채굴소 방면에서 하루가 손을 흔들며
뛰어오고 있었다.

"수고했어. 내가 예상한 시간에 딱 맞춰 돌아왔는걸. 처음

으로 의뢰를 수행해보니 어때?"

"정말 힘들었어요. 하지만, 엄청 즐거웠어요!"

하루는 광산에서 있었던 일을 손짓발짓을 섞어가며 이야기 해줬다. 그레이 코볼트 보스와 부하들을 쓰러뜨리고 왔는데도, 기운이 넘쳤다. 하지만 충분한 수확을 거둔 것 같았다.

솔직히 말해 하루의 전투능력은 내 예상을 능가했다. 지나치게 우직한 면이 있기는 하지만, 상황판단도 빠르고 마음먹은 일은 망설임 없이 수행했다. 위기상황에서의 대범함에는 내가 혀를 내둘렀을 정도다. 위험에 처하면 도와줄 생각이었지만, 결국 그런 일은 벌어지지 않았다. 너, 진짜로 여고생 맞아? 나는 마음속으로 몇 번이나 그런 딴죽을 날렸을 정도다.

······하지만, 지금은 스승으로서 이 말을 해두도록 할까.

"하루, 잘했어. 너를 제자로 받아서 정말 다행이야."

"······예엣?! 저기, 사부님? 갑자기 무슨 소리를 하는 거예요? 혹시 다른 꿍꿍이가 있는 거예요?"

"대체 왜 그렇게 생각하는 건데······."

너, 방금 오늘 들어서 가장 동요한 거 아냐? 너는 대체 나를 어떤 인간이라고 생각하는 건데?

"아, 맞다. 사부님, 채취한 검은 광석 말인데요. 저기, 조그마한 파편이 되어버렸는데······ 그래도 양은 상당해요. 이래도 괜찮을까요?"

죄송스러워하는 어조로 그렇게 말한 하루는 파우치에서 잘

게 조각난 광석을 꺼내서 나에게 보여줬다. 하루의 조그마한 손 안에 있는 건 내가 견본 삼아 건네준 것보다 조그마한 파편이었다.

"응? 아, 양만 충분하다면 파편이라도 문제는 없어."

"하, 하지만 사부님이 주신 광석보다 가벼운데요? 들고 있는데도 전혀 부담이 없어요!"

"그야 네가 성장했기 때문이지. 자기 스테이터스를 아직 확인해보지 않은 거야?"

"예?"

아무래도 안 해본 것 같군. 스킬이 레벨업되면 알려주는데…… 배틀에 집중하느라 눈치채지 못한 것 같다. 그레이 코볼트 보스가 놓친 메이스가 광석을 박살낸 것도 결국 전투가 끝날 때까지 눈치채지 못한 것 같으니까 말이다.

"하루, 일단 스테이터스를 확인해봐. 아마 직업 레벨이 올랐을 거야."

"저, 정말요?! 자, 잠깐만 끼따려쭈떼요!"

"서둘러 확인하지 않는다고 다시 레벨이 낮아지지는 않으니까 진정해. 아, 내가 봐도 되지?"

"물론이죠. 사부님은 저한테 확인을 구하지 말고 언제든 자유롭게 봐도 돼요."

으음, 그런가요. 그럼 확인해볼까.

```
= = = = = = = = = = = = = = = = = = = = =
= = = = = = = = = = = = = = = = = = = = = =
```

카츠라기 하루나 16세 여자 인간

직업 : 마법사 LV2

HP : 210/210

MP : 105/105(+20)

근력 : 41 내구 : 41 민첩 : 41 마력 : 45(+10)

지력 : 18 손재주 : 1 행운 : 1

스킬 슬롯

◇ 격투술 LV40

◆ 어둠 마법 LV17

◇ 미설정

◇ 미설정

```
= = = = = = = = = = = = = = = = = = = = =
= = = = = = = = = = = = = = = = = = = = = =
```

"……레벨, 업~! 사부님, 직업 레벨이 올라서, 스킬 슬롯도
늘어났어요!"

"응, 그래. 알았으니까 좀 진정해."

파워업한 하루가 내 어깨를 움켜잡고 힘껏 흔들어대자, 약
간 어지러웠다. 하지만 레벨업이 어려워졌을 터인 격투술 쪽
이 어둠 마법보다도 레벨업을 한 건 어째서일까. 적을 엄청난

기세로 내던져댔기 때문일까? 여전히 비정상적인 성장을 선보이고 있었다. 뭐, 어둠 마법의 성장 또한 충분히 말도 안 되는 수준이지만.

"어라? 그런데 들었던 이야기와 좀 다른 것 같은데요……?"

오, 하루답지 않게 금방 눈치를 챘는걸.

"뭐, 날도 저물었으니까 남은 이야기는 집에 돌아가서 하도록 할까. 하루, 너는 이제 집에 돌아가서 저녁 식사 준비도 해야 하거든? 괜찮겠어?"

"괜찮아요. 가볍게 러닝을 하면서 돌아갈래요. 아직 그럴 힘이 남아있거든요!"

"산에서 하는 러닝은 가볍게 여기면 안 될 것 같은데…… 집에 돌아가면 스트레칭도——."

"사부님, 두고 갈 거예요~."

벌써 뛰어가고 있네…….

＊　＊　＊

폐광산에서 집으로 돌아가는 길에는 몬스터와 마주치지 않았고, 그 덕분에 평범한 조깅만 했다. 집에 도착해서 식사와 목욕을 마친 후, 나는 하루와 함께 유연성 체조를 했다. 오래간만에 하니 몸이 얼마나 굳었는지 실감하게 되는걸. 하루는

엄청 유연하잖아. ……어, 이건 스트레칭이야? 요가가 아니
라?

"사부님~."

"응~?"

"노트를 확인해봤는데, 직업 레벨이 오르면 스킬 슬롯이 하
나만 늘어난다고 적혀 있었거든요? 그런데 저는 두 개가 늘
어났어요~."

"아~ 그건 말이지~."

익숙하지 않은 스트레칭을 마친 후, 우리는 평소처럼 테이
블 앞에 앉았다. 테이블 위에는 과자가 담긴 광주리가 놓여
있었다. 하루 녀석, 이 주방을 완전히 파악한 것 같군.

"전에 나와 사제관계가 되는 계약을 했던 걸 기억하지?"

"기억해요. 무관의 사제지간, 이었죠? 까먹을 것 같아서 메
모해뒀죠."

하루는 평평하기 그지없는 가슴을 쫙 펴며 의기양양한 표
정을 지었다. 하지만 그건 스테이터스 화면에서 확인할 수 있
다고. 뭐, 그건 나중에 가르쳐줄까.

"그건 내가 지닌 스킬 중 하나야. 뭐, 익히고 싶다고 해서
아무나 익힐 수 있는 건 아니지만…… 아~ 직업 레벨이 오르
다보면 운 좋게 이런 특수한 스킬을 익힐 때도 있지."

"특수한 스킬, 인가요?"

"고유 스킬이나 신의 선물이라고 부르는 녀석도 있어. 스킬

슬롯과 다른 종류이며, 레벨이 없어서 스테이터스에도 영향을 끼치지 않아. 이걸 익히고 십수 년이 흘렀지만, 평생 쓸 기회는 없다고 생각했거든. 인생이란 건 정말 재미있다니깐."

고유 스킬을 익혔을 때는 물론 기뻐했다. 기뻐했다고. 기뻐했지만, 스킬 내용을 확인해보니 제자를 들이는 스킬이라고 적혀 있었다. 당시 10대였던 나는 엄청 당혹스러워했다.

"어? 예전에도 제자가 있지 않았나요? 저기, 이 집에서 살았던 분이 있었다고……."

"하하하, 재미있는 농담인걸. 유감이지만, 하루가 내 첫 제자야. 스승 경력이 일천해서 미안한걸."

"아뇨, 사부님은 멋진 사부님이에요! 제가 보증할게요!"

"그, 그래."

이 녀석은 진지한 표정으로 독설을 뱉을 뿐만 아니라, 이런 소리도 아무렇지 않게 한다니깐. 내가 다 부끄럽다고.

"이야기가 좀 엇나갔군. 아무튼, 스킬 슬롯이 한꺼번에 두 개나 늘어난 건 무관의 사제지간의 효과야. 계약을 맺은 제자의 직업 레벨이 상승하면, 그때마다 스킬 슬롯이 두 개 늘어나는 거지. 원래 한 개 늘어나야 하는데, 두 개나 늘어나는 거야. 꽤 괜찮은 효과지?"

"오오~! 그건 여러모로 이득 아닌가요?!"

"이득이라……. 뭐, 그렇기는 하지."

이득 정도가 아니라 거의 반칙급의 효과다. 하지만 제자로 삼는 대상자에게 제한이 있다. 테스트기간을 단축해가며 하루를 제자로 맞이한 것은 대상자의 직업 레벨이 1이어야 한다는 문제가 있기 때문이다. 하루의 성장속도는 범상치 않다. 그대로 제자로 삼지 않고 마법 수련을 시작했다면, 아마 이 스킬을 쓸 수 없었을 것이다.

"그럼 수수께끼가 무사히 풀렸으니—— 고대하던 스킬 습득 시간을 가져볼까."

원래라면 직업 레벨의 향상을 우선하며, 거기에 맞는 스킬을 익혀야 할 것이다. 하지만 하루는 스킬 슬롯이 두 칸이나 생겼다. 하나는 그렇게 쓰더라도, 다른 하나는 자유롭게 고를 수 있는 것이다. 그 점을 고려하며 이야기를 진행하도록 할까.

"사부님, 『해체』 스킬은 어떨까요? 이번처럼 대량의 몬스터를 상대할 거라면, 꽤 유효한 스킬일 것 같거든요. 전투 후에 할애해야 하는 시간을 줄이는 데 도움이 될 거예요."

"해체 스킬……. 레벨이 오르면 양질의 소재를 빠르게 채취할 수 있기 때문에 확실히 편리하기는 할 거야. 무술이나 마법 계열 스킬에 비하면 레벨도 잘 오르지."

요리 도중에 해체 스킬의 레벨이 올랐다는 소문도 들은 적이 있으니 생선을 손질할 때 도움이 될지도 모르지만…… 아델하이트에서는 생선이 식탁에 오르는 일이 드물다. 그런 효과를 기대하며 익히는 건 여러모로 좀 아쉬웠다.

"하지만 레벨이 올랐을 때 상승되는 스테이터스가 손재주

뿐이거든. 이미 상당한 수준의 기술을 지니고 있는 하루에게 해체 스킬은 크게 혜택이 되지 못할지도 몰라."

손재주는 주로 생산직에게 필요한 스테이터스다. 전투에서도 검이나 활을 다룰 때 반영되지만, 지금은 근력과 마력을 올려서 대미지 소스를 늘리는 쪽을 우선하고 싶다. HP와 내구를 올려 안정성을 높이는 것도 중요하며, 민첩 수치가 높으면 크게 이득으로 작용할 것이다. 행운은—— 뭐, 잘 모르겠다. 솔직히 말해 실감이 되지 않는 스테이터스다. 행운의 대명사격인 역대 용사 정도 되면 모르겠지만…… 아무튼 나는 우선적으로 올리지는 않는다.

"손재주, 만인가요."

"참고로 스킬 습득 화면에서 그 스킬을 오랫동안 누르면, 어떤 효과를 지녔고 어떤 스테이터스가 상승하는지 표시돼."

"으음…… 아, 정말이네요. 레벨업을 할 때, 손재주가 +4된다고 적혀 있어요. 격투술과 어둠 마법에 비하면, 좀 아쉬워요."

메뉴 화면을 눌러보고 있는 듯한 하루가 납득했다는 투로 그렇게 말했다.

"참고가 될 겸 인기 있는 스킬을 알려주자면, 레벨2가 된 마법사가 주로 습득하는 건 『장술(杖術)』이야. 말 그대로 지팡이를 이용한 전투기능이지."

"역시 마법사는 지팡이를 쓰나보죠?"

"단순히 지팡이를 장비해서 마력을 올리려는 이유도 있지만, 장술 스킬은 마법사에게 있어 유일하게 직업과 관련된 무도 스킬이거든. 마법사가 올리기 힘든 HP와 근력, 내구를 올리기 위한 수단이라는 면에서 볼 때 우수한 스킬이지. 적지만 마력도 올라가."

뭐, 육체파 마법사인 하루 양은 이미 그 약점을 극복했지만 말이죠. 마법이 아니라 주먹으로 대화하는 타입이라고나 할까.

"아, 그 말을 들으니 좀 혹하네요."

"하루는 마법보다 무술 쪽이 쉽게 레벨업을 하는 것 같으니까, 직업 스킬을 빨리 올리고 싶다면 너한테 딱 맞는 스킬이라고 생각해. 나도 그걸 추천해."

아델하이트 마법학원의 졸업제에서 쓸 수 있는 무기는 지팡이뿐이라는 이유도 있기에, 하루가 장술을 선택해줬으면 한다. 이미 익힌 격투술과 병용해서 사용할 수도 있을 테니, 이게 최선의 선택지일 것이다.

"그럼 하나는 그걸로 할게요."

"이 자리에서 바로 결정하는 거야?"

"저는 이래봬도 검도 유단자거든요. 목도도 써봤으니까, 아마 지팡이도 잘 쓸 수 있을 거예요."

……목도를 지팡이 취급해도 되려나? 으음. 뭐, 하루라면 괜찮겠지. 기초부터 가르치더라도 쑥쑥 성장할 테니까.

"좋아. 남은 하나는 뭐로 할래?"

"으음……."

하루는 메뉴를 노려보며 신음을 흘렸다. 엄청 고심하고 있는 것 같았다. 아, 큰일 났네. 하루의 머리에서 검은 연기가…….

"사, 사부님, 또 추천해줄 만한 건 없나요……?"

"아, 글쎄……. 소비하는 마력을 줄여주는『마력온존』, 약한 맷집을 보완해주는『회피』도 인기지. 개인적으로는 마법 계통의 스킬을 익히는 건 추천하지 않아."

"마법 스킬은 익히면 안 되나요? 불꽃과 얼음, 빛과 어둠처럼 마법에도 종류가 많아서 재미있을 것 같던데요."

"두 종류 이상의 속성을 지닌 마법사도 있기는 하지만, 따라하더라도 우선 마법사로서 대성한 후에 그러는 게 나아. 설령 지금의 하루가 빛 마법을 익히더라도, 대체 어떻게 수련을 할 건데?"

"실제로 써보는 게 가장 좋을 것 같아요. 그리고 교본을 보고 공부—— 헉?!"

하루는 뭔가를 깨달았는지 말문이 막혔다. 그리고 식은땀을 줄줄 흘리기 시작했다.

"반응을 보아하니 눈치챈 것 같군. 마법 스킬을 익히면 MP가 아주 약간 늘어나지. 하지만 그 양은 얼마 안 돼. 마법을 실제로 쓰더라도, 하루의 MP는 크게 달라지지 않아. 어둠 마법뿐만 아니라 빛 마법의 연습에도 MP를 할애했다간, 연습량이 반 토막이 나지. 그리고 부족한 부분은 공부로 메울 수 밖에 없어."

"우와······."

만약 기적적으로! 하루가 그걸 해낼지라도 양쪽 다 어중간 한 레벨이 될 가능성이 크다. 스킬 슬롯을 할애해서 미묘한 마법을 두 종류 쓸 수 있는 것보다, 현재의 연습량으로 강력 한 마법을 한 종류만 익히는 편이 훨씬 낫다. 솔직히 말해 지 금보다 공부량을 늘렸다간 하루의 뇌가 오버 히트할 것이다. 제발 그러지 말라고 말리고 싶은 심정이다.

"······개인적으로는『숙면』스킬을 추천해."

"으음, 곤히 잔다는 의미의 그 숙면 말인가요?"

"그래, 그 숙면이야. 이 스킬이 있으면 취침 시 피로가 완화 되면서, 아침에 기분 좋게 일어날 수 있지."

"그, 그렇군요······."

에게? 그게 다야? 하고 생각하나 보군. 항간에서는 식충이 들의 스킬이라며 무시당하기 일쑤지만, 이건 꽤 유용한 스킬 이다.

"하루, 잘 생각해봐. 너는 하루에 몇 시간이나 잠을 자?"

"한 여섯 시간 정도일 거예요."

"그럼 그 여섯 시간 동안에 수련을 해?"

"예······? 잠을 자는데 어떻게 수련을 해요?"

"그래, 보통은 그렇지. 하지만 이 숙면 스킬은 달라. 잠을 자기만 해도 레벨이 오르지!"

"자, 자기만 해도……! 그럼 잘 때도 수련을 할 수 있다는 거예요?!"

심야 홈쇼핑 방송 같은 느낌이 되어가고 있지만, 이렇게 되면 이 페이스로 계속 밀고갈 수밖에 없다.

"그래. 하루 24시간을 전혀 낭비 없이 스킬 단련에 할애할 수 있는 거지. 게다가 이 숙면 스킬의 레벨이 상승하면 HP와 내구가 상승하니까, 하루와 상성도 좋아. 굳이 따지자면 마법사에게 있어서의 리셀 웨폰이야. 레벨이 오르면 단시간에 피로도 싹 사라진다고!"

"그걸로 할래요!"

하루는 주저 없이 결정을 내렸다. 시장을 볼 때 보여줬던 그 끈질김은 발휘되지 않는 것 같았다. 아, 그랬다간 내가 엉엉 울게 되겠지. 발휘 안 되는 편이 낫다고.

"좋아. 그럼 오늘은 일찍 자도록! 이 위대한 힘을 실감해 보거라!"

"카츠라기 하루나, 전력을 다해 잘게요! 사부님, 안녕히 주무세요!"

"그래. 방 따뜻하게 해놓고 자~."

체육복 차림인 하루는 의욕에 불타면서 자신의 방으로 향했다. 방금 선언한 대로 이제부터 푹 자려는 것 같았다. ……무슨 일이든 필사적으로 임하는 저 녀석도, 이제부터는 조금

편해졌으면 좋겠는데. 그럼 저 녀석이 잠든 사이에 하루의 스테이터스를 확인해보도록 할까.

= =
= =

카츠라기 하루나　16세　여자　인간

직업 : 마법사 LV2

HP : 235/235

MP : 105/105(+20)

근력 : 42　내구 : 46　민첩 : 41　마력 : 46(+10)

지력 : 18　손재주 : 1　행운 : 1

스킬 슬롯

◇ 격투술 LV40

◆ 어둠 마법 LV17

◆ 장술 LV1

◇ 숙면 LV2

= =
= =

버, 벌써 숙면 레벨이 올라간 거냐……?!

──수행 3일차, 종료.

제3장 비밀 조직

——수행 4일차.

이날 아침, 기분 좋게 잠에서 깨어난 하루나는 평소보다 일찍 침대에서 나왔다. 어제는 그레이 코볼트들과 격전을 치렀지만, 몸에는 피로가 전혀 남아있지 않았다. 머릿속도 찬물을 끼얹은 것처럼 개운했으며, 평소보다 컨디션이 좋을 정도였다.

"사부님을 깨우기에는 너무 이른 시간이네. 아침 식사를 준비하기에도 좀 이르니까……. 좋아. 개인 트레이닝이라도 해야지!"

하루는 잠옷 대용인 체육복을 벗더니, 연습복으로 갈아입고 콧노래를 부르며 집을 나섰다. 일본에서 지내던 시절에는 아침 식사와 도시락을 쌀 때, 잠들어 있는 동생들을 깨우지 않기 위해 최대한 소리를 내지 않았다. 하지만 지금은 다소 소리가 나더라도 개의치 않게 됐다. 스승인 데리스가 웬만한 일로는 잠에서 깨지 않는다는 것을 알았기 때문이다. 깨우기 힘든 건 문제지만, 하루나로서는 자잘한 신경을 쓰지 않아도 되어서 좋았다.

"우선—— 찾았다! 이거면 괜찮을 것 같아! 응, 느낌도 괜찮네!"

하루나는 나무 둥치에서 무언가를 발견했다. 그녀가 의기양양하게 손에 쥔 것은 적당한 길이의 나뭇가지였다. 형태를 조금 다듬은 후, 감촉을 확인해봤다. 그리고 힘차게── 휘둘렀다.

하루나는 나뭇가지를 목도 삼으면서 검도 연습을 시작했다. 머리 위로 치켜든 나뭇가지를 허공에 휘두를 때마다 바람을 가르는 소리가 났으며, 서서히 휘두르는 템포도 빨라졌다. 처음에는 천천히 간격을 두고 휘둘렀지만, 지금은 나뭇가지의 끝부분이 사라진 것처럼 보이는 속도로 휘둘렀다.

일심일도(一心一刀). 나뭇가지를 휘두르는 속도가 달라지더라도, 하루나가 나뭇가지를 휘두를 때마다 그 안에 쏟아 붓는 집중력에는 변함이 없었다. 나뭇가지는 더욱 정확한 궤도를 그렸고, 그리고 더욱 빠르게 같은 궤도를 갈랐다. 약 5분 동안 이어진 연습을 마치자, 하루나의 옷은 어느새 땀으로 범벅이 되었다.

"후우. 자아, 이제 어떻게 됐을까?"

하루나는 집에서 가지고 온 수건으로 땀을 닦으면서 스테이터스 화면을 확인했다. 그러자 장술 레벨이 3으로 올라갔다.

"흠흠, 나뭇가지도 지팡이로 인식해주는구나. 메모해둬야지."

이 순간, 이 세계에서 처음으로 목도=지팡이라는 방정식이 성립됐다.

"하지만 성장속도가 좀 느린 것 같은데…… 역시 제대로 된 지팡이로 수련을 하는 편이 나을까? 으음, 혼자 생각을 해봤자 의미가 없으니까 일단 러닝이나 해야지."

집 외벽에 나뭇가지를 기대어 세워둔 하루나는 수건을 목에 걸쳤다. 좋아, 가자 하고 말한 하루나는 일과인 러닝을 시작했다. 길이라고는 짐승들이 다니는 길뿐이며, 거기서 조금이라도 벗어났다간 몬스터들이 서식하는 깊은 산속이라는 환경은 하루나에게 있어 적당한 연습 장소였다.

* * *

하루나는 데리스가 무슨 일을 하는지 아직 알지 못했다. 하지만 최근에는 자신을 가르치느라 바빴다는 것은 알고 있었다.

"우와, 일을 해야 하는 걸 깜빡했네……. 하루, 미안하지만 혼자서 디아나에 갔다 올래? 호랑이수염의 간 씨에게 광석을 건네주고, 길드에 가서 토벌 의뢰를 완료했다는 보고를 하면 돼."

잠에서 깨어난 데리스는 하루나에게 심부름을 시켰다. 이 세계에서 처음으로 혼자 심부름을 하게 된 거지만, 평소에 신세를 지고 있으니(실제로는 데리스 또한 하루나에게 신세를 지고 있지만) 「예!」하고 힘찬 목소리로 대답했다.

준비를 마친 하루나는 섀도복싱을 하면서 디아나로 향했다. 허리에는 광석과 그레이 코볼트의 꼬리가 들어있는 파우치를 착용했으며, 복장 또한 모험가 같아 보이도록 컴뱃 로브를 걸쳤다. 격투술의 레벨이 높아진 탓인지, 마을에 도착할 때까지 쭉 섀도복싱을 했는데도 레벨이 겨우 1만 올랐다.

"오늘은 지난번에 왔을 때보다 생선이 싸……!"

마을의 시장을 둘러본 하루나는 우선 호랑이수염으로 향했다. 데리스는 괜찮다고 했지만, 하루나는 산산조각이 난 광석으로도 진짜로 문제가 없는 건지 약간 걱정이 됐다. 시장을 둘러본 것은 긴장을 풀기 위한 하루나 나름의 수단이다.

"호오, 산산조각이 나기는 했지만 대신 양이 상당하군. 이 정도 양이면 문제없지."

"무거워! 두목, 이 광석 엄청 무겁대이! 어, 그런데 하루는 왜 아무렇지도 않은 듯이 들고 있는 기고?!"

아무래도 진짜로 괜찮은 것 같았다. 얼굴이 새빨개진 채 광석을 들어 올리려고 하는 아니타를 보며 긴장이 풀린 하루나는 안도의 한숨을 내쉬었다. 안심한 탓인지, 하루나는 문득 이런 생각이 났다.

"아, 맞다. 간 씨, 혹시 연습용 지팡이 같은 건 없나요?"

오늘 아침 훈련 때 나뭇가지를 지팡이 대용품으로 써봤는데, 생각만큼 스킬 레벨이 잘 올라가지 않았다. 그 점을 떠올린 하루나는 싼 거라도 괜찮으니 제대로 된 지팡이가 가지고 싶었다. 데리스가 길드의 의뢰 보수를 마음대로 써도 된다고 했으니, 우선 적당한 게 있는지 알아본 후에 길드에서 받은 보수로 구매를 할 생각이다.

"연습용? 그런 건 데리스의 집에 얼마든지 있을── 아하, 그래. 그 녀석에 익숙해질 겸 미리 연습을 하려는 거군. 그럼 잠시 기다려라."

뭔가를 눈치챈 간은 손에 쥔 검은 광석을 만지작거리면서 안쪽에 있는 공방으로 향했다. 곧 망치로 금속을 두드리는 소리가 들렸다.

"우리 두목도 진짜 못 말린대이……. 저기, 하루. 다들 아무렇지 않게 들고 있는디, 이 거무튀튀한 건 엄청 무겁다 아이가. 대체 데리스 나리는 뭘 주문한 기고?"

"으음, 죄송해요. 저도 자세한 이야기는 못 들었어요."

"진짜가. 간 두목도 미완성품은 아무한테도 안 보여주는디……. 방패라도 만들려는 기가? 엄청난 거한이 쓸 법한 큼지막한 방패 말이대이!"

"아하하, 그럴지도 모르겠네요~."

전국대회에서 만났던 덩치가 크고 근육질인 여성을 떠올린 하루나는 아니타와 함께 웃음을 터뜨렸다. 참고로 하루나는 그 여성과의 시합에서 완승을 거뒀다. 그 후로 하루나가 손님이 없는 가게에서 아니타와 잠시 담소를 나누다 보니, 간이 검은색 막대 같은 것을 들고 돌아왔다.

"기다렸지? 자아, 아가씨. 이걸 가지고 가."

간은 그렇게 말하며 하루나를 향해 그 막대를 던졌다.

"우왓…… 간 씨, 이건 뭔가요?"

하루나는 약간 비틀거리면서도 양손으로 그 막대를 움켜잡았다. 묵직한 그 막대는 바로 지팡이였다. 길이가 상당하며, 색깔은 아까 전의 광석과 마찬가지로 검은색이었다. 별다른 장식이 없는 심플한 형태를 지녔으며, 아까 간이 말했던 연습용이 바로 이것이라는 것을 충분히 유추할 수 있었다.

"아가씨가 가져온 광석은 필요한 양보다 좀 많았거든. 나도 연습 좀 할까 싶어서 만든 테스트품이지. 돈은 필요 없으니까, 가지고 가."

"'예엣?!'"

하루나뿐만 아니라 아니타도 그 말을 듣고 깜짝 놀랐다.

"고, 공짜로 이런 걸 받을 수는 없어요. 돈이라면 낼게요."

"그, 그렇대이! 두목, 하루의 선의를 받아들이는 게 어떻겠노?"

"시끄럽다. 아까도 말했다시피 이건 내 연습을 겸해 만든 거다. 상품이 아니라, 연습용이라고!"

"여, 연습용이라는 게 그런 의미였던 기가……!"

간이 자신의 연습용으로 만든 것이니, 상품으로 팔 수는 없다. 그리고 가게에 두면 자리만 차지한다. 버리더라도 가지고 싶어 하는 녀석은 없다. 그러니 가지고 가라. 그것이 간이 늘어놓은 궤변이다.

"간 씨, 고마워요! 이걸로 열심히 연습할게요!"

"그래, 이참에 열심히 익숙해져라. 안 그러면 나중에 따끔한 맛을 톡톡히 보게 될 거야."

"예……?"

간은 그렇게 말한 후, 대장간에 틀어박혔다. 마지막에 한 말의 의미는 이해하지 못했지만, 하루나는 검은색 지팡이를 손에 들고 환한 표정으로 호랑이수염을 나섰다. 다음 목적지는 길드다.

* * *

길드 안은 예전과 마찬가지로 시끌벅적했다. 거대 게시판 앞에는 사람들이 몰려 있었고, 접수 카운터 쪽에도 수많은 모험가들이 줄지어 서있었다. 접수를 담당하는 여성들은 바쁘게 일을 하고 있었으며, 어느 카운터의 직원이나 정신없이 바빠 보였다.

──물론, 여전히 한가해 보이는 이도 있지만.

"조지 할아버지, 안녕하세요!"

"어라, 너는 데리스의……."

"예, 카츠라기 하루나예요. 사부님이 항상 신세 많이 지고 있어요."

"……그 데리스한테 어떻게 너처럼 예의바른 자식이 생긴 건지, 원……."

"예?"

조지아는 안경을 벗더니, 손가락으로 눈가를 훔쳤다. 감정이 복받친 것 같지만, 하루나는 조지아가 왜 저러는지 짐작도 되지 않았다. 그녀는 가볍게 고개를 갸웃거린 후, 감상에 젖은 조지아가 다시 입을 열 때까지 기다렸다.

"어이쿠, 미안하구나. 하루나 양 같은 젊은 애가 이런 늙은 이를 찾아와준 게 기뻐서 말이야. 그런데 오늘은 무슨 일로 온 거지? 어제 의뢰는 역시 어려웠나 보지?"

조지아는 데리스를 대할 때와는 다르게 친근한 어조로 하루나에게 말을 건넸다. 옆에서 바쁘게 일을 하던 접수처 여성 직원이 어깨를 부르르 떨며 웃음을 참았다.

"아뇨. 그 소굴은 이미 정리했거든요. 그래서 보고를 드리러 왔어요!"

"……정말이니? 허허허, 데리스 녀석. 말은 그렇게 해놓고 도와줬나 보군. 솔직하지 못하다니깐. 허허허──."

"저기, 사부님이 소굴의 위치를 알려주기는 했지만, 토벌을 도와주지는 않았어요. 고생하기는 했지만, 어찌어찌 저 혼자만의 힘으로 해결했어요."

"──호, 오?"

데리스를 다시 봤다는 투의 얼굴이던 조지아는 하루나의

말을 듣고 당혹스러운 표정을 지었다. 직업 레벨1인 마법사가 단독으로 그레이 코볼트의 소굴을 정리한다. 보통은 불가능한 일이며, 신입 모험가가 이 이야기를 듣는다면 거짓말로 치부할 것이다.

하지만 눈앞에 있는 하루나에게서는 거짓말을 하고 있는 낌새가 느껴지지 않았고, 진지하게 사실만을 이야기하고 있는 것 같았다.

"저기, 조지 할아버지? 그레이 코볼트의 꼬리는 어떻게 하면 되나요?"

"으, 음…… 이 쟁반에 올려놔주겠나?"

"저기, 양이 많아서 그런데 좀 더 큼지막한 쟁반은 없을까요……?"

거짓말을 하는가 싶어 작은 쟁반을 꺼내놨지만, 걸려들지 않았다. 조지아는 이 반응을 보고 확신했다. 눈앞에 있는 이 조그마한 소녀는 진짜로 그레이 코볼트를 토벌하고 생환한 것이다.

"게다가 보스는 통째로 가지고 왔으니까, 방 하나가 쏙 들어갈 만한 공간이 필요해요. 엄청 크거든요."

"……보스?"

그렇게 대꾸한 조지아는 하루나가 한 뜻밖의 말을 이해하고 그대로 얼어붙었다. 소굴의 토벌 대상은 그레이 코볼트뿐이며, 그레이 코볼트 보스의 존재는 확인되지 않았다. 일반적

인 그레이 코볼트만으로도 레벨2 혹은 3에 해당하는 토벌 의
뢰다. 그런 그레이 코볼트들의 우두머리인 보스는 레벨3으로
구성된 파티로도 대처할 수 없으며, 레벨4인 강자가 겨우겨
우 싸워볼 만할 정도로 흉악한 몬스터다. 그런 녀석을 레벨1
이, 그것도 혼자서 해치운 전례는 없다. 하지만 하루나가 거
짓말을 하고 있는 것 같지는 않았다.

"……어이, 빨리 감정실을 비워라."

조지아는 결심을 하더니, 카운터 뒤편에 있는 사무실에서
일하는 길드 직원을 향해 그렇게 말했다.

"예? 길드장님, 지금은 다른 일정이 잡혀 있습니다만……."

"상관없다. 일정에 차질이 생긴다면, 나중에 내가 처리하
지. 그러니까 빨리 비우도록."

"아, 예!"

직원은 허둥지둥 사무실 옆에 있는 방으로 향했다. 범상치
않은 분위기를 감지한 건지, 주위의 이목이 집중됐다. 하루나
옆에 있던 신입 모험가는 이 사람이 길드장이었어? 하고 말
하는 듯한 표정을 짓고 있었다.

"자아, 하루나 양. 대형 몬스터를 꺼내보기에는 이곳은 좁
지. 그리고 남들 눈에 띄면 좋을 게 없거든. 나를 따라오겠
나?"

"예!"

하루나는 남들의 시선을 개의치 않으며, 평소와 다름없는

표정으로 조지아를 따라갔다.

＊　＊　＊

감정실에서는 길드 직원 세 사람이 하루나를 기다리고 있었다. 후드를 눌러쓰고 마스크를 썼기 때문에, 눈가만 겨우 보였다. 알 수 있는 건 그들 전원이 여성이라는 점이다. 조지아와 하루나가 방에 들어가자, 세 사람은 고개만 약간 숙일 뿐 말은 하지 않았다.

"그녀들은 몬스터 해체의 프로지. 대형 몬스터는 모험가가 직접 해체하지 못하는 경우도 많거든. 이곳으로 가져온 몬스터를 해체하거나 왕성의 의뢰로 출장을 가기도 한다네."

"아하, 알겠어요! 해체 스킬을 지닌 분들이군요!"

"음, 그렇지. 하루나 양은 공부를 열심히 하나 보군."

"에, 에헤헤……."

우연히 알게 됐어요. 하루나는 그렇게 말할 수도 없었기에 그냥 웃음을 흘렸다.

"그럼 아까 이야기한 보스를 꺼내서 보여주겠나?"

"아, 예. 이 파우치에 들어 있어요. 좀 물러나 주세요."

"음. 자네들도 벽 근처까지 물러나도록."

전원이 안전한 위치에 있다는 것을 확인한 하루나는 파우치를 열더니 안을 살폈다. 그러자 집어넣을 때와 시간이 반대로 흐르는 것처럼 그레이 코볼트 보스가 파우치에서 나왔다. 그와 동시에 그레이 코볼트 보스의 몸에서 피가 흘러내리기 시작하더니, 바닥에 피 웅덩이가 생겼다.

"이거…… 대단한걸. 하루나 양, 용케도 무사했군."

"파워는 엄청났지만, 맞지만 않으면 되니까요."

"아니, 그건 그렇지만…… 온몸에 상처를 냈고, 상처 부위 중에는 변색된 곳도 있는 것 같군."

"아마 타박상 흔적일 거예요. 몇 번이나 집어던졌거든요."

"집어던졌다고?!"

"아, 그리고 독도 썼거든요. 독살한 거나 마찬가지니까, 이 녀석의 고기는 먹지 마세요."

"독살했다고?!"

딴죽을 걸 곳이 너무 많아서 대화를 제대로 이어갈 수가 없었다. 그레이 코볼트 보스의 몸을 살펴보던 직원들에게 확인을 구하듯 시선을 보내자, 다들 고개를 끄덕였다. 하루나의 말은 거짓말이 아니었다.

"……하루나 양은 마법사지?"

"예! 막 레벨2가 된 견습이지만, 틀림없는 마법사예요!"

견습 마법사가 이렇게 흉악한 몬스터를 마구 던져댔을 뿐만 아니라 독살하다니……. 저 귀여운 겉모습에 속으면 안 된다. 그녀는 어엿한 전사다. 조지아는 생각을 바꿨다.

"으, 음. 길드장인 이 조지아가 두 눈으로 똑똑히 확인했네.

하루나 양, 의뢰 달성일세."

"와아, 감사합니다."

"그리고 하루나 양, 길드를 대표해 사과해야 할 일이 있네. 원래라면 이번 의뢰에는 그레이 코볼트 보스의 토벌이 포함되어 있지 않았다네. 길드 측의 사전 조사가 미진했던 점을 사과하지. 정말 미안하네."

조지아가 깊이 고개를 숙이자, 다른 세 사람도 인사를 건네듯 가볍게 고개를 숙였다.

"으, 으음……."

갑작스러운 일이라 뭘 어쩌면 좋을지 감을 잡지 못한 하루나는 선불로 준 위약금, 그리고 당초에 받기로 되어 있던 보수의 열 배는 될 거금을 받고 더욱 당황했다. 데리스의 제자 운운을 떠나, 하루나는 자신의 실력을 인정받았을 뿐만 아니라 앞으로 여러모로 우대를 해두겠다는 보증도 받았다. 하루나는 모험가로서도 후한 환영을 받은 것이다.

이 거금을 어디에 쓸지 전혀 생각해두지 않았던 하루나는 일단 오늘 저녁 식사의 반찬을 한 개 더 늘리기로 했다.

* * *

용건을 마치고 디아나를 나선 하루나는 그대로 데리스의 집으로 돌아갔다. 호랑이수염의 간에게서 받은 연습용 지팡이로 본격적인 특훈을 하고 싶었고, 또한 길드에서 있었던 일을 데리스에게 보고하고 싶었다. 아무튼 그녀는 재빠른 풋워크를 선보이며 서둘러 산을 올랐다.

"사부님, 저 돌아왔어요!"

"아, 어서 와. 심부름은 잘 마쳤어?"

데리스는 거실 소파에서 차를 마시며 책을 읽고 있었다. 일은 마친 것 같으니 이제부터 데리스를 독점할 수 있을 거라는 옅은 기대를 품은 하루나가 그의 옆에 앉으며 길드에서 있었던 일을 보고했다.

"좋아. 길드에 빚을 지웠군. 역시 내 제자야."

데리스는 이렇게 될 것을 예상하고 있었던 눈치였다. 그는 주먹을 말아 쥐며 기뻐했다.

"거금을 받았는데, 어떻게 할까요?"

"전에도 말했다시피, 그건 하루가 직접 번 돈이야. 마음대로 써—— 뭐, 아직은 어디에 쓰면 좋을지 모르겠나 보네. 으음, 그래……. 장술 수련용으로 새 지팡이를 사는 건 어때? 우리 집에도 있기는 하지만, 전부 낡아서 금방 부서질 거야."

"아, 그게 말이죠…… 간 씨가 이걸 줬어요."

하루나는 섀도복싱을 하면서 돌아오느라 일단 파우치에 넣어뒀던 검은색 지팡이를 꺼내서 데리스에게 보여줬다. 그러자 데리스는 눈을 동그랗게 뜨면서 엄청난 걸 본 듯한 눈길로 하루나를 쳐다보았다.

"그 간 씨가 공짜로 이런 걸······. 간 씨는 하루, 네가 꽤 마음에 들었나 보네. 보통 간 씨를 대장간에서 나오게 하는데 사흘, 제대로 대화를 나누게 되는 데 일주일, 그리고 시선을 마주하게 되는 데 한 달은 걸리거든."

"어? 사부님은 아무렇지 않게 이야기를 나눴잖아요."

"인마, 내가 얼마나 고생했는지······ 아, 하루처럼 솔직한 애한테는 쉽게 마음의 문을 여는 건가? 당시의 나는 마치 딸과의 교제를 허락받으러 가는 심경이었거든······."

"사, 사부님, 저기, 고생 많으셨군요."

데리스는 그리운 기억을 떠올리는 듯한 눈빛을 머금었다. 하지만 그런 가게에 제자를 혼자 보내는 건 좀 그렇지 않을까. 하루나는 눈치채지 못했지만, 데리스는 어쩌면 수행 삼아서 그녀를 혼자 보낸 걸지도 모른다.

"응. 뭐, 그건 됐어. 그런데 이게 간 씨에게 받은 지팡이야?"

"예! 간 씨는 자기 연습용으로 만든 거라는데, 엄청 잘 만든 지팡이 같지 않아요?"

"그 사람은 고지식해서, 자기 일에 있어서는 절대 타협을 안 하거든. 그리고 하루. 그 지팡이를 쥘 때는 서 있는 장소를 주의해."

"장소요?"

"그래. 그 지팡이는 꽤 무거우니까, 바닥이 약한 곳이면 그대로 무너져버릴 거야."

하루나는 아무렇지 않게 지팡이를 들고 있지만, 사실 이 지팡이는 무게가 상당했다. 광석의 조그마한 파편을 들고 끙끙거리던 아니타의 모습을 떠올려보면, 그 집합체라 할 수 있는 이 지팡이의 무게가 어느 정도일지 상상이 될 것이다. 하루나는 자기가 앉아있는 소파가 비명을 지르고 있다는 것을 눈치채더니, 허둥지둥 지팡이를 파우치에 넣었다.

"하루가 캔 광석은 『흑마석』이라고 해서, 그 폐광산에서만 채굴할 수 있는 귀중한 거야. 내가 그 광산 근처에 살고 있는 이유 중 하나이기도 해. 뭐, 독점한 건 좋지만 너무 무거워서 가공이 힘들거든. 그래서 그걸 가지고 싶어 하는 녀석도 없어!"

"사부님은 그런 이유로 여기에……."

하루나는 진심으로 데리스를 걱정했다. 바로 그때, 현관 문을 두드리는 소리가 들렸다.

"손님이 온 걸까요?"

"하루, 새로운 임무가 발생했어."

"예~ 지금 갈게요~."

소파에서 일어난 하루나가 현관으로 향했다.

(이런 외진 곳에 오는 사람은 많지 않을 것 같은데 말이야. 혹시 캐논 씨가 온 걸까?)

카츠라기 하루나는 겉과 속이 똑같은, 참 솔직하고 멋진 아가씨다.

"기다리게 해서 죄송해요. 으음── 누구시죠?"

하루나가 문을 열어보니, 문 앞에는 엄청난 미인이 서있었다. 누구라도 한눈에 반하고 말 만큼 아름다운 금발을 지녔고, 투명한 느낌이 감도는 푸른 눈은 보석을 연상케 했다. 피부 또한 눈처럼 새하얀──말로는 이루 다 설명할 수 없을 정도의 미모였다. 아무튼 그녀는 하루나의 관점에서 볼 때, 엄청난 미녀였다. 금발벽안은 여성들이라면 대부분 동경하기에, 하루나도 무심코 긴장했을 정도다. 고급 향수를 뿌린 건지 몸에서 좋은 향기가 났으며, 입고 있는 옷 또한 세련된 여성복이었다.

하지만 그녀는 하루나를 상대로 고압적인 태도를 취하고 있었다. 허리에 찬 검을 향해 손을 뻗고 있는 점 또한 신경이 쓰였다. 왜 이렇게 멋지게 치장했으면서 허리에 검을 차고 있는 걸까?

그런 의문에 하루나가 휩싸인 사이, 고압적인 분위기를 지닌 그 여성이 거무튀튀한 살기마저 품기 시작했다. 살기가 악마의 형태를 하고 있었다. 이대로는 위험하다. 하루나는 본능적으로 그렇게 생각했다.

"……여기는, 데리스 파렌하이트의 집이 맞지?"

대답 여하에 따라서는, 죽을 수도 있다. 돌발적인 즉사 이벤트에 직면한 하루나는 뇌를 풀가동시켰다.

"사, 사부님의 지인, 이신가요?"

"……사부님?"

하루나는 용기를 쥐어짜내서 그렇게 말했다. 그러자, 마주 선 여성의 살기가 거짓말처럼 사라졌다.

"넬, 부탁이니까 남의 집 현관에서 살기 좀 뿜지 마. 내 제자라 그나마 다행이지, 일반인이었으면 졸도했을 거라고."

"사, 사부님~……!"

문틈으로 어느새 얼굴을 내민 데리스가 금발 미인에게 불평을 늘어놓았다. 하루나는 오늘만큼 데리스가 믿음직하다고 생각한 적이 없었다.

"잠시 착각했을 뿐이야. 데리스의 집에 도둑이 든 줄 알았어. 그건 그렇고, 데리스가 제자를 들였구나. 흐음……."

"착각 때문에 내 제자에게 겁을 주지 말아줄래?"

"……하긴, 이렇게 외진 곳에 있는 허름한 집에 도둑이 들 리가 없지. 미안해. 내가 실수를 했네."

"어이, 혹시 나한테 시비를 거는 거야? 맞지? 그렇지?"

아, 왠지 마음이 좀 맞을 것 같다. 하루나는 문뜩 그렇게 생각했다.

"너한테도 사과할게. 겁을 줄 생각은 없었지만, 마음이 앞선 바람에 무례를 범했네. 으음……."

"아, 소개가 늦었어요! 저는 사부님의 제자인 카츠라기 하루나라고 해요. 잘 부탁드립니다!"

인사를 한 하루나가 고개를 들어보니, 여성이 두르고 있던 살기가 어느새 깨끗하게 사라졌다. 지금은 친근한 언니 같은 분위기를 띠고 있었다.

"잘 부탁해, 하루나. 나는 넬 레뮤르라고 해. 데리스와는 옛날부터 알던——."

"——악연으로 얽힌 사이지."

그 순간, 이 여성의 분위기가 희미하게 변한 듯한 느낌을…… 하루는 받았다.

"……이건 마을에서 인기 있는 케이크야. 사과의 의미로 주는 건 아니지만, 입에 맞았으면 좋겠네. 나중에 우리 둘이서 먹자."

"……어이, 내 몫은 없어?"

"와아, 케이크인가요? 저는 단 걸 정말 좋아해요!"

"엄청 달고 맛있으니까, 분명 마음에 쏙 들 거야. 기대하렴."

"저기, 나도 단 걸 꽤 좋아하는데……."

"데리스, 유감이지만 케이크는 두 개만 사왔어. 어차피 우리는 악연으로 얽힌 사이에 불과하다며? 남자인 당신은 그냥 손가락이나 빨아줬으면 좋겠네."

"아, 알았어……."

입이 화근이다. 눈치 빠른 하루나는 입에 지퍼를 채우는 시늉을 하며, 두 사람과 함께 집안으로 들어갔다.

＊　＊　＊

세 사람은 거실로 이동했다. 하루나는 일단 주방으로 가서 넬이 준 케이크를 접시에 담은 후, 홍차를 준비했다. 그리고 쟁반에 홍차와 케이크를 올려놓은 후, 그것을 거실 테이블 위에 내려놓았다.

하루나와 넬 앞에는 케이크와 홍차 세트가, 그리고 데리스에게는 홍차와 함께 일전에 하루나가 구입했던 과자 세트가 놓였다. 홍차만 딸랑 내놓지 않는 하루나의 상냥함이 데리스의 마음을 포근하게 감싸줬다.

"고마워, 하루나. 데리스의 제자답지 않게 눈치가 좋네. 이 홍차도 향이 좋은걸."

넬은 잔을 손에 쥐고 홍차의 향을 음미했다. 기품이 느껴지는 그 모습은 한 폭의 그림 같았다. 시장을 볼 때 산 싸구려 홍차를 내놓은 게 실례라는 생각이 하루나의 머릿속을 스칠 정도였다.

"일전에 마을 시장에서 구한 거예요. 싸구려라 정말 죄송해요……."

"아니, 괜찮아. 원정을 가게 되면 홍차를 마실 기회 자체가 없거든. 기호품은 적당한 게 딱 좋지. 다들 친숙하게 느끼는 게 제일이야."

넬은 환한 미소를 지으며 개의치 않는다는 투로 그렇게 말했다. 현관 앞에서 하루나에게 죽음의 공포를 맛보여준 이와 동일인물이라는 게 믿기지 않았다.

"저기, 원정이 뭔가요?"

일을 하러 먼 곳에 가는 건가? 그렇게 생각한 하루나는 고개를 갸웃거리면서 질문을 던졌다.

"어머? 데리스, 내 이야기는 해주지 않은 거야? 하루나가 입고 있는 저 로브는 내가 옛날에 입던 거지? 이미 이야기를 해줬나 했더니, 그렇지 않나 보네."

"아…… 그러고 보니 옛날에 동거인이 있었다는 말만 해줬던 것 같네. 미안해."

밤만주와 비슷한 과자를 먹던 데리스가 전혀 반성하지 않은 표정을 지으며 사과했다. 하지만 그 말은 하루나에게 있어 큰 힌트가 된 것 같았다.

"옛날 동거인……? 동거, 같이 살았다…… 아, 아앗?!"

스승의 말을 듣고 두 사람의 관계를 짐작한 하루나는 소파에서 벌떡 일어섰다.

"넬 씨는 사부님의 연인이군요! 사부님이 항상 신세 많이 지고 있죠?!"

"아냐!"

"아, 아니거든?!"

데리스와 넬은 동시에 부정했다. 그것도 역설하듯 말이다.

자신의 감이 빗나간 하루나는 풀이 죽었다.

"그, 그랬군요. 실례했어요……."

하루나는 다시 소파에 앉았다. 하지만 다들 얼굴이 빨간 것을 보면, 자신이 완전히 핀트에서 어긋난 소리를 한 것 같지는 않다고 생각했다.

"아, 아냐. 제대로 소개하지 않은 데리스가 나빠. 응. 데리스 잘못이니까 개의치 마."

"너, 툭하면 나한테 다 뒤집어씌우더라……. 어험! 제대로 소개하도록 할까. 이 녀석은 넬 레뮤르. 내 옛 모험가 동료이자, 마법왕국 아델하이트가 자랑하는 최강의 기사이며, 마법기사단의 단장님이기도 해. 직업은 검사인데 마법사 집단의 수장이기도 한, 그야말로 괴물처럼 강한 녀석이니까 앞으로 조심해."

"……예엣?!"

하루나는 데리스의 말을 듣더니, 눈을 반짝이며 넬을 쳐다보았다. 기본적으로 하루나는 강한 사람에게 흥미가 많았다.

"레이디를 괴물이라고 부르지 말아줄래? 하루나가 나를 무서워—— 어, 왠지 좋아하는 것 같네?!"

"하루도 상당한 괴짜거든."

"예! 언젠가 대련을 부탁드리고 싶어요!"

하루나는 허리를 꼿꼿이 펴더니, 손을 번쩍 들면서 그렇게 말했다. 그녀가 일반적인 사람들과 다른 반응을 보이자, 넬은 약간 기뻤다. 다들 단장이라는 지위에 있는 넬 앞에서는 경외심 혹은 공포 같은 감정에 휩싸였다. 그녀가 절세의 미녀일지라도, 정체를 밝히면 하나같이 그런 반응을 보인 것이다. 그만큼 그녀는 이질적이라 해도 과언이 아닐 만큼 강했다.

"흐음, 데리스의 제자로 두기에는 아까운 애네."

"그딴 소리 해봤자 하루는 안 줄 거야. 애초에 너는 하루를 제자로 받는 걸 거절했다면서?"

"……그래?"

무슨 소리인지 모르겠다. 넬은 그렇게 말하는 듯한 표정을 지으며 고개를 갸웃거렸다.

"어이, 네 밑에 있는 캐논이 그렇게 말했다고. 아마 나흘 전쯤이었을걸?"

"예. 캐논 씨를 따라다니며 이 사람 저 사람을 찾아갔는데, 마지막으로 찾아간 사람이 바로 사부님이었어요."

"캐논이? 으, 으음……."

"진짜로 기억하지 못하는 거야? 요셉 영감이 이세계에서 젊은이들을 대량으로 납치해왔잖아. 하루도 그중 한 명이었는데, 용사로서의 소질이 없다고 판단되어서 나한테 떠넘겨졌다고. 진짜 사람 보는 눈이 없다니깐."

"에헤헤~."

데리스가 하루나의 머리를 쓰다듬어주자, 그녀는 방긋 웃었다.

"아, 그런 일이 있었던 것도 같아. 원정을 떠나기 직전에 캐논이 영문 모를 소리를 늘어놓기에 확 칼로 두 동강을 내줄까 했었다니깐. 바로 도망을 쳐서 무슨 일인지도 바로 잊었어."

"인마, 캐논이 꽤 겁을 집어먹었더라고……."

"나는 이 국가의 부탁으로 기사단에 들어갔거든? 최소한의 업무는 수행하지만, 부하 한 명 한 명을 다 돌봐줄 수는 없어. 나도 오늘 원정에서 돌아와서야 아까 데리스가 말한 녀석들에 대해 알게 됐단 말이야."

그렇게 말한 넬은 땅이 꺼져라 한숨을 내쉬었다. 기사단 단장 정도 되면 바쁠 뿐만 아니라 짊어져야 할 책임과 그에 동반한 부담도 상당할 것이다.

"게다가 그 녀석들은 엉큼한 시선으로 나를 쳐다보면서 꼬시려고 들더라니깐. 검을 뽑아들지 않으려고 참느라 고생했어! 그 녀석들은 대체 뭐야?! 그딴 식의 관심도 나는 딱 질색이란 말이야!"

……아무래도 기사단, 아니, 하루나의 클래스메이트가 넬에게 폐를 끼친 것 같았다.

"저기, 제 학우들을 대신해 사과드릴게요……."

"하루나가 사과할 필요 없어. 나한테 그딴 짓을 한 남자들은 전부 숙청대상이지만, 잘 갈고닦으면 빛날 것 같은 여자애도 있었거든. 이름은 모르지만 말이야."

잘 갈고닦으면 빛난다. 하루나가 그 말을 듣고 떠올린 이는 레벨5 격투가인 미즈호리 토코, 그리고 자신의 소꿉친구이자 단짝친구인 로쿠사이 치나츠다. 치나츠에게는 약간의 편애도 섞여 있지만, 하루나에게 있어 그녀는 절친한 친구일 뿐만 아니라 존경하는 인물이기도 하다. 그런 치나츠가 닐에게 인정받았다면, 정말 기쁠 것이다.

"하지만, 남자들은 역시 사고를 치고 있는 것 같아."

"그 말은……"

"소환한 장본인인 요셉이 그들을 제어하지 못하고 있어. 자칭 용사들에게 자기 휘하의 사람들을 붙여준 것 같은데, 그런다고 얼마나 갈지 모르겠네. 그중에는 최근 며칠 사이에 왕성을 빠져나가서 자취를 감춘 녀석도 있는 것 같아."

"탈주한, 건가요……?"

좋은 대우를 받던 클래스메이트들이 탈주라는 선택지를 골랐다는 것 자체가 하루나에게는 의외였다. 아니, 텐션이 이상하게 높았던 이들도 많았던 만큼, 전원이 이 나라의 지시에 순순히 따를 거라고 여기는 것 자체가 무리일지도 모른다.

하지만 하루나처럼 운 좋게 자신의 몸을 의탁할 장소를 손에 넣을 수 있을 리가 없다. 결국 탈주한 그들이 악행을 저지르는 미래가 자연스럽게 머릿속에 떠올랐다.

"그래. 사이좋은 악우 그룹 같았어. 힘에 취해서 나쁜 짓을 벌이지 않기를 빌 뿐이야. 기사단의 부하들만으로 대처할 수 없다면, 결국 내가 나서게 될 텐데…… 미안하지만 하루나,

여차하면 네 동향 사람들일지라도 망설임 없이 처리할 거야."

"아, 예. 어쩔 수 없죠."

하루나가 그렇게 매몰찬 반응을 보이자, 그녀가 반대할 거라 생각했던 넬은 오히려 감탄했다. 머릿속이 물러터진 생각으로 가득 차 있는 것 같은 자들 중에 이렇게 냉철한 여자애도 있을 줄이야. 게다가 자부심을 지니고 있으며, 귀엽게 생겼다. 뿐만 아니라 집안일도 잘한다고 한다. 쓰레기 저택에 가까웠던 데리스의 집이 이렇게 깨끗해진 것이다. 그게 전부는 아니겠지만, 데리스가 제자를 얻은 이유가 조금은 이해가 됐다.

(왠지 데리스의 아내 같네……. 내 제자로 삼을걸 그랬어……)

넬은 누구에게도 들리지 않도록, 마음속으로 그렇게 중얼거렸다.

✻　✻　✻

"그럼 나는 슬슬 돌아가 볼게. 일도 아직 안 끝났거든."

케이크를 다 먹은 넬이 그렇게 말하면서 자리에서 일어섰다.

"뭐야, 벌써 가는 거야? 오늘은 느긋하게 있다 가. 너와 하루의 대련을 보고 싶거든."

"부탁드려요!"

"······너희는 정말 괴짜네. 뭐, 한번 생각해볼게. 언제 내키면 대련을 해보자."

"그리고, 다음에 올 때는 케이크를 세 개 사서 와."

"하아, 알았어."

"사부님, 그런 식으로 강요하면 안 돼요. 정말 맛있기는 했지만, 노골적으로 그러면 어떻게 해요."

하루나는 그렇게 주의를 주면서도 방금까지 케이크가 있던 접시를 쳐다보았다. 그 귀여운 모습을 보고 기분이 좋아진 넬은 다음에도 선물을 사서 이 집에 와야겠다고 마음속으로 굳게 다짐했다.

"아, 맞다. 한 달 후에 아델하이트 마법학원에서 개최하는 졸업제에 하루도 참가시킬 거니까, 관심 있으면 보러와."

"졸업제에 말이야?"

"예?"

참고로 하루는 자기가 졸업제에 참가하게 되었다는 것을 아직 알지 못했다. 그녀는 미소를 머금은 채 영문을 모르겠다는 표정을 지었다.

"뭐, 나는 단장이니까 재미 하나 없는 훈시를 늘어놓으러 가긴 할 텐데······ 억지로 참가시킬 생각이야?"

"인맥을 동원해서 말이지. 만약 하루가 우승을 한다면, 너도 하루의 실력을 인정해줘. 언젠가 마왕을 쓰러뜨리는 건 요셉의 용사 집단 따위가 아니라, 마을아낙이나 다름없던 하루라는 걸 말이지."

"……마을아낙이나 다름없다는 게 무슨 소리인지는 모르겠지만, 나는 출신이나 남들의 평가로 사람을 판단하지 않아. 믿는 건 내 눈으로 본 사실뿐이야."

"그럼 안심해도 되겠네."

아델하이트 마법학원은 마법에 특화된 육성기관이며, 국가에서 총력을 기울여 만들었다. 아무리 학생 신분이라고 해도, 수석이 된 자의 실력은 얕볼 수 없다. 그런데도 데리스는 하루나의 우승을 믿어 의심치 않고 있는 것이다. 데리스가 신뢰하는 하루나의 실력에, 넬은 아주 약간, 아니 꽤 흥미를 가졌다.

"자아, 하루. 넬의 눈에 들 수 있도록, 오후에도 열심히 수련하자!"

"무슨 일인지는 모르겠지만 열심히 할게요, 사부님!"

무엇보다, 항상 의욕이 없던 데리스가 오래간만에 활력에 찬 모습을 선보이고 있었다. 그 모습을 보자, 넬의 마음속에는 기쁨과 슬픔이 공존하는 감정이 생겨났다.

(……아.)

넬은 그런 마음을 불식시킬 좋은 방법이 생각났다. 하루나의 실력을 시험해보고, 데리스와의 유대도 더욱 공고하게 할 방법인지는 알 수 없지만…… 넬의 생각에는 더할 나위 없는 아이디어 같았다.

"좋아. 졸업제를 고대하고 있을게."

넬은 허리에 찬 검의 자루부분을 부드러운 손길로 매만지면서 그렇게 말했다. 넬이 어린애가 못된 장난을 성공시키고 지을 법한 미소를 머금은 채 돌아가고 있다는 것을, 데리스와 하루나는 눈치채지 못했다.

*　*　*

디아나 안의 그 어디에서라도 보이는 장엄한 건조물이 있다. 이 나라, 마법왕국 아델하이트를 통치하는 왕이 사는 왕성이다. 하늘을 찌를 듯이 솟은 왕성은 국민들의 자랑이며, 관광 면에서도 평가가 높다. 하지만 내부에 들어갈 수 있는 건 왕족을 제외하면 내부에 거주하는 관료, 마법기사단의 일원과 병사, 성에서 일을 하는 고용인, 그리고 알현 허가를 얻은 자들뿐이다. 치나츠와 그녀의 클래스메이트들은 예외 중의 예외이며, 그 존재조차 아직 공개되지 않았다.

그들은 성 밖으로 허가 없이 나가는 것이 금지되어 있다. 이것은 특수한 존재인 그들이 외부에 알려지는 것을 막기 위한, 그리고 넬이 이야기했던 악우 남자 그룹처럼 행방이 묘연해지는 것을 미연에 방지하기 위한 조치다.

행방이 묘연해진 남자는 총 다섯 명이며, 그들은 메모를 남기거나 다른 학생에게 이야기도 하지 않고 돌연 사라졌다. 그들이 사라진 후, 남은 학생들은 철저하게 감시를 당하며 생활하게 되었다.

이런 상황에 처한 학생들이 불만을 느끼지 않을 리가 없다. 그래서 요셉은 다른 족쇄를 준비했다. 학생들의 소망과 욕망을 가능한 한 들어주기로 한 것이다.

이세계에서 그들을 소환한 장본인은 어디까지나 요셉이기에, 국가에서 지원도 해주지 않는다. 결국 요셉이 사재를 털어서 투자, 혹은 쓸데없는 낭비를 하고 있는 것이다. 고급스러운 식사, 보물, 이성—— 요셉은 그들을 이곳에 묶어놓기 위해 모든 수단을 동원하고 있었다.

현대에서는 평범한 고등학생에 불과했던 그들이 이런 대우에 빠져드는 것도 어찌 보면 당연했다. 특히 레벨5의 힘을 지닌 용사 토에 아키라와 격투가 미즈호리 토코는 매우 뛰어난 전력감이다. 요셉은 머지않아 찾아올 결전의 날에 대비해, 전력 손실을 막고 싶은 것이리라.

"어이, 치나츠. 무슨 생각을 그렇게 하고 있는 거야?"

"……토코."

치나츠가 학생들을 위한 거주구 한편에 있는 벤치에 앉아서 하늘을 쳐다보고 있을 때, 토코가 불만 섞인 목소리로 그녀에게 말을 걸었다.

"너, 또 하루나를 걱정하고 있는 거지?"

"……윽!"

치나츠는 토코를 노려보았다. 이 세상에 소환된 그들은 영문도 모른 채 자신들의 스테이터스를 공개했다. 지금 생각해 보면 상황을 유리하게 이끌어갈 수도 있는 중요한 정보를 시키는 대로 순순히 공개한 것은 악수 중의 악수였다.

확실히 자신의 행동은 어리석었다. 하지만 재촉을 한 남자들과 재미 삼아 부추긴 토코에게도 잘못은 있다. 학교 안팎으로 유명한 하루나라면 엄청난 힘을 지녔을 거라고 기대했을 것이다. 하지만, 하루나의 스테이터스가 약하다는 것을 안 순간, 그들은 조소와 독설을 퍼부었다. 토코 또한 그에 가담하여 하루나는 조롱했던 것이다.

그 결과, 하루나는 혼자만 다른 곳으로 끌려가고 말았다. 치나츠는 하루나를 그렇게 만든 클래스메이트들을, 그리고 자신들을 이 세계로 소환한 요셉을 용서할 수 없었다.

"하아, 그렇게 노려보지 마. 그때는 나도 감정적이었어. 라이벌이라고 생각했던 하루나가 너무 약해빠졌잖아. 그래서, 뭐랄까, 실망――."

"――토코. 한 마디라도 더 뻥끗하면 진짜로 화낼 거야."

치나츠가 검의 자루부분을 움켜쥐고 있었다. 아니, 정확하게 구분하자면 그것은 검이 아니라 도(刀)였다. 직업이 승려인 치나츠는 직업과 전혀 상관이 없는 『검술』 스킬을 습득했다. 그것은 하루나와 함께 한 시간을 소중히 여기기 때문일까. 아니면 주위의 의향에 반발하겠다는 의지의 표명인 걸까.

아무튼, 금방이라도 칼집에서 칼을 뽑아들 기세였다. 직업 레벨은 토코가 뛰어나지만, 치나츠의 검술은 얕볼 수 없다. 게다가 치나츠가 지닌 칼은 요셉에게 요청해서 입수한 명검이다. '*검도 삼배단'이라는 말이 있듯, 자신의 주먹을 무기로 삼는 토코로서는 쉽지 않은 싸움이 될 것이다.

"그러니까, 내가 잘못했다니까 그러네! 나도 그런 소리를 할 생각은 없었어……."

"……그 이야기는 이제 그만해."

"알았어. 하지만, 기운 내. 하루나는 항상 내 예상을 뒤집었잖아. 분명 지금도 어딘가에서 잘 지내고 있을 거야."

"흥."

험악한 분위기가 이 자리에 감돌았다. 하지만 저 두 사람보다 더 험악한 분위기를 지닌 자들이 의외로 가까운 곳에 있었다. 그들이 그 두 사람 앞을 가로질러갔다.

"넬 단장님, 이러시면 곤란합니다! 그들은 이 나라의 손님……!"

"그 손님을 독단으로 데리스에게 보낸 건 어디 사는 누구인데? 으음, 생각이 날듯 말듯 하네. 또렷하게 생각이 나면 국왕 폐하께 보고할 텐데 말이야."

"으, 으으윽……!"

---

*검도 삼배단: 검도의 1단은 다른 무술 3단에 비견할 수 있을 정도로 검도는 상대하기가 매우 벅찬 무도라는 뜻.

그 사람은 기사 정장을 걸친 넬. 그리고 이 사태의 발단이라 할 수 있는 요셉이었다. 두 사람 다 범상치 않은 분위기였다.

"으음…… 어머? 으음~ 음음. 거기, 너, 눈빛이 좋네. 이름이 뭐니?"

"예? 아, 로쿠사이, 치나츠라고 해요……."

넬이 자신을 쳐다보며 이름을 묻자, 치나츠는 그 자리에서 딱딱하게 굳었다. 마치 뱀과 마주친 개구리가 된 것만 같았다. 방금까지 분노로 가득 차 있던 치나츠의 얼굴이 지금은 공포에 물들어 있었다. 그 정도로, 눈앞에 있는 여성에게는 말로 형용할 수 없는 무언가가 존재했다.

"이름도 괜찮네. 치나츠. 너, 내 제자가 되도록 해."

"……예?"

넬이 뜻밖의 말을 입에 담자, 치나츠의 정보 처리 속도로는 상황을 파악하지 못했다. 하지만 치나츠가 딱딱하게 굳어있는 와중에도 넬은 계속 말을 이었다.

"느닷없이 이런 말을 들으니 불안하지? 그래도 안심해. 요셉에게는 이미 허가를 받았거든. 내 말 맞지? 요셉 마도재상 님? 그녀를 나한테 맡겨두면 만사 오케이야. 문제될 건 없지?"

"큭……! 아, 예. 뭐……."

"어머나, 참 잘됐네. 요셉 마도재상 님께서도 내 생각에 동의하시는구나! 축하해, 치나츠. 이제부터 너는 내 제자야. 다른 떨거지들보다 훨씬 강한 용사로 만들어줄게. 우선 졸업제 준비부터 시작하자. 자아, 따라와!"

"예, 예에? 잠깐, 저기──."

넬에게 납치당한 그녀는 처음으로 왕성 밖으로 나갔다. 자리에 남겨진 토코와 요셉은 한동안 아무 말도 하지 못했다.

──수행 4일차, 종료.

* * *

──수행 5일차.

"하앗!"

"축이 어긋났어. 좀 쉴래?"

"아뇨, 더 할 수 있어요!"

하루의 장술은 순조롭게 성장하고 있었다. 아니, 지나칠 정도로 성장했다는 표현이 적절할지도 모른다. 간 씨에게 받은 연습용 지팡이를 쥐고 나와 대련 형식으로 수련을 하고 있는데, 그야말로 실력이 일취월장했다. 원래 장술로 응용할 수 있는 무술을 익힌 적이 있는 건지, 스펀지가 물을 빨아들이듯 내 가르침을 받아들이고 있었다.

스승은 최종적으로 제자가 자신을 뛰어넘길 바라지만, 이대로 가다간 곧 내가 방심할 수 없는 수준에 이를지도 모른

다. 마법사 레벨이 3으로 올라가는 것도 머지않은 것 같았다.

"좋아~. 15분만 쉬자. 실력이 꽤 빠르게 느는 것 같은걸."

나는 스승으로서의 체면을 지키기 위해 그런 식으로 말했다. 이 애, 실력이 너무 빨리 늘어요. 정상이 아니라고요.

"하아, 하아……! 아, 아뇨! 아직 멀었어요! 아직 사부님에게 한 번도 이기지 못했잖아요."

게다가 이 녀석은 향상심 덩어리였다. 스승으로서 너무 기쁜 나머지 비명이 입에서 새어나올 것만 같다고.

"그렇게 무거운 지팡이를 쥔 녀석한테, 그것도 수련을 시작한 지 얼마 되지도 않은 녀석한테 진다면 이 사부의 체면이 박살날 거라고……. 그것보다, 몸은 어때? 그 말도 안 되게 무거운 지팡이를 들고 수련을 시작한 지 겨우 하루밖에 안 됐잖아. 근육통이 발생하거나, 피곤하지는 않아?"

"으음, 어제는 수행이 끝난 후에 너무 피곤해서 그대로 기절하듯 잠들기는 했는데…… 아침에 일어나보니 몸이 날아갈 것처럼 가벼워졌어요! 사부님이 추천해주신 숙면 스킬 덕분인 것 같아요!"

이상하네. 나는 같은 스킬을 지녔을 뿐만 아니라 레벨이 더 높은데도 꽤 피로가 남아있는데 말이야. 이게 젊음이라는 걸까? 아니면 비교대상이 하루라서 그런 걸까? ……아마 양쪽 다일 것이다.

"내 조언이 도움이 되었다니 다행이야. 몬스터와의 전투도

별 문제 없었고, 훈련도 매우 순조롭지. 밥도 맛있는데다, 집도 깨끗해. 어이가 없을 정도로 순조로운걸."

"아하하. 저도 하루하루가 충실하고 즐거워요."

그렇다. 하루의 육성은 매우 순조롭다. 순조롭지만…… 어째서일까? 왠지 보이지 않는 곳에서 좋지 않은 일이 벌어지고 있는 듯한, 그런 근거 없는 예감이 드네. 기분 탓이면 좋겠지만…….

"맞다. 하루, 스테이터스는 좀 어때?"

나는 그런 예감을 떨쳐내려는 듯 하루에게 현재 스테이터스가 어떤지 물어보았다. 이틀 만에 확인하는 건가. 장술 수련의 성과를 확인해봐야겠다.

"아, 이제 확인해보려던 참이에요."

나는 환하게 웃고 있는 하루와 함께 벌꿀에 절인 레몬을 먹으면서, 그녀의 스테이터스를 확인했다.

= =
= =

카츠라기 하루나 16세 여자 인간

직업 : 마법사 LV3

HP : 445/535

MP : 110/140(+50)

근력 : 70 내구 : 106 민첩 : 44 마력 : 93(+30)

지력 : 19 손재주 : 1 행운 : 1

스킬 슬롯

◇ 격투술 LV43

◆ 어둠 마법 LV18

◆ 장술 LV26

◇ 숙면 LV18

◇ 미설정

◇ 미설정

＝ ＝
＝ ＝
＝ ＝

"푸웁!"

"사, 사부님?!"

나는 하루가 만든 벌꿀에 절인 레몬을 뿜고 말았다. 그럴
만도 하다고. 이 녀석은——.

"——너, 이미 마법사 레벨이 3이잖아!"

"어…… 지, 진짜네요?!"

인마, 내 말을 듣고서야 그걸 눈치챈 거냐……. 어둠 마법
의 성장속도는 여전히 느리지만, 겨우 이틀 만에 장술의 레벨
이 어둠 마법의 레벨을 넘어섰다. 숙면 스킬 또한 어둠 마법
과 같은 레벨이 됐다. 하루, 너는 진짜 몸으로 익히는 타입이
구나. 수련을 하지도 않은 격투술의 레벨도 올랐잖아!

"죄송해요. 어제는 눕자마자 잠들어서 확인을 안 했어요……."

"뭐, 뭐어. 확인을 안 한 나한테도 잘못은 있어. 나야말로 미안해. 그건 그렇고, 어떤 스킬을 익힐지 생각해봐야겠는걸……."

"예……."

레벨3이면 어엿한 마법사라고 할 수 있다. 예를 들자면 넬의 부하인 캐논 녀석이 레벨3 마법사이며, 내 제자는 겨우 닷새만에 그 레벨에 도달한 것이다. 전투 센스도 뛰어나니, 이미 캐논을 뛰어넘었을지도 모른다.

"사부님. 참고삼아 묻는 건데, 레벨4는 얼마나 더 수행을 해야 될 수 있을까요?"

"으음, 글쎄. 얼추 관련 스킬의 합계치가 100 정도 되어야 할 거야. 모험가나 기사가 레벨4 정도 되면 남들에게 인정받는 베테랑 수준이지. 평생을 노력해도 레벨4가 되지 못하는 사람도 많아."

"흐음, 그렇군요."

현재 어둠 마법과 장술의 레벨을 합치면 44다. 아직 절반도 채우지 못했지만, 그래도 하루라면 어느새 마법사 레벨이 오르고도 남을 것 같아서 무시무시했다. 또한 재미있다.

그건 그렇고, 이렇게 순조롭게 강해진다면 이제 내 일을 조금을 도울 수 있을지도 모른다. 하루라면 스테이터스 수치 이

상의 실력을 발휘할 테니까. 어제 넬이 지나가는 투로 언급했던 그 의뢰를 하루와 함께 처리해볼까.

"하루, 오후에는 사냥을 하러 가자. 실전도 겸해서 말이야."

"사냥이라고요? 아, 예! 오늘 저녁에는 볼륨감 있는 고기 요리를 먹을 수 있겠네요!"

으음~. 약간 핀트가 어긋나기는 했지만, 나도 고기가 먹고 싶으니 오케이다.

* * *

우리는 모험가 길드까지 뛰어갔다. 지금의 하루라면 열심히 뛰면 30분 만에 산을 내려갈 수 있다는 것을 알았다. 잘하면 저녁때까지는 집에 돌아갈 수 있겠군.

미인 여성 직원이 있는 카운터 앞에 줄을 서고 싶은 충동이 솟구쳤지만, 지금은 시간이 아깝다. 나는 결국 언제나 한산한 카운터를 향해 직행했다.

"조지 할아버지, 안녕하세요!"

"오, 하루나 양. 좋은 아침이구나. 오늘도 활기차고 기운이 넘치는걸. 하지만 나는 이제 너를 어린애 취급 안 할 거란다."

"정말, 무슨 소리를 하는 거예요?"

······이 사람 좋아 보이는 할아버지는 누구지? 아, 조지아구나. 전생이라도 해서 성격이 변한 줄 알았다. 어디, 그럼 나

도——.

"여어, 조지 영감. 좋은 아침."

"뭐야, 데리스냐……. 출구는 저쪽이니까 빨리 꺼져라. 자경단에 가서 자수는 한 거냐?"

"하루는 반겨줬으면서, 나한테는 너무 매몰찬 거 아냐?!"

사람에 따라 태도가 싹 바뀌는 거냐. 정말 너무하네. 일전에 만났을 때는 그나마 반겨줬으면서……!

"네가 하루나 양한테 위험한 일을 시키니까 내가 이러는 거다. 너는 그 소굴에 그레이 코볼트 보스가 있다는 걸 알고 있었지?"

"무슨 소리를 하는 건지 모르겠는걸. 이미 끝난 이야기 말고, 이제부터 할 일에 대해서나 이야기하자고."

나는 그렇게 말하면서 아까 게시판에서 뗀 의뢰서를 조지 영감에게 건넸다.

"……너, 또 성가신 일을 맡으려는 거냐. 혹시나 해서 묻는 건데, 이건 데리스가 할 거지?"

"당연히 하루가 할 거야. 하지만 나도 근처에서 처리해야 하는 일이 있으니까, 이번에는 나도 같이 갈 생각이지. 그러니까 안심해."

"데리스가 그렇게 말하니 도리어 안심이 안 되는데……. 하루나 양, 위험할 것 같으면 바로 도망치렴. 데리스 자식은 내버려둬도 괜찮아."

어이, 나라도 그런 소리를 들으면 상처 입는다고.

"사부님을 두고 도망칠 수는 없어요! 저도 사부님과 힘을 합쳐 정정당당하게 싸워서, 반드시 이길 거예요!"

하, 하루……!

* * *

"사부님, 이게 진짜 사냥인가요?"

하루는 목적지에 도착하자마자 나에게 물었다. 새와 짐승을 잡는 사냥으로 오해한 채 나를 따라온 것 같은걸. 하루는 산이나 숲에 갈 줄 알았던 것 같지만, 우리의 목적지는 디아나의 슬럼가였다.

다른 구역에 비해 허름한 집이 즐비하게 있으며, 전체적으로 비위생적이고 어둑어둑한 골목이 이어졌다. 그런 길이 끝도 없이 갈라지며 미로를 형성하고 있는 구조를 하고 있는 장소가 바로 이곳이다.

이 나라의 수도인 디아나에도 이런 거주구가 존재한다. 빈곤과 범죄가 만연하는 슬럼가의 주민들 중에는 나름대로 사연 있는 사람들이 많으며, 당연히 **범죄자**도 있다. 범죄자 중에는 누구와도 손을 잡지 않는 괴짜도 있지만, 대부분은 조직에 속해 있다.

슬럼가를 지배하고 있는 건 대외적으로는 다른 이름으로

알려져 있는 반사회적 조직 『미드나이트』——지만, 멋대로 무슨 짓이든 다 해도 되는 건 아니다. 그들에게는 그들만의 룰이 있으며, 불장난이 지나치면 무시무시한 마법기사단(의 단장)이 쳐들어온다. 마음만 먹으면 그 녀석 혼자서 슬럼가 녀석들을 괴멸시키는 것 정도는 얼마든지 가능하다. 무시무시하네······. 뭐, 무슨 일이든 적당히 하는 게 중요하며, 상부에서 눈감아주는 선에서 마치는 게 최고다. 그렇게 이해관계가 일치한다면, 이런 녀석들이 쓸모 있을 때도 있다. 바로 지금처럼.

"틀림없는 사냥이야. 맨헌트적인 의미의 사냥 말이지."

"사람을 사냥하는 건가요? 저, 저기, 저도 인육으로 요리를 해본 적은······."

아니, 그런 농담은 할 필요 없어. 뭐, 하루는 진담을 한 것 같은 느낌이 들지만. 나도 식인귀가 되고 싶지는 않다고.

"요즘 들어 행방불명이 되는 소녀가 늘어나고 있거든. 길드의 이번 의뢰는 그 일에 관한 조사 같은 거야."

"아하, 사라진 사람을 찾는 거군요!"

뭐, 얼추 맞다. 그 과정에서 약간 거친 일이 발생할지도 모르지만 말이다.

"그럼 돌아가는 길에 시장에서 고기를 사가요. 일을 하고 난 다음에는 역시 고기를 먹어줘야죠!"

"하루는 수련을 마치면 항상 든든하게 먹지. 뭐, 나도 고대할게. 그 수완을 유감없이(요리 쪽으로) 발휘하는 것은 윤허하노라~."

"맡겨만 주시옵소서!"

우리는 오늘 저녁의 메인을 장식할 요리에 대해 이야기를 나누면서 슬럼가를 나아갔다. 바로 그때, 가옥 뒤편에서 남자들이 불쑥 튀어나오더니 두 사람을 막아섰다.

"헤헤헤."

"여어, 아저씨. 이런 곳에서 호화로운 디너에 대해 지껄이는 걸 보면, 주머니가 꽤나 두둑하나 봐? 부럽네."

"이렇게 귀여운 아가씨를 데리고 이제부터 즐거운 시간을 보내려나 보지? 우리도 끼워달라고. 아앙?"

하나같이 인상이 더럽고, 옷차림 또한 꾀죄죄했다. 벽에 기대서 값을 매기는 듯한 시선으로 우리를 쳐다보는 자도 있고, 협박을 하기 위해 꺼내든 나이프의 칼등을 혀로 핥는 자도 있었다. 으음, 전형적인 놈들과 시비가 붙었는걸. 곤란하게 됐군.

"사부님, 옛날 불량배 만화에나 나올 법한 사람들과 마주쳤네요. 혹시 코스프레라도 하고 있는 걸까요? 그것도 졸개 코스프레를요!"

""""커억……!""""

하루 양, 때로는 너의 그 솔직함이 날카로운 비수가 되기도 해. 그러니까 그런 생각을 하더라도 마음속에 담아두는 거야.

안 그러면 남들이 상처를 입어.

"소곤소곤(그런데 하루는 이렇게 험상궂은 사람들도 아무렇지 않나 보네.)"

"소곤소곤(더 무시무시한 코볼트와도 싸웠으니까요. 보스에 비하면 치와와나 다름없어요.)"

뭐, 그렇겠지. 자기보다 훨씬 커다란 맹수와 이딴 불량배 중에 뭐가 더 무서운지 묻는다면, 보통은 맹수가 더 무섭다고 말할 것이다.

"이, 이 자식…… 좀 귀엽게 생겼다고 입에서 나오는 대로 지껄이는 거냐!"

"헤헤헤, 이제 사과해봤자 소용없다고. 우리는 이미 뚜껑이 열렸거든!"

"그딴 소리 지껄인 걸 후회하게 만들어주마."

으음, 너희도 그만하는 게 좋을 것 같은데 말이야. 그런 상투적인 대사를 늘어놓는 건 자기 얼굴에 침 뱉는 거나 다름없다고. 너희 스스로 불량배라는 걸 긍정해서야, 나도 감싸줄 수가 없단 말이야. 뭐, 좋아. 빨리 하던 이야기나 계속할까.

"저기~ 너희는 미드나이트의 일원이지?"

"아앙? 우리가 너희 같은 것들의 질문에 대답할 것 같냐?"

"헤헤헤. 뭐, 좋아. 우리는 말이지, 이곳을 휘어잡고 있는 미드나이트 산하에 있다고. 아저씨는 이 말의 의미를 아는 거냐?"

"악의 카리스마, 레퀴엠이 이끄는 바로 그 미드나이트에 속해 있다고. 알겠어?"

어이쿠, 운이 좋게도 내가 찾던 녀석들과 마주쳤군. 너무 바보 같아서 진짜로 평범한 불량배일지도 모른다고 생각했는데.

"그래? 잘됐는걸. 그럼 레퀴엠이 있는 곳으로 안내해줘."

"".......뭐?""""

불량배 삼인조는 눈을 치켜뜨며 그대로 굳어버렸다.

"아저씨, 자기 주제를 알고 있는 거야? 미친 거 아냐?"

"나야말로 너희가 제정신인지 의심하고 싶어지는걸. 혹시 최근에 미드나이트에 들어간 신입이야? 응?"

"뭐, 어......!"

내가 그럴 듯한 말을 입에 담자, 세 사람은 극도로 당황했다. 아무래도 진짜로 신입인 것 같았다.

"어, 어이. 이 아저씨, 혹시 두목의 지인 아냐......?"

"내가 어떻게 알아. 하지만 만약 틀렸다면, 우리는 생판 남을 안내해준 게 된다고......."

"헷헷헷. 으윽, 머리 아파......."

삼인조는 급히 작전회의를 시작했다. 아무래도 우리를 레퀴엠이 있는 곳으로 안내할지 말지를 가지고 망설이는 것 같았다.

"......사부님, 시간이 좀 걸릴 것 같아요."

"그래……."

나에 대해 알 만한 녀석을 불러서 확인을 해보면 될 일인데. 아아, 귀찮아.

"어이, 너희들. 내가 제안을 하나 하겠어."

"제안?"

"이 애와 싸워서 너희가 이기면, 나는 레퀴엠을 찾아가지 않겠어. 이 녀석도 너희 마음대로 해도 돼. 그것도 무기를 들고 1대3으로 싸우는 거야."

"""뭐, 뭐어?!"""

반응이 뜨거웠다. 셋 다 완전히 미끼를 문 것 같았다. 하긴, 외모만 보면 하루는 아담한 체구에 귀엽게 생긴 소녀니까. 마음에 들어 하는 녀석이 있어도 이상할 게 없다.

"그 대신, 너희가 지면 순순히 레퀴엠이 있는 곳으로 우리를 안내해. 자아, 알기 쉽고 간단한 조건이지? 너희한테도 메리트가 있잖아. 이걸로 정하지 않겠어?"

"으음…… 사부님, 괜찮겠어요?"

하루는 약간 불안한 표정으로 나를 올려다보았다. 방금 그녀가 말한 「괜찮겠어요?」는 「죽여도 괜찮겠어요?」는 아니겠지? 죽였다간 안내를 해줄 사람이 없으니 안 돼요. 하다못해 반만 죽이라고 하루에게 귓속말을 했다. 그러면 내가 회복을 시켜줄 수 있다.

"약한 애를 괴롭히는 취미는 없는데……."

아, 그걸 신경 쓰는 건가요.

"좋아～. 그 제안을 받아들이겠어."

"헤헤헤, 호박이 넝쿨째 굴러들어왔군."

"그럼 우리끼리 좋은 시간을 보낼 테니까, 거기 아저씨는 먼저 돌아가라고."

남자들은 하루를 향해 음흉한 시선을 보냈다. 하지만 하루는 여자인 만큼 이런 일도 겪을 필요가 있다. 인간을 상대할 때는 몬스터를 상대할 때와는 다른 위험이 존재하는 것이다. 그렇다. 인간의 본질적인——.

"사부님～ 끝났어요～."

——대체 몇 초만에 끝난 걸까. 위험을, 하고 생각하는 사이에 저 세 사람은 지면을 나뒹군 것이다. 아, 맞다. 이 녀석들은 치와와나 다름없었지…….

"……수고했어."

나는 거품을 물고 있는 세 사람을 얼추 회복시켜준 후, 하루를 위한 적정 수준이 어느 정도인지에 대해 고민했다.

＊　＊　＊

나는 회복 마법으로 정신을 들게 만든 세 사람에게, 미드나이트의 보스인 레퀴엠의 아지트로 안내하라고 지시했다. 레퀴엠은 뒷세계에 속한 사람답게 신중했으며, 툭하면 슬럼가

안에서 아지트를 바꾼다.

그러니 안내를 해줄 부하가 없으면 찾기 어렵다. 이 잡듯이 뒤져서 레퀴엠을 찾으려고 했다간 해가 지고 말 것이다. 우리에게는 저녁 식사라고 하는 중요한 타임 리미트가 있기 때문에, 괜한 시간낭비는 피하고 싶었다.

"나, 나리, 여기입니다."

나이프를 핥던 남자가 가리킨 곳에는 청결과는 거리가 멀어 보이는 허름한 여관이 있었다. 낡은 문이 반쯤 열린 채 끼익끼익거리는 소리가 들렸다.

"……진짜 여기야?"

"지, 진짜예요! 지금 두목은 이 여관의 지하를 거점으로 삼고 있죠. 나, 나리, 일단 확인 삼아 묻는 건데, 진짜로 두목과 아는 사이 맞죠?"

"글쎄? 어떤 사이였더라?"

"으, 으으……!"

나는 장난삼아 그렇게 말했지만, 그 삼인조가 내 다리에 매달리며 엉엉 우는 사태가 발생했다. 하지만 악당처럼 생긴 녀석들이 이런 짓을 해봤자 전혀 기쁘지 않았다. 그저 짜증만 났다.

"사부님, 그런 배배 꼬인 거짓말은 하지 마세요. 벌이라면 아까 충분히 줬잖아요."

"미안해. 좀 심했나 보네."

벌이라고 해봤자 하루가 순식간에 그들을 기절시켰을 뿐, 벌다운 벌을 주지는 않았다. 다소 대미지가 남아있기는 하겠지만, 그걸 가지고 벌을 받았다고 할 수 있을까?

"누, 누님은 정말 상냥한 분이군요! 누님처럼 아름다운 여자분이 이렇게 상냥하게 대해주는 일이 평소 없어서 그런지, 더 마음에 와 닿아요!"

"헤헤헤, 처, 천사야……."

당근과 채찍이란 이런 걸 두고 하는 말일까. 이미 하루를 완전히 떠받들고 있는 듯한 그들은 그녀를 누님이라 부르고 있었다. 헤헤헤 하고 웃는 남자가 다른 종류의 쾌감에 눈뜨지나 않을지 걱정이 됐다.

"그럼 누가 먼저 가서 이야기를 해두는 게 어때? 데리스가 찾아왔다고 말하면 될 거야."

"그럼 제가 가죠. 데리스 나리가 왔다고 알리면 되는 거죠? 금방 다녀올 테니 기다려 주십쇼."

나이프를 휘두르던 남자가 그 낡은 여관 안으로 들어가자, 나는 순순히 통과시켜줄지 여러모로 생각해보며 대기했다. 이 자리에 남은 두 남자는 인질이나 다름없지만, 당사자들은 전혀 그렇게 생각하지 않는 것 같았다. 그들은 강한 여자애를 좋아하는지, 이 슬럼가에서 그나마 봐줄 만한 곳을 하루에게 설명하고 있었다.

* * *

얼마 후, 슬럼가에 사는 사람치고는 꽤 옷차림이 괜찮아 보이는 거한이 여관에서 나왔다. 유심히 관찰해보니, 눈에 익은 인물이었다. 아무래 미드나이트의 간부급 녀석 같은데, 나는 사람 얼굴을 잘 기억하는 편이 아닌지라 똑똑히 생각나지는 않았다. 그 남자는 신입들을 날카로운 눈빛으로 노려봐서 입을 다물게 만든 후, 나와 하루를 여관 안으로 들였다.

낡은 여관 안에 들어가 보니, 내부 또한 예상대로 꽤나 허름했다. 술집 같아 보이는 공간에는 테이블이랍시고 커다란 나무통 위에 놓인 더러운 원형 나무판이 있었고, 웨이트리스는 없었으며, 카운터에는 늙은 할아버지만 있었다. 환기도 안 되는지, 먼지가 많았다.

"이쪽입니다."

남자는 그 노인에게는 눈길도 주지 않으며 가게 안쪽으로 향했다. 행선지는 관계자 이외 출입금지, 라고 적혀 있는 방이었다. 그 노인도 딱히 주의를 주지는 않았다. 보지 못한 척하는 걸까, 아니면 저 할아버지도 미드나이트의 관계자인 걸까. 뭐, 어느 쪽이든 간에 딱히 상관은 없다. 우리는 그의 뒤를 따르며 이 마을의 이면, 그 밑바닥으로 향했다.

융단 밑에 있던 비밀 문을 통과한 우리는 어둑어둑한 지하 통로를 걸으면서 한참 동안 비슷한 길을 나아갔다. 최단거리가 아니라 일부러 빙빙 돌아가면서, 지하의 구조를 알려주지 않으려는 것 같았다. 그러고 보니 전에 왔을 때도 비슷한 일을 겪었던 것 같은 느낌이 들었다.

하루는 이런 인공 미로에 익숙하지 않은 것 같았다. 필사적으로 길을 외우고 있는 건지 머리에서 검은 연기가 피어올랐다. 산길이나 숲이라면 간단히 외우는데. 왠지 하루답다는 생각이 들었다.

"자아, 들어가시죠."

"그래."

"감사합니다."

5분 정도 그렇게 나아간 후, 우리는 이 길 끝에 있는 문 앞에 도착했다. 하루는 냉담한 태도를 취하던 남자를 향해 고개를 숙였다. 이런 일본인 기질 같은 건 이 세계에 오랫동안 머물며 익숙해진 나에게는 거의 남아있지 않았다.

"여어, 레퀴엠. 잘 지냈어?"

"데리스, 네가 찾아오기 전까지는 나름 잘 지냈지."

문 너머에는 지하인데도 불구하고 꽤나 넓고 잘 정리된 방이 있었다. 꽤 밝은 그 방 중앙에 놓인 책상 앞에 앉아, 가시 돋친 어조로 말을 한 대머리가 바로 우리가 만나러 온 레퀴엠이다. 등뿐만 아니라 반짝거리는 머리에도 문신을 해서 위압감을 뿜고 있는 나이스가이다. 참고로 나와 나이가 비슷하며, 여러모로 쓸모가 있는 녀석인지라 친구가 되고 싶다고 항상 생각하지만, 왠지 상대방이 나를 기피하는 것 같다.

"그 애는 뭐지? 팔러 온 건 아닐 텐데 말이야."

"?"

"……아, 그래. 그랬던 거군. 그 단장과 사귀지 않는 건 개인적 취향 때문——."

하루를 쳐다보며 생각에 잠겨있던 레퀴엠이 멋대로 납득을 했다.

"멋대로 납득하지 마. 미안하지만 비슷한 소리는 이미 몇 번이나 들었으니까 무시하고 넘어가겠어. 참고로 이 녀석은 내 제자라고, 제자."

"흥. 뭐, 그런 걸로 해두지. 어쨌든 간에 나는 너한테 흥미가 없거든. 이렇게 얼굴을 마주하는 것도 단순한 변덕, 그리고 어른으로서 최소한의 매너 때문이야. 더는 너한테 어울릴 생각 없어. 나는 이래봬도 바빠——."

"——내가 용건 처리하지 못한다면, 다음에는 넬이 직접 찾아올걸?"

"윽?!"

내가 그렇게 말한 순간, 레퀴엠의 표정이 딱딱하게 굳었다. 기름칠을 안 한 기계처럼 온몸이 딱딱하게 굳어버린 그는 서서히 나를 쳐다보았다.

"……요, 용건이 뭔지 말해보겠나? 친구여."

슬럼가 녀석들에게 있어 『넬』이라는 단어는 이렇게 무섭게 생긴 보스와도 친구가 되게 만들어주는 유용한 마법의 단어다. 넬이 예전에 슬럼가에서 일으킨 사건 때문에 이러는 건데, 그건 별개의 이야기다. 뭐, 이 녀석의 반응을 보면 어떤 일이 벌어졌던 건지 상상이 되겠지만 말이다. 뭐, 그 상상에서 크게 벗어나지는 않을 거라고.

"최근 며칠 사이에 젊은 남자 다섯이 슬럼가에 오지 않았어? 이 애와 비슷한 또래야."

"남자 다섯…… 타도스, 아는 게 있나?"

레퀴엠은 우리를 안내했던 거한에게 물어보았다. 타도스라는 거한은 팔짱을 끼더니, 낮은 신음을 흘린 후에 이렇게 말했다.

"……사흘 전에 일반인 소녀가 흘러들어왔습니다. 아직 확정적인 정보는 아니지만, 아무래도 『잿빛끈』에 새로 들어온 신입이 선물이랍시고 데려온 것 같더군요. 아마 그 신입 녀석들의 숫자가 얼추 그 정도였던 걸로 기억합니다."

"들었지? 이걸로 충분해?"

"부족해. 그 여자애는 지금 어디 있지?"

"의식이 없어서 현재 저희 쪽에서 보호하고 있습니다. 아마 빙산의 일각에 불과하겠죠. 그런 소녀가 몇 명 더 있을 겁니다. 그리고 그 장소가 어디일지도 얼추 파악해뒀습니다만……."

오, 타도스 씨는 의외로 유능한걸. 덕분에 내가 원하는 정보를 대부분 입수했다.

"너희가 보호하고 있는 여자애, 그리고 그 장소에 관한 정보를 넘겨주겠어?"

"하아……. 어차피 의식을 차리면 이야기만 듣고 돌려보낼 생각이었다. 일반인을 유괴하는 건 선을 넘는 짓이거든. 좋을 대로 해. 하지만 우리에게 피해가 갈 만한 짓은 하지 말라고."

"알아. 친구에게 폐를 끼칠 생각은 없어."

"말은 잘하는군……. 뭐, 요즘 들어 잿빛끈 녀석들이 도가 지나친 짓을 하고 있기는 하지. 이렇게 불장난을 계속한다면 따끔한 맛을 보여줄 필요가 있을지도 모르겠어."

"그래. 이 타이밍에 히어로가 나타나서 문제를 해결해준다면, 딱 좋겠지."

"그래. 다소 일이 커지더라도 그냥 봐주고 넘어가겠지. 빌어먹을."

레퀴엠을 대신해 잿빛끈을 혼쭐내 준다면, 슬럼가에서 다소 문제를 일으켜도 눈감아 주겠다……는 소리다. 미드나이트의 허가도 얻었으니, 서둘러 가보도록 할까.

＊　＊　＊

"어이, 데리스. 잠깐만 있어봐. 네 그 조그마한 제자 말인데, 실력은 있는 편이냐?"

우리가 방을 나서려던 순간, 레퀴엠이 그렇게 말했다.

"응? 갑자기 무슨 소리를 하는 거야?"

"그걸 몰라서 묻는 거냐? 네가 죽든 말든 나는 상관없지만, 그 애한테 문제가 생기는 건 곤란해. 슬럼의 문제에 참견했다가 죽기라도 하면 꿈자리가 뒤숭숭할 거라고. 네가 어디에 가든 상관없지만, 그 애까지 휘말리게 하지는 마."

"······으음, 그게 말이야······."

왜 하루는 가는 곳마다 이렇게 신사적인 대접을 받는 걸까. 친구여, 너 혹시 로리콤이냐?

"이래봬도 하루는 실력이 좋아. 너희 쪽 신참 셋을 순식간에 해치웠을 정도라고."

"······타도스, 정말이냐?"

"자세한 건 모르겠습니다만, 그 녀석들은 저기 계신 아가씨와 데리스 씨에게 심취해있는 것 같더군요. 아마 깔끔하게 완패한 것 같습니다. 하지만 셋 다 레벨이 2밖에 안 되죠. 실력을 가늠할 척도로 삼기에는 좀 무리가 있을 것 같군요."

사실 그 점에는 나도 좀 불만이 있었다.

"하아. 조직원의 품질 저하는 자랑할 일이 아니다만······. 뭐, 좋아. 꽤 쓸 만한 실력이라는 건 인정하지."

"이제 문제없지? 그럼──."

"기다려. 아직 이야기는 안 끝났어. 어디까지나 조금은 실력이 있다는 걸 알았다는 것뿐이지. 듣자하니, 최근에 이 마을에 들어온 그 다섯 명의 남자는 꽤 강하다더군. 그런 녀석들이 어슬렁거리는 이 마을에 저 애가 돌아다니는 걸 허락할 만큼 신용하는 건 아냐."

어이, 그 오인조에 대해서 벌써 조사해둔 거냐. 이거 여러모로 기대되는걸.

"그럼 어떻게 할까? 공교롭게도 우리도 꽤 바쁜 몸이거든. 손쉽게 증명할 방법이 있다면 이야기해달라고."

레퀴엠은 타도스를 엄지로 가리키더니, 흉악한 눈길로 하루를 쳐다보았다.

"타도스와 한번 대련을 해봐. 그걸 보고 판단하지."

"어, 그래도 돼?!"

"그래도 될까요?!"

"……왜 기뻐하는 거야?"

나와 하루는 실력을 테스트할 기회를 얻어서 기뻐했다. 이 타도스라는 흑인 거한은 행동거지로 볼 때 레퀴엠의 심복 같았다. 치와 삼인조와는 다르게 실력도 상당할 것이다. 그런 뒷세계의 주민이 하루의 실력을 시험해보려고 하는 것이다. 하루가 경험을 쌓을 절호의 기회다.

"데리스는 알고 있겠지만, 타도스는 미드나이트에서 손꼽히는 실력자다."

……응, 알고 있었어. 알고 있었거든? 딱 그래 보이더라고.

"이 녀석에게 제대로 맞서 싸울 수 있는 실력이라면, 나도 인정할 수밖에 없지. 잿빛끈의 영역이든 윤락가든 간에, 마음껏 돌아다니라고."

"좋아. 그럼 여기서 싸워도 되겠어?"

"상관없지. 타도스, 실력을 가늠해보려는 것뿐이니 손속에 사정을 둬라."

"예. 물론이죠."

하루와 타도스가 어느 정도 거리를 두며 대치했다. 타도스는 190센티는 되어 보일 정도로 키가 컸으며, 탄탄한 근육 때문에 몸집이 더 거대해 보였다. 하루와 나란히 서자 어른과 아이 같아 보일 정도였다.

"잘 부탁드립니다!"

"예. 잘 부탁합니다."

타도스는 두 발을 지면에 댄 채 가만히 서있었다. 한편, 하루는 쉴 새 없이 경쾌한 풋워크를 선보이고 있었다. 아, 이건 꽤 재미있는 시합이 될 것 같은걸.

"――시작해."

* * *

낡은 여관을 나서자 눈부신 햇살이 우리를 맞이했다. 우리는 밖의 신선한 공기도 들이마셨다. 아아, 밖은 이렇게 공기가 맛있구나. 요즘 들어 하루가 집을 청소해준 덕분에 깨끗한 주거에 익숙해졌는지, 탁한 공기에 민감해진 것 같았다.

"뭐, 잠시 동안 실력을 겨뤘을 뿐이지만 인정을 받아서 정말 다행이야!"

레퀴엠은 하루의 실력을 인정해줬다. 하루와 타도스가 주먹과 발로 응수를 하며 실력을 겨룬 건 잠시 동안에 불과했다. 하루가 새롭게 습득한 스킬 『회피』를 활용해 공격을 피했고, 빈틈을 보인 타도스의 몸에 혼신의 힘을 다한 일격을 날렸다. 그것으로 시합은 종료됐다. 합격한 것이다.

"하지만, 엄청 봐준 것 같았어요. 제 공격을 맞고도 표정 하나 변하지 않던데……."

"기초능력에서 차이가 나니까 말이야. 그 타도스라는 녀석은 아마 레벨5 정도는 될 거야."

"그, 그렇게 강한가요?!"

그렇답니다~. 경험치를 차근차근 쌓으며 뒷세계에서 지금 지위까지 올라온 만큼, 어쩌면 하루의 클래스메이트보다도 성가신 상대일지도 모른다. 뭐, 레벨5인 상대에게 공격을 성공시킨 하루도 대단하지만 말이다. 아무리 상대가 봐줬다고 해도, 타도스의 공격에는 하루를 한 방에 기절시키고 남을 정도의 위력이 담겨 있었다.

"그래서…… 주마등같은 게 보인 거네요. 시간이 천천히 흐르는 느낌이 들어서 잘 피할 수 있었으니까, 결과적으로 잘됐네요!"

"하루 양, 죽을힘을 다하는 것도 좀 적당히 해."

그건 진짜로 죽기 직전에 보는 거야.

"사부님, 저기 말이에요…… 넬 씨 쪽에서는 행방불명된 사람들을 조사하고 있지 않은 건가요? 이 나라에서 직접 조사하면 훨씬 손쉽게 문제가 해결될 것 같은데요."

하루는 넬과 기사단이 이 건에 대해 조사하고 있지 않은 게 의아한지, 고개를 갸웃거렸다.

"그야 물론 조사하고 있겠지. 사라진 하루의 학우에 대해 조사하는 과정에서 발각된 일이니까. 하지만 넬과 기사단은 이 슬럼 쪽의 문제에 관여하기 어려워."

"예?"

넬이 기사단을 이끌고 이 일에 연루된 잿빛끈 녀석들의 아지트에 쳐들어가면 이 사태는 간단히 해결될 것이다. 아니, 넬 혼자서도 충분할 게 틀림없다. 하지만 그렇게 대규모로 움직이기 위해서는 그에 걸맞은 이유가 필요하다.

표면상 마법기사단과 미드나이트는 연결점이 없는 것으로 되어 있다. 하지만 암묵적인 룰 느낌으로 서로에게 간섭을 하지 않고 있다. 그럼으로써, 슬럼가와 그 외 구역의 치안을 유지하고 있는 것이 이 두 조직이다. 국가에 충성하는 병사와 기사는 슬럼가까지 경비하지 못한다. 그 대신, 미드나이트는 커다란 문제는 발생시키지 않으며, 노예가 아닌 일반인에게는 해를 끼치지 않는다. 또한 뒷세계의 정보를 알려주기도 한

다. 그런 미묘한 형태의 협력관계가 오랫동안 이어져온 것이
다.

그런 이유 때문에, 그 두 조직은 겉으로 드러나게 서로에게
협력할 수 없다. 넬도 마음 같아서는 힘으로 확 해결해버리
고 싶겠지만, 예전에 자신이 벌였던 짓과 단장이라는 지위 때
문에 상부에서 그녀가 그러지 못하도록 막았을 것이다. 옛날
부터 이어져온 이 절묘한 균형을 무너뜨리고 싶지 않다, 같은
하찮은 이유 때문에 말이다.

그럴 때 이런 일을 떠맡게 되는 건 나처럼 국가에 소속되어
있지 않은 해결사다. 보수의 전달과정에서 연결점이 드러나
지 않도록, 길드 의뢰를 통해 일거리를 전달할 정도다. 이번
에는 하루의 클래스메이트도 얽혀 있으니, 더욱 일을 크게 벌
이고 싶지 않을 것이다. 왕성의 관계자가 유괴사건에 관여했
다, 같은 사실은 절대 세간에 알리고 싶지 않으리라.

"으음, 잘 모르겠어요⋯⋯."

"다들 처리할 수 없는 일이기 때문에, 프리랜서인 나한테
이 일이 굴러들어온 거야. 즉, 어른의 사정 때문인 거지."

"아, 그건 알아요. 그 어떤 일이든 무조건 납득시키는, 마법
의 단어 맞죠?"

"으음, 그렇다고도 할 수 있지."

어른의 사정, 그것도 넬과 어깨를 나란히 할 만큼 쓸모가
많은 매직 워드다.

* * *

데리스와 하루가 나간 후, 지하의 비밀 방에서는 미드나이트의 보스인 레퀴엠이 책상 위에 발을 얹은 채 믿기지 않는 광경을 본 듯한 표정을 짓고 있었다. 그 옆에서는 심복인 타도스가 옷에 묻은 흙을 털고 있었다.

"설마 타도스에게 한 방 먹일 줄은 몰랐는걸. 뭐, 네가 제대로 붙어보기도 전에 싸움을 멈춘 것도 의외지만 말이야."

"멋대로 판단을 내려 죄송합니다."

먼지를 털어낸 타도스는 차렷 자세를 취하더니, 레퀴엠에게 사과했다. 하루의 합격 여부를 결정한 사람은 레퀴엠이지만, 모의전을 도중에 중단한 사람은 바로 타도스였다.

"사과하지 마. 싸움에 있어선, 나보다 네가 훨씬 정확한 안목을 지녔다고 생각하거든. 그것보다, 그 하루라는 애는 이번 일에 개입해도 괜찮을 정도의 실력을 지닌 거야? 확실히 움직임은 범상치 않았지만, 너한테 대미지를 주지 못한 것 같던데."

"……."

타도스는 아무 말 없이 하루에게 얻어맞았던 복부에 손을 댔다.

"왜 그러지?"

"아…… 예상했던 것보다 훨씬 묵직한 공격이라 감탄했습니다. 그 조그마한 몸으로 날린 공격이라는 게 믿기지 않을 만큼, 멋진 타격이었죠."

"흐음. 타도스가 남을 칭찬하다니, 신기한 일도 다 있는걸. 내일은 해가 서쪽에서 뜨려나?"

이건 몇 년 만에 일어난 대사건이다. 과장스러운 어조로 그렇게 말한 레퀴엠은 천장을 올려다보았다. 그의 심복인 타도스는 과묵하지만 상황에 맞춰 기지를 발휘하는 유능한 부하다. 뛰어난 무력을 지녔을 뿐만 아니라, 날카로운 외모와 다르게 남을 배려할 줄도 알며, 그 어떤 일도 정확하고 깔끔하게 처리한다.

하지만 인재를 가르치는 데 있어서는 꽤나 엄격한 면이 있어서, 웬만해서는 칭찬을 하지 않는다. 여관 앞에서 타도스가 치와와 삼인조를 노려본 것처럼, 기본적으로 그런 자세로 부하들을 대했다. 그래서 미드나이트 안에서도 호랑이 상사라 불릴 지경이다.

"솔직한 의견을 말씀드렸을 뿐입니다. 데리스 씨는 장래가 유망한 격투소녀를 제자로 삼은 것 같군요."

"그 정도로 대단한 거냐?"

"어디까지나 몇 수 겨뤄보기만 한 제 소감이지만 말입니다. 또한, 마음가짐의 변화가 너무 빨라 혀를 내두를 정도였죠. 그녀와 직접 겨뤄보고 안 겁니다만, 머릿속의 스위치를 통해 순식간에 전투태세로 전환하더군요. 방금까지 그렇게 밝게 행동하고 있었지만, 다음 순간에는 사람조차 죽일 수 있을 듯한 눈빛을 띠고 있었습니다──. 그건 스킬을 통해 단련할 수 있는 게 아니죠. 마치 숙련된 암살자와 마주한 것 같았습니다. 대체 어떤 인생을 살아오면, 그 나이에 그 정도 경지에 이를 수 있는 건지……."

타도스는 하루의 실력만 파악하기 위해 손속에 사정을 둘 생각이었다. 하지만 하루의 변화를 눈치챈 순간 봐준다는 생각은 흔들리고 말았다. 아무리 상대가 어린 여자애라고 해도, 눈동자에 살의가 어려 있다면 명백한 적이다. 시작 신호에 맞춰 하루가 쇄도하자 타도스는 힘 조절을 실수한 일격을 날렸다. 그리고, 이렇게 생각했다.

(──젠장, 실수했어.)

방어본능이 무의식적으로 작용한 상태에서 주먹을 휘둘렀건만, 정면에서 달려들던 하루는 그 공격을 피하면서 카운터까지 날렸다.

이것을 불행 중의 다행이라고 생각해야 할지는 알 수 없다. 하지만, 더 싸웠다간 자신도 전력을 다했을지도 모른다. 아니, 다했을 것이다. 수도 없이 지옥을 헤쳐 나왔던 타도스이기에, 몸에 배인 감각에 따라 움직이고 말리라. 그 정도로 전력을 다한 전투, 자칫 잘못하면 서로의 목숨을 앗아갈 수도 있는 싸움을 벌이게 될 수 있다. 그래서 중단한 것이다.

"정말, 장래가 기대되면서도 무시무시한 소녀군요."

그래도, 실력은 충분히 파악했다. 아마 격투가 혹은 암살자의 레벨4 수준일 것이다. 그렇다면 데리스와 함께 잿빛끈에 가기에는 충분한 실력이다. 타도스는 그렇게 판단했다.

"휴우…… 잿빛끈의 그 다섯 명도 그렇고, 데리스의 제자도 그렇고, 요즘 들어 과격한 젊은 녀석들이 줄을 잇는군."

"저희도 부하들의 육성에 힘을 쏟아야겠습니다."

"그래. 그런데 타도스, 대련 후에 데리스 자식에게 뭔가를 당하지 않았어?"

레퀴엠이 허가를 한 후, 데리스와 하루는 그대로 이 방을 나서려 했다. 하지만 데리스는 문으로 향하다 돌아서더니, 타도스에게 귓속말을 하는 것 같았다. 레퀴엠은 데리스에게 좋은 감정을 가지고 있지 않기 때문에, 또 성가신 일에 휘말린 게 아닌가 싶어 경계했다.

"데리스 씨 말입니까? 아까 데리스 씨의 제자에게 공격을 당한 곳을 마법으로 치료해주시더군요. 상당한 위력이 실린 타격이었던지라, 저도 약간 대미지를 입었거든요. 솔직히 말해 고맙더군요."

"뭐야. 괜찮은 척하더니, 실은 고통을 참고 있었던 거야?"

"저한테도 자존심이라는 게 있으니까요. 폼 좀 잡아봤습니다."

"하하! 타도스에게 대미지를 입히다니, 정말 대단한 꼬맹이

인걸!"

　방 안은 두 사람의 웃음소리로 가득 찼다. 데리스가 어린 소녀를 제자로 삼았다는 것을 알고 그렇고 그런 관계는 아닌가 의심했지만, 지금 생각해보면 정말 바보 같은 짓이다. 데리스가 성실하게 제자를 가르치는 모습을 상상한 레퀴엠은 또 웃음을 터뜨릴 뻔했다.

　──하지만, 레퀴엠과 타도스는 복부의 통증이 무엇에 의한 것인지 정확하게 이해하고 있지 않았다.

　하루가 날린 타격에는 어둠 마법인 『애드버』와 『그래비』가 실려 있었다. 하루가 현재 가장 장기로 삼고 있는 마법인 애드버는 독소를 지닌 진흙을 만들어내는 마법이다. 그리고 그래비는 어둠 마법 스킬이 레벨10이 되면서 익힌 마법이며, 닿은 물질의 중량을 늘리거나 줄일 수 있다.

　아직 연습 단계인 하루의 그래비로는 겨우 10kg 정도만 변화시킬 수 있으며, 유지 시간 또한 매우 짧다. 그래서 하루는 이 마법의 효과를 자신의 주먹과 발에 부여해서, 타격이 명중하는 극히 짧은 순간에만 중량을 증가시키는 방식으로 사용하고 있다. 이것을 통해 몸집이 작고 가벼운 하루가 펼친 무술은 겉으로 보는 것 이상으로 묵직했다. 그런데도 타도스에게 대미지를 안겨주기에는 위력이 부족했지만, 앞으로의 성장을 고려하면 강력한 무기가 될 가능성이 있다.

　게다가 하루는 애드버로 주먹이 닿는 부위에 독진흙을 발생시켜서, 독수(毒手)에 가까운 형태의 공격을 펼칠 수 있다. 타도스가 느낀 복부의 통증은 독에 의한 것이었지만, 그는 공격이 묵직해서 대미지를 입었다고 오해했다. 그리고 데리스는 증거를 남기지 않기 위해 독과 진흙을 제거했을 뿐이다. 딱히 호의를 베푼 게 아니었다. 또한 이 독은 하루의 마력으로 만든 것이기 때문에, 그녀에게는 해를 끼치지 않았다.

이렇게 하루는 자신의 무술에 어둠 마법의 은총을 접목시키는 새로운 전법을 만들고 있었다. 장술 또한 예외는 아닐 것이다. 앞으로 데리스와 함께 향할 잿빛끈의 아지트는 이런 힘을 시험해볼 실험장이다. 데리스는 그렇게 정의를 내렸으며, 하루의 클래스메이트를 전혀 위험시하고 있지 않았다. 그뿐만 아니라 애제자가 성장하는 모습을 곁에서 지켜보는 것을, 진심으로 고대하고 있었다.

제4장 습격

하루나의 반 학생들이 이 세계로 전이된 다음날, 아델하이트의 왕성에서 다섯 명의 소년들이 모습을 감췄다. 그 학생들은 불량배 그룹에 소속되어 있던 사토, 스즈키, 타카하시, 타나카, 이렇게 네 명과 평소에 그들에게 괴롭힘을 당하던 이토였다.

그들의 실종 때문에 요셉은 골머리를 썩었지만, 다른 학생들은 그들에게 좋은 인상을 가지고 있지 않았기에 안도하기도 했다. 그들에게 괴롭힘을 당하던 이토까지 함께 사라진 것을 안타깝게 생각하는 이도 있는 것 같지만 말이다.

성에서 빠져나가자는 계획을 세운 이는 불량배들의 리더 격인 사토였다. 그는 자존심이 강하며, 용사로서 인기를 한몸에 받은 토에 아키라를 못마땅하게 여겼다.

아키라를 우대하는 요셉, 그리고 규율에 따라야만 하는 이 왕성에서의 생활에 정나미가 떨어진 사토는 자신의 부하 격인 세 사람, 그리고 심부름꾼처럼 부려먹던 이토를 불러서 탈주를 도모했다. 원래 사토와 죽이 맞던 세 사람은 바로 동의했고, 이토는 망설였지만 억지로 자신의 말에 따르게 했다.

마법기사단의 주력이 원정 중이라, 지금만큼 경비가 엄중하지 않다 할지라도, 성에서 탈출하는 것은 쉽지 않았다. 사토는 레벨4 검사였으며, 전사인 스즈키, 마법사인 타카하시,

상인인 타나카, 승려인 이토는 각각 레벨3이었다. 사토는 실력이 뛰어나지만, 다른 학생들은 뛰어나다고 할 정도는 아니었다. 하지만 그들은 누구에게도 들키지 않고 성을 빠져나가는 데 성공했다.

——전이 과정에서 얻은 부산물인, 사토의 고유 스킬 덕분이었다.

무사히 성을 빠져나가기는 했지만, 그들은 아직 이 세계에 대해 잘 알지 못했다. 함부로 마을 안을 돌아다니다간 병사에게 들킬 것이며, 그렇다고 수도 밖은 미지의 세계다. 이 세계의 돈을 가지고 있지 않은 점도 문제였다.

사토 일행은 성을 빠져나가는 데 정신이 팔려, 뒷일은 생각하지 않았다. 유일하게 거기까지 생각이 미쳤던 이토는 의견을 내놓을 수 있는 처지가 아니었고, 결국 임기응변적으로 행동할 수밖에 없었다.

그들의 특기는 절도, 공갈, 싸움이다. 다행히 육체적인 능력은 그런 짓을 할 수 있을 만큼 뛰어났고, 몸을 숨긴 채 무난히 그런 짓을 실행에 옮길 수 있었다. 활동장소는 주로 슬럼이라 불리는 구역이었다. 심부름꾼인 이토를 이용해 상대방을 방심하게 만든 후, 인적이 없는 곳으로 유인해서 한꺼번에 덮치는 것이다. 남자라면 금품을 빼앗고, 여자라면 마음껏 가지고 놀았다.

이곳에서 그런 짓을 해도 기사는 나타나지 않았으며, 범죄

를 저지르더라도 은폐하면 크게 문제가 되지 않는다. 법치국
가인 일본과는 하늘과 땅 차이다. 사토 일행은 이 세계가 자
신들에게 천국이라는 착각에 서서히 사로잡혔다. 예전에는
인간쓰레기로 여겨지던 자신이, 이곳에서라면 왕이 될 수 있
다고 생각한 것이다.

충족된 욕망은 더 큰 욕망을 낳았고, 그 욕망만을 추구하게
하게 됐다. 폭력이란 이름의 오락은 더욱 과격해졌고, 식욕은
더욱 고급스러운 음식을 갈구하게 되었으며, 성욕의 배출구
가 되는 대상 또한 다른 구역의 여성으로 바뀌었다.

하지만 그런 짓을 실행에 옮기기에는 세가 약했다. 자신들
이 단독으로 할 수 있는 일에는 한계가 있으며, 사토는 아직
자신들의 기반은 다져지지 않았다고 생각했다.

(뭔가, 발판이 될 만한 게──.)

바로 그때, 이 인근의 정보를 알기 위해 린치를 가했던 남
자가 했던 말이 생각났다.

이 슬럼가에는 다수의 조직이 존재한다. 그중에서 가장 크
고, 실질적으로 이 마을을 지배하고 있는 것은 레퀴엠이 이끄
는 미드나이트다. 세력으로 보면 미드나이트보다 못하지만,
신흥세력으로서 파격적인 영향력을 지닌 조직을 잿빛끈이라
고 한다. 슬럼에서 살아갈 것이라면, 이 두 조직을 주의해야
한다. 그런 이야기였다.

특히 잿빛끈은 보수적인 미드나이트에 비해 거친 활동이

잦으며, 사토 일행의 방침과도 부합되는 면이 있었다. 린치를 당한 남자는 피를 줄줄 흘리면서, 잿빛끈은 미드나이트와 전쟁을 벌일 준비를 하고 있으며, 이 근처도 위험해질 거라는 소리를 했다.

(그거야!)

생각이 단순하기 때문인지, 사토는 결의를 다지자마자 바로 행동에 옮겼다. 잿빛끈의 두목인 트론이 좋아할 법한 소녀를 슬럼 밖에서 유괴한 후, 잿빛끈의 아지트로 선물 삼아 끌고 간 것이다. 미드나이트라면 그 자리에서 바로 처단당할 행위지만, 두목인 트론은 거꾸로 기뻐했다. 또한 상인인 타나카는 자신들은 트론에게 도움이 될 만큼 강하다고 열변을 토했고, 사토는 그의 부하와 싸워서 실력을 증명했다. 그 덕분인지, 그들은 잿빛끈의 일원, 그것도 트론의 직속 전투원이 되었다.

그 후로 그들의 생활은 윤택해졌다. 슬럼에 어울리지 않는 호화로운 저택에서 살게 됐고, 트론이 자랑하는 고급스러운 식사를 즐겼으며, 자신들을 따르는 잿빛끈의 말단 졸개들, 그리고 예쁘장한 여자 노예들에게 둘러싸여 지냈다. ──그것들은 전부 일본에서는 절대 이룰 수 없는 것들이었으며, 사토 일행이 꿈꾸던 이상향 그 자체였다. 그리고 그들은 확신했다. 이곳이 자신들이 있을 곳이라고 말이다.

──하지만, 꿈에서는 가장 행복한 순간에 깨어나는 법이

다. 사토 일행은 아직 꿈속을 거닐고 있었지만, 그 꿈에서 그들을 깨울 이가 성큼성큼 다가오고 있었다.

* * *

잿빛끈이 아지트로 삼은 저택, 트론의 개인공간에 가까운 휴게실. 사토 일행은 그곳에서 타카하시가 현대에서 가지고 온 트럼프로 내기 포커를 하고 있었다.

"……어이, 이상한 소리가 들리지 않았어?"

스즈키가 갑자기 그런 소리를 했다.

"응? 뜬금없이 무슨 소리를 하는 거야?"

"어이, 연달아 깨졌다고 그런 거짓말을 늘어놓지 말라고. 그런 수작에 놀아날 것 같아?"

"아, 그럴 생각은 없어. 그리고 이렇게 돈이 넘쳐나는데, 내가 괜히 힘 빼는 일을 왜 하냐고!"

"그래. 우리는 엘리트니까 말이지."

"크크큭, 그렇기는 해."

그들은 고용주인 트론에게서 거금을 받았으며, 요즘 들어서는 위험한 일도 저지르게 됐다. 기념비적인 첫 임무를 마친 덕분에 그들에 대한 트론의 평가도 좋았다. 다음 일에 대비해 체력을 비축하며, 머지않아 벌어질 미드나이트와의 전쟁에 대비한다. 그것이 그들의 현재 목표다.

"자아, 투페어."

"원페어."

"윽, 꽝이야……."

"미안하지만, 스트레이트야."

"우와, 진짜야?!"

먹고, 범하고, 폭력을 휘두른다. 그런 것 이외의 오락거리가 존재하지 않는 이 세계에서, 이 52장의 카드는 크게 도움이 됐다. 언젠가는 제품으로 만들어서 부자가 되어볼까. 그런 망상을 하는 데도 도움이 됐다.

"쳇~! 게임에서 진데다, 아까 소리가 신경 쓰여서 집중을 못하겠네! 어이, 이토! 네가 가서 그게 무슨 소리인지 알아보고 와!"

"으, 으음……."

스즈키가 언성을 높이며 그렇게 말했지만, 이 방 구석에서 책을 읽고 있던 이토는 대답을 하지 못했다. 자신한테 화살이 날아올 거라고 생각하지 않았던 건지, 이야기에 귀를 기울이지 않았던 것이다.

"어? 너, 지금 나한테 말대꾸했냐?"

"아, 아냐……. 저기, 너희 이야기를 잘 듣지 못해서……."

"푸하하! 너, 진짜 얼간이구나."

"미, 미안해……."

욕설과 함께 그들의 말을 다시 들은 이토는 방을 나섰다.

그러자 노예 소녀가 사토 일행의 시중을 들러왔다. 아아, 이 애도 심한 짓을 당하겠지. 마음속으로 동정하면서도, 이토는 이 소녀를 위해 뭔가를 하지는 않았다. 그저 아무 소리도 듣지 않기 위해 서둘러 이 자리를 벗어날 뿐이었다.

"하아, 진짜 이대로 괜찮을까⋯⋯."

이토는 그런 혼잣말을 중얼거리며 소리가 들린 1층으로 내려갔다.

──그리고 그곳에 펼쳐져 있는 참상을 이해하는 데는 약간의 시간이 필요했다.

* * *

잿빛끈의 저택은 슬럼가의 중심지에 있었다. 조직의 위치를 들키지 않으려 하는 미드나이트와는 행동양식이 정반대였다. 마치 자신들이 이 땅의 주인이라고 선언하고 있는 듯한, 화려한 건물이었다. 슬럼가에서 이렇게 호화찬란하게 꾸며져 있는 건물은 아마 이곳뿐이리라.

화려한 분위기와 다르게, 인근에서는 잿빛끈의 보초 이외의 기척이 거의 느껴지지 않았다. 아마 잿빛끈에 소속된 갱들 중에는 난폭한 자가 많아, 함부로 얽히게 되면 성가신 일에 휘말릴 수 있기 때문이리라.

슬럼에 사는 이들은 이유 없이 이곳을 찾지 않았다. 게다가 저택을 둘러싼 담은 높았고, 곳곳에 있는 감시대에는 활과 화살을 든 보초가 있었다. 저택이라기보다 요새에 가까워 보였다. 이곳의 정문을 통과할 수 있는 건 아마 잿빛끈의 관계자뿐일 것이다.

──일반적으로 생각한다면 말이다.

"여어, 형씨들. 안녕."

"안녕하세요!"

설마 보초들도 이런 대낮에 정문으로 와서 인사를 건네는 이가 있을 거라고는 생각도 못했을 것이다. 너무나도 뜻밖의 행위이기 때문인지, 몇 초 동안 꼼짝도 못했을 정도다. 겨우겨우 확인한 것은 인사를 한 사람이 남녀 이인조이며, 두 사람 다 마법사의 로브를 걸치고 있다는 점이다. 부녀라기에는 남자 쪽이 약간 젊어보였다.

아무튼 간에 저렇게 환한 미소를 짓고 있는 자들을 보니 왠지 불길했다. 보통 이 근처를 지나가는 이들은 고개를 푹 숙였으며, 미소를 짓는 건 고사하고 시선조차 마주치지 않으려 했다.

"여기가 잿빛끈의 우두머리인 트론 씨의 집이 맞지?"

남자 쪽은 그런 보초들의 반응을 개의치 않고 말을 이었다. 이것도 보초들에게 있어서는 예상치 못한 행동이라, 그들은 더욱 혼란에 빠졌다.

이 시간에 손님이 찾아올 예정이 있었나? 보초 두 사람은

눈짓을 교환하며 그런 억측을 나눴지만, 긍정적인 결론에는
도달하지 못했다. 보초들이 대답을 하지 않자, 오렌지색 로브
를 걸친 소녀가 고개를 갸웃거렸다.

"어이, 무시하지 말라고. 여기가 트론 씨의 집이 맞긴 한 거
야?"

남자 쪽은 목소리에 힘을 주면서, 약간 위압적인 어조로 그
렇게 말했다. 만약 상대가 진짜로 손님이라면 일이 커질 수도
있다. 거기까지 생각이 미친 보초들이 그제야 입을 열었다.

"……아~ 맞습니다. 혹시 손님이신가요?"

"아, 손님 아냐. 혹시나 싶어서 확인을 해본 거지."

"'뭐?'"

손님은 아니다. 그렇다면 대체 뭘까. 설마 관광객일까? 보
초들이 이 남자와 소녀를 수상쩍게 여기고 있을 때, 감시대
위에 있는 자들도 저 두 사람을 미심쩍은 눈길로 쳐다보고 있
었다.

"하루, 최종 확인을 하겠어. 나는 기본적으로 나서지 않을
거니까, 일단 네가 할 수 있는 데까지 해봐. 이 녀석들은 전
부 악인이니까 생사는 불문에 붙이겠어. 자아, 그럼 잘해보라
고."

"예! 아, 저희는 습격자예요! 그러니까 잘 부탁드려요!"

"'……뭐?'"

귀여운 소녀가 미소를 지으며 느닷없이 그렇게 말한다면,

다들 얼이 나갈 것이다. 소녀로서는 형식미를 지킬 겸 그런 선언을 한 것이지만, 그 덕분에 상대방에게 빈틈이 생겼다. 뭐, 그녀는 그 어떤 일에도 평생 최선을 다하기로 결심했으니 상대가 빈틈을 보였다고 해서 봐줄 생각은 없었다.

습격 전의 인사를 나눈 순간, 보초의 복부에는 죽음을 선사하는 강력한 일격이 꽂혔다. 복부에 꽂힌 손바닥은 그대로 뼈를 부쉈고, 슬로 모션으로 본다면 복부 한가운데까지 박혔다는 것을 알 수 있으리라. 보초 중 한 명은 피를 토하며 튕겨져 날아가더니, 뒤편에 있던 저택 문에 내동댕이쳐졌다.

——콰직!

저택 문은 그 인간 탄환에 의해 박살이 났고, 커다란 소리를 내면서 자신의 역할을 다했다. 남아있던 보초 또한 멍청했다. 튕겨져 날아간 자를 쳐다보고 만 것이다.

소녀는 그 틈에 보초의 품속으로 파고들더니, 다음 공격을 날렸다. 그 보초의 턱에 어퍼컷이 꽂힌 것이다. 이 일격은 상대의 목뼈를 박살내더니, 그대로 몸이 공중을 가르며 날아가게 할 정도의 위력을 선보였다. 생기를 잃은 보초의 눈동자에 감시대 위에 있는 자의 모습이 비쳤다. 다음 순간, 허공을 가르던 시체 한 구가 지면을 나뒹굴었다.

"저, 적이 쳐들어왔다~!"

가장 먼저 정신을 차린 보초가 고함을 질렀다. 정문 쪽에는 네 개의 감시대가 있으며, 그 위에 있던 보초들이 활에 화살을 걸었다. 고함소리를 들은 그들은 보초를 순식간에 죽인 소녀와 그 소녀 뒤편에 있는 남자를 향해 화살을 쐈다.

"──투수, 강습타구를 캐치했습니다!"

그 소녀는 영문 모를 말을 입에 담았다. 하지만 보초들은 그 말에 놀라지 않았다. 진정으로 놀라운 일은 소녀가 자신을 향해 날아온 화살을 전부 손으로 잡았다는 점이다. 마치 화살의 궤도가 보이는 것처럼, 그녀는 활이 자신에게 명중하기 전에 화살대를 움켜쥔 것이다.

남자 쪽에서도 믿기지 않는 일이 벌어졌다. 남자를 향해 날아간 화살이 그 남자를 빗겨나가더니, 그대로 지면에 꽂힌 것이다. 아무리 화살을 쏴도 결과는 마찬가지였다. 팔짱을 낀 남자는 보초들은 안중에 없다는 듯 소녀의 행동만 주시했다.

"저, 저 녀석들은 대체 뭐야?!"

"커억?!"

"어……?"

옆에 있던 동료가 갑자기 이상한 소리를 냈다. 그쪽을 쳐다보니, 동료의 목에는 방금 저 소녀를 향해 쏜 활이 꽂혀 있었다. 게다가 활에는 진흙이 발라져 있었으며, 그 진흙에 닿은 피부가 희미하게 변색됐다.

"서, 설마?!"

허둥지둥 소녀를 향해 고개를 돌린 순간, 그 보초의 눈앞에는 화살이 떠있었다. 아니, 떠있는 게 아니었다. 소녀가 보초를 향해 화살을 던진 것이다. 자신에게 닿기 직전, 그 소녀가 다른 감시대를 향해 움켜쥐고 있던 화살을 던지는 광경이 눈에 들어왔다. 활로 쏘는 것보다 정확하게, 그리고 빠르게 날아온 그 화살은 보초들의 목과 왼쪽 가슴에 정확하게 명중했다.

어째서 이렇게까지 세세하게 묘사할 수 있는 것일까. 그래, 죽기 직전이기 때문인가. 머릿속으로 그런 결론을 내놓은 그 또한 다른 보초들과 같은 말로를 맞이했다.

"크으, 앗……."

보초들 중에는 우연히 앞으로 내밀고 있던 팔에 화살이 꽂힌 자도 있었다. 목제 화살인데도 불구하고 강철처럼 무거운 그것은 팔을 관통한 후에 표적인 심장에 꽂혔다. 죽기 직전, 몸을 관통한 화살이 가벼워진 듯한 느낌이 들었지만, 죽음이 임박한 그에게는 아무래도 상관없는 일이었다.

"마법이란, 던지는 것!"

보초를 전멸시킨 오렌지색 로브 차림의 소녀가 또 영문 모를 말을 입에 담았다.

"너만 그런 거야. 자아, 준비운동이 끝났으니 본격적으로 시작해볼까."

"예, 사부님!"

"맞다. 이참에 장술도 연습을 해둬."

"아, 그거 좋은 생각이에요. 으음, 지팡이가——."

허리에 찬 파우치에서 길쭉한 검은색 지팡이를 꺼내들자, 그 소녀는 마치 마법사 같았다.

　저택 1층 내부에 숨어서 그 모습을 지켜보고 있던 잿빛끈의 조직원들은 식은땀을 흘리고 있었다. 1분도 채 지나기 전에, 외부에 있던 병력들이 무력화되고 말았다. 습격을 받고 아직 시간이 거의 흐르지 않았기에, 조직 전체에 연락이 되지도 않았다. 지금 이 저택의 현관홀에 모여 있는 십여 명으로 저 녀석들을 타도할 수 있을까?

　그들은 자신보다 약한 자만 상대해왔기 때문에, 이렇게 압도적인 상대와 싸워본 적이 없었다. 손이 떨렸고, 목이 바짝 말랐다. 마음이 공포에 삼켜진 탓에 힘을 발휘할 수 없었고, 결국 남의 도움만 바라게 됐다. 얼마 전에 조직에 들어온 그 녀석들이라면 저자들을 해치울 수 있을지 모른다. 빨리 와라, 빨리 와라── 그렇게 마음속으로 빌고 있었다.

　"실례합니다!"

　"아니, 인사는 안 해도 되는데──."

　하지만 그들이 나타나기 전에 소녀와 남자가 저택 안으로 들어왔다. 이렇게 되면 싸울 수밖에 없다. 남자가 말을 끝까지 뱉기도 전에, 벽 쪽에 숨어있던 조직원 두 사람이 선두에 서있는 소녀를 향해 도끼를 휘둘렀다.

　──카앙!

　하지만 조직원들이 휘두른 두 자루의 도끼는 소녀가 휘두른 지팡이에 튕겨나더니, 그대로 허공을 가르며 날아갔다. 천장 쪽을 향해 날아간 그 도끼는 그대로 2층 벽에 꽂히더니, 1층으로 떨어지지 않았다.

"거봐요. 인사를 받아주잖아요."

"아, 진짜네."

손가락이 부러진 채 고통에 허덕이고 있는 조직원 옆에서, 소녀는 의기양양한 표정을 지었다.

* * *

"아, 아파! 아파 죽겠다고!"

"소, 손가락이……!"

기습을 당한 조직원 두 사람은 여전히 바닥을 굴러다니고 있었다. 소녀가 휘두른 지팡이에 도끼가 튕겨나가면서, 손가락과 팔이 비정상적인 방향으로 꺾이며 부러진 것이다. 소녀의 뒤를 이어 저택에 들어온 남자가 그 광경을 보더니 인상을 찡그렸다.

"다 큰 어른이 그 정도 일로 비명을 지르지 말라고. 너희도 이런 세계에서 살아온 인간들이잖아?"

"아, 맞다. 죄송해요, 사부님. 마무리를 하는 걸 깜빡했네요."

남자를 향해 그렇게 말한 소녀는 손에 쥔 지팡이를 골프채처럼 치켜들더니, 쓰러진 남자의 머리를 향해 힘껏 휘둘렀다. 우직 하고 살점 터져나가는 소리가 이 공간을 지배한 후, 소녀는 다른 남자도 똑같은 방식으로 처리했다. 입구 좌우의 벽에는 새빨간 피로 그려진 꽃이 아로새겨졌다.

"……하아, 아직 내 이야기가 안 끝났거든? 뭐, 대답을 들을 생각은 애초부터 없었지만 말이야. 하지만 너는 진짜로 인정사정없네. 웬만한 악인들도 너보다는 덜 잔인한 방식으로 사람을 죽인다고."

"상대를 몬스터라고 생각하니까 아무렇지도 않았어요!"

"그, 그래? 믿음직한걸……."

소녀는 잿빛끈의 조직원들을 몬스터로 여긴다고 말했다. 그 말을 들은 순간, 조직원들은 자신들의 등을 타고 오한이 흐르는 느낌을 받았다. 마치 자신들은 인간이 아니라는 선고를 받은 듯한 느낌이 들었다.

소녀의 말을 듣고 마음이 공포에 사로잡혔지만, 분노는 샘솟지 않았다. 그들은 마음 한편으로 정곡을 찔렸다고 느꼈다. 몬스터가 인간에게 하는 짓보다 더 잔혹한 짓을 저지른 적도 있었던 것이다.

"하나, 둘, 셋── 열여섯 명이네. 장비와 무기의 질 같은 건 제쳐두더라도, 일단 전원이 무장을 하고 있는걸. 1분이면 되겠어?"

"으음, 모르겠어요. 아무튼 최선을 다해볼게요."

"좋아. 그럼 시작해봐."

소녀 뒤편에 선 남자가 가볍게 박수를 쳤다. 그 순간, 검은색 지팡이를 든 소녀가 조직원들을 향해 돌진했다. 방금까지만 해도 앳된 표정을 짓고 있던 소녀의 얼굴에서는 아무런 감정도 어려 있지 않았다. 이대로 가만히 있다간, 저 소녀에게 살해당하고 만다. 극한까지 공포에 사로잡힌 탓인지, 1층을 지키고 있던 조직원들은 고함을 지르며 소녀를 향해 몸을 날렸다.

다 같이 한꺼번에 달려든다면, 가능성이 있을지도 모른다. 그런 생각이 마음속에 조금은 존재한 것이다.

"우오오오오————!"

공포를 머릿속에서 지우기 위해, 목청껏 고함을 질렀다. 자신의 마음을 북돋고, 두려움을 마비시켰으며, 생각을 포기했다. 그렇게라도 하지 않았다간, 눈앞에 있는 이 악마가 자아낸 공포에 삼켜지고 만다. 열여섯 명의 갱들은 혼을 불태우며, 결사의 각오로 공격을 펼쳤다.

* * *

1층으로 이어지는 계단으로 향하던 이토는 벽에서 위화감을 느꼈다. 트론이 거처로 삼고 있는 저택인 만큼, 사슴 같은 동물의 머리를 박제해서 트로피 삼아 전시해놓더라도 딱히 이상할 게 없다. 하지만 도끼가 벽에 꽂혀 있는 것을 보고 의아하게 생각하는 건 지극히 당연한 판단이리라.

"새로운 취향의 장식품일까……? 이곳 사람들 중에는 특이한 취향을 가진 사람이 많으니까…… 어, 이건 진짜잖아?"

날에 손가락을 살며시 대자 날카로운 통증이 느껴졌다. 고통을 느낀 이토가 도끼에서 손가락을 떼자 그 도끼에서는 그의 피가 방울져서 떨어졌다. 가짜라면 몰라도, 이렇게 날이 시퍼렇게 선 도끼를 장식해두는 건 이상했다. 승려인 이토는 자신의 손가락 끝에 힐을 건 다음, 의아하게 생각하며 그 자리를 벗어났다.

"이제 됐어……. 그건 그렇고, 오늘은 저택이 거짓말처럼 조용하네. 평소 같으면 싸움이라도 벌어질 텐데 말이야."

트론의 저택은 잿빛끈의 조직원들이 경비하고 있다. 조직원이라고 해도 동료라기보다는 자신의 욕구를 충족시키기 위해 모인 자들에 가깝고, 같은 조직 사람들 사이에서도 매일같이 다툼이 벌어졌다. 그런 그들은 영락없는 파락호지만, 이토에게는 오합지졸처럼 느껴졌다.

그런데 왜 이토는 아직도 이곳에 있는 걸까? 왕성과 다르게 이곳에서라면 얼마든지 밖으로 손쉽게 빠져나갈 수 있다. 즉, 이토는 언제든지 자유롭게 탈출할 수 있는 것이다. 하지만, 이토는 그러지 않았다.

사토보다 레벨이 낮기는 해도 이토는 레벨3 승려다. 이곳에서도 꽤 중요시되고 있으며, 나름 괜찮은 대우를 받을 수 있는 입장이다. 직접적으로 손을 더럽히는 짓은 사토 일행이 하고, 자신은 그냥 후방지원만 하면 된다. 사토 일행의 괴롭힘만 참는다면, 때때로 자신에게 콩고물이 떨어지기도 했다.

이토는 그런 생활이 학교에 다니는 것보다 화려하게 느껴졌으며, 또한 예전에는 상상도 하지 못했던 일이다. 머릿속으로는 이대로 있으면 안 된다고 생각했다. 하지만, 생각만 할 뿐이다. 이토 또한 이 상황에 완전히 빠져들고 만 것이다. 자기는 깨끗한 척하고 있지만, 실질적으로는 사토 일행이나 별반 다를 게 없다.

아까 노예 소녀를 봤을 때도, 겉으로는 불쌍하게 여기는 척하면서도 실은 다른 녀석들이 다 즐긴 후에 상냥히 대해주며 다가가면 자기도 즐길 수 있지 않을까? 같은 음흉한 생각을 했다. 그가 성으로 돌아간다고 해서 계급제도가 달라지지는 않는다. 그렇다면 지금 상황을 즐기는 편이──. 악행이 지닌 달콤함에 중독된 이토는 이제 돌이킬 수 없게 된 것이다.

"소리가 들린 건 현관 쪽이었지? 서둘러 돌아가 봤자 욕이나 들을 테니까, 시간 좀 때우다가── 어? 이상한 냄새가 나네……?"

그 이상한 냄새는 현관으로 다가갈수록 강렬해졌다. 걸음을 옮길수록 이 냄새의 정체가 짐작됐다.

──피 냄새.

이 직장에서는 흔히 맡을 수 있는 냄새였다. 하지만 그 냄새가 너무 진했다. 콧구멍 안을 가득 채운 냄새가 혐오감을 자아냈다. 한두 명이 흘린 피로는 이 정도로 진한 피 냄새가 풍기지 않을 것이다.

눈앞에는 현관홀을 한눈에 볼 수 있는 난간이 있었다. 이곳에서 얼굴을 내밀면 이 피 냄새의 정체를 알 수 있다. 알 수 있지만, 돌이킬 수 없게 된다. 이토는 본능적으로 그렇게 느꼈다.

(돌아가서, 다른 애들과 같이 올까? ……아냐! 만일 무슨 일이 벌어졌다면, 그 녀석들은 분명 나를 희생양으로 삼을 거야. 일단 혼자서 무슨 일인지 알아본 후에, 위험할 것 같으면 그대로 내빼자. 응. 그게 좋겠어!)

이토는 머뭇거리면서 난간에 다가갔다. 그리고 용기를 쥐어짜면서 1층을 쳐다보았다.

"……어?"

피다. 피로 뒤덮여 있다. 화려한 저택의 바닥과 벽이, 새빨간 피로 범벅이 되어 있었다. 피바다, 처참한 살인현장. 비유는 얼마든지 가능하며, 그런 문장은 질릴 정도로 읽었다. 하지만 실제로 이렇게 잔혹한 광경을 본 것은 처음이다.

바닥에는 이 피의 발생원으로 보이는 시체가 몇 구나 굴러다니고 있었으며, 몸 일부가 떨어져 나가거나 혹은 치명상이 새겨져 있었다. 멀쩡한 시체는 하나도 없었으며, 그중에는 오늘 아침에 이야기를 나눴던 이도 있었다. 2층에서 보고 누구인지 알아볼 수 있는 시체는 그나마 상태가 양호한 편이고, 심각한 시체는 머리가 아예 박살이 나있었다. 마치 피바다 위에 섬들이 떠있는 것 같았다.

"우, 웨엑……."

이토는 무심코 쿠토를 했다. 불쾌한 소리를 내면서 토한 구토물과 피 냄새가 뒤섞이더니, 그 악취 때문에 또 구역질이 치밀었다.

큰일 났다. 큰일 났다. 진짜로 큰일 났다. 필사적으로 그렇게 생각했지만, 덜덜 떨리는 발은 꼼짝도 하지 않았다. 하지만, 꼭 이럴 때면 귀가 쓸데없는 소리를 포착했다. 동요한 이토의 귀는 누군가가 계단을 올라오는 발소리를 들었다.

(나, 나도 살해당할 거야……!)

1분1초라도 빨리, 바닥을 기면서라도 왔던 길로 되돌아갔다. 그것이 이토에게 남겨진 최선의 선택지였다. 하지만, 그런 이토를 비웃듯 이 참상을 저지른 악마가 그를 향해 미소 지었다.

"아, 이토 군이네."

"어……?"

방울소리처럼 맑은 그 목소리가 들리자, 이토는 무의식적으로 뒤를 돌아보았다. 그러자 이 세계로 전이된 첫날에 다른 곳으로 끌려갔던 여학생, 카츠라기 하루나의 모습이 눈에 들어왔다.

* * *

이토는 혼란에 빠졌다. 왜, 이런 곳에 하루나가 있는 건지 전혀 이해를 할 수가 없었다. 아니, 실은 눈치를 챘지만 인정하고 싶지 않았다. 며칠 전까지 같은 반에서 공부를 하던 여자애가 이런 참상을 벌였다는 것을 믿고 싶지 않았다.

게다가 이토는 하루나를 짝사랑하고 있었다. 고등학교에 입학하고 얼마 되지 않았을 즈음, 이토는 교실에서 사토가 이끄는 양아치 그룹에게 괴롭힘을 당했다. 그때, 하루나는 당연한 듯이 주의를 줬다. 자신같이 못난 녀석을 지켜준 것이다.

요즘 같은 시대에 그런 애가 있다는 사실에, 그것도 같은 또래 여자애 중에 있다는 사실에 이토는 큰 충격을 받았다. 하지만 사토 같은 불량배에게 그것은 역효과였으며, 결국 괴롭힘의 대상이 바뀔 뿐이다. 이때, 이토는 괴롭힘의 대상이 바뀔 거라고 생각하며 마음속으로 안도했다. 그리고 그것을 어쩔 수 없는 일이라 여겼다.

『아앙? 불만 있냐?』

아아, 저 애가 위험하다. 이토는 그렇게 생각했지만 폭행을 당하는 하루나를 볼 용기가 없어서 눈을 감았다. 그리고 둔탁한 소리가 몇 번 들린 후, 곧 조용해졌다. 교실 안에 있던 클래스메이트들이 비명을 질렀다. 어쩔 수 없다. 어쩔 수 없는 일이다——이토는 머릿속으로 계속 그렇게 생각했다.

『괜찮아?』

다음에 들려온 것은 듣는 이를 안심시키는 아름다운 목소리였다. 눈을 떠보니, 자신을 향해 손을 내민 하루나의 모습이 눈에 들어왔다. 그녀의 발치에는 사토를 비롯한 양아치 그룹 네 명이 나뒹굴고 있었다. 하루나는 남자인 그들과 4대1로 싸워서, 상처 하나 입지 않고 승리한 것이다.

『으음, 괜찮아 보이네.』

이 순간, 이토는 하루나가 천사, 아니 여신처럼 보였다. 이 일은 반 안에서 영웅담이 되었다. 사토 패거리도 여자 한 명과 싸워서 졌다는 소리를 교사에게 하지 못해서 일이 커지지는 않았고, 이토 또한 하루나가 보는 앞에서는 괴롭힘을 당하지 않게 됐다.

이윽고, 이토는 사랑에 빠졌다. 밝고 활기차며 천진난만한 그녀에게 항상 눈길이 향했다. 그녀가 대회에 나가면 몰래 시합장에 가서 비디오카메라로 녹화를 하기도 했다. 그녀가 승리하면 몰래 승리를 축하하기도 했다. 이토에게 있어 그녀는 히어로이자 히로인인 것이다.

"저기, 괜찮아?"

"아, 으, 응……."

볼에 피가 묻은 여신이 그때와 같은 어조로 같은 대사를 입

에 담았다. 아름답게 느껴졌던 그 목소리가, 지금은 그저 무시무시했다. 발치에 굴러다니고 있는 것이 사토 패거리가 아니라 조직원들의 사체라는 차이가 있을 뿐인데, 지금은 그녀가 악마 같아 보였다.

스테이터스가 낮다는 이유로 하루나는 전이 첫날에 혼자만 다른 곳으로 끌려갔으며, 그 후로 돌아오지 않았다. 설령 클래스메이트들의 곁으로 돌아왔더라도 이토는 알 리가 없지만, 당시에 클래스메이트들이 보였던 반응은 문제였다. 기대를 배신당한 자들의 거듭된 독설, 낙담── 거기에 가담하지는 않았지만, 자신은 아무 것도 하지 않았다. 또, 아무 것도 할 수 없었다.

자신이었다면 마음이 꺾이고 말았을 그 상황에서, 다른 곳으로 끌려가던 하루나는 어떤 표정을 짓고 있었지?

그것은 알 수 없다. 하지만 딱 하나, 확신할 수 있는 게 있다. 하루나를 몰래 쫓아다니던 이토이기에 알 수 있었다.

──그녀는, 그런 식으로 허무하게 무너지고 말 인물이 아니다.

"하루, 아는 사이냐?"

하루 뒤편에서 남자 목소리가 들렸다. 오렌지색 로브를 걸친 하루나와 대조적인 느낌의 다크컬러 로브를 걸친 남자다. 자신보다 나이가 꽤 많아 보였다. 30대 정도일까? 며칠 전에 하루나를 버린 이토가 할 생각은 아니지만, 하루나를 애칭으로 부르는 저 남자가 뻔뻔하게 느껴졌다.

"아, 예. 같은 반인 이토 군이에요, 사부님."

"이 녀석이 말이야? 생각했던 것과 좀 다른데……."

그 남자가 관찰하는 듯한 눈길로 이토와 시선을 교환했다. 그러자 이토는 무심코 고개를 돌렸다.

"사부님, 그렇게 쳐다보지 마세요. 이토 군은 낯을 꽤 가리거든요. 이토 군, 내 말 맞지?"

"으, 응……."

다행스럽게도, 하루나는 이토를 죽일 생각이 없는 것 같았다. 오히려 이토를 걱정하는 것 같았다. 잘하면 자신은 목숨을 부지할 수 있지 않을까? 심장이 미친 듯이 뛰는 가운데, 이토는 필사적으로 자신이 살 방도를 생각했다.

"흐음."

하지만 저 남자의 시선이 모든 것을 꿰뚫어보고 있는 듯한 느낌이 들었기에, 이토는 불안감에 사로잡혔다.

"어이, 이토. 너는 여기서 뭘 하고 있는 거지? 이미 알고 있겠지만, 여기는 나쁜 사람들의 집합소 같은 곳이지. 평범한 사람은 발을 들일 수도 없는 악의 소굴이야. 다시 한 번 묻지. 며칠 전에 성에서 사라진 이토 군. 너는 왜 이런 곳에서 구토를 하며 바닥을 기어 다니고 있는 거냐?"

이토와 눈높이를 맞추려는 듯이 몸을 웅크린 그 남자는 지극히 당연한 질문을 던졌다. 그 남자의 눈동자에서 광택이 사라지자 죽은 사람 같은 눈빛이 그의 눈가에 어렸다. 표정에는 변함이 없지만, 이토를 의심하고 있다는 사실이 명확하게 느껴졌다. 지금 대답을 잘못했다간 돌이킬 수 없게 된다. 그렇게 생각한 이토는 떨리는 목소리로 말했다.

"사, 사토 패거리가 저를 억지로 성에서 끌고 나왔어요. 그 후에도 강요를 당해서……."

거짓말은 하지 않았다. 이곳에 온 것도 사토의 강요 때문이며, 나쁜 짓도 좋아서 한 것도 아니다. 그저, 그 과정에서 자신이 단물을 빨아먹었다는 것을 생략하며 설명했을 뿐이다.

"윽, 사토 패거리도 여기 있구나."

"그 녀석들이 다른 네 명이야?"

"저희 반의 불량배 그룹 패거리예요. 리더인 사토와 스즈키, 타카하시, 타나카, 이렇게 네 명인데…… 툭하면 이토 군을 괴롭혀대던 녀석들이죠. 진짜 저질들이라니까요!"

다행스럽게도 하루나가 자신을 감싸줬다. 아까까지만 해도 느껴지던 무시무시한 느낌은 하루나에게서 사라졌다. 혹시 착각을 한 것일까. 조직원들도 저 남자가 죽인 거다. 역시 자신과 하루나는 운명의 붉은 실로 이어져 있는 게——같은 망상을 할 여유까지 생겼다. 이건 찬스다. 이토는 자신이 결백하다는 걸 주장해두자고 생각하며 입을 열었다.

"마, 맞다. 마을에서 납치해온 사람이 이곳에 있어요. 빨리 구해야 해요……! 아, 아마 이 저택의 지하에 갇혀 있을 거예요."

이토는 이 두 사람을 사토 일행이 있는 2층이 아니라 지하로 유도했다. 사토 일행과 마주치면 괜한 소리를 듣게 될 가능성이 있기 때문이다. 설령 하루나와 저 남자가 이토의 말을 믿어주더라도, 사토는 레벨4 검사다. 1층에서 죽은 조직원들과는 차원이 다른 실력을 지닌 것이다.

자신은 어느 쪽이 더 강할지 상상도 할 수 없으니, 일단 사로잡힌 소녀들을 피난시키는 게 우선이다. 이곳에서의 생활에 대한 미련이 남아있기는 하지만, 하루나와 함께할 수 있다면 전혀 아쉽지 않을 것이다. 이대로 함께 성으로 돌아가자. 이토는 그런 교활한 계획을 짰다.

"흠. 그럼 소녀를 유괴한 주범 격은 사토인 거지?"

"……그, 그럴 거예요."

"그렇다면 그 소녀들을 구하는 것보다, 우선 악을 처단하는 게 우선이겠지. 죄 없는 순진무구한 소녀들이 더 희생된다면 내 마음이 아플 테니까 말이야."

"……예?"

그 남자는 이토를 둘러메며 몸을 일으켰다. 이토는 머릿속이 얼어붙었다.

"사부님, 어울리지도 않는 소리 좀 하지 마세요. 하지만 악을 처단하자는 의견에는 찬성이에요! 으음~ 저쪽에서 웃음소리가 들리네요!"

"······어, 어어?"

사토 일행이 있는 방은 여러 이유 때문에 방음이 잘 되어 있지만, 잠시 귀를 기울이고 있던 하루나는 그들이 있는 방을 손가락으로 가리켰다. 그 순간, 이토의 머릿속은 새하얗게 변했다.

"까아──?!"

"어엇?!"

1층에서 여성의 비명이 들렸다. 고용인 혹은 노예가 현관홀 쪽의 참상을 본 것 같았다. 이토는 그 갑작스러운 소리에 놀란 나머지 그대로 기절했다.

"어이쿠, 들켰군. 이렇게 되면 서둘러서 사토 군과 트론을 찾아야겠는걸. 하루, 웃음소리가 들렸다는 방으로 안내해줘."

"예!"

소녀들을 구출하더라도 같은 사건은 또 발생할 것이다. 저녁식사 때까지는 돌아갈 생각인 이 두 사람은 이 문제를 서둘러, 그리고 완벽하게 해결할 생각뿐이었다. 기절한 이토를 둘러멘 두 사람은 2층 통로를 따라 나아갔다.

* * *

피로 범벅이 된 1층 현관홀과 달리, 2층 통로는 이 저택의 장엄한 느낌을 유지하고 있었다. 벽에 꽂힌 도끼, 데리스와 하루나가 발을 옮길 때마다 생기는 핏자국을 개의치 않는다는 전제 하에서 말이다.

"벽에 도끼가 꽂혀 있네요. 취향 한번 괴상한 것 같아요."

"동감이야. 트론의 취미일까? 부자들은 무슨 생각을 하는 건지 도통 모르겠는걸."

이 사태가 자신들에게서 비롯됐다는 걸 모르는 듯한 이 두 사람은 그런 소리를 늘어놓으며 통로를 따라 나아갔다. 기분 탓인지 데리스가 둘러멘 이토가 고통스러워하는 것 같았다. 마치 딴죽을 날려줄 이가 없는 이 상황을 한탄하는 것만 같았다.

벽에 장식되어 있는 귀중한 장식품을 살펴보면서 걸음을 옮기다보니, 목적지인 방에 의외로 금방 도착했다.

"여기예요. 이 방 안에서 사토 패거리의 목소리가 들리네요."

"흐음…… 도중에 한 번 정도는 기습을 당할 줄 알았는데, 아무 일도 없어서 김이 새는걸. 이토 군이라는 녀석도 우리의 침입을 제대로 눈치채고 온 것 같지는 않던데―― 아하, 모든 방에 방음처리가 되어 있는 거군."

"방음? 노래방 같은 곳일까요?"

"……장소에 따라서는 노래도 부를 거야. 뭐, 어디서든 마음껏 쓰레기 같은 짓을 하기 위해 방음을 한 거겠지. 하지만 경비 관점에서 보면 최악이야. 저렇게 입구에서 난리가 났는데, 아직 눈치를 못 챘잖아. 완전 웃기는걸."

만약 모든 방에 방음처리가 되어 있다면, 이번처럼 습격을 당하더라도 저택에 있는 이들 전원에게 그 사실이 알려지는 데 상당한 시간이 걸릴 것이다. 일부러 방 하나하나를 찾아가서 알려야 한다는 점만 고려해도, 이 집이 결함주택이라는 것을 알 수 있으리라. 신예 조직이라 남들이 떠받들어주니 자만에 빠진 건가. 잿빛끈이라는 이 조직은 여러모로 조악하기 그지없었다.

"으, 으음? 잘은 모르겠지만, 이번에는 저희가 기습을 할수 있겠군요!"

"뭐, 그래. 문을 딱 열어봤을 때 한창 즐기고 있는 중이 아니기를 빌 뿐이야."

하루나가 고개를 갸웃거리자 데리스는 그녀의 머리를 쓰다듬어줬다.

"하루, 네가 악인을 아무렇지 않게 죽일 수 있다는 건 똑똑히 알았어. 하지만 그 악인이 네 학우라면, 너는 그 학우도 죽일 수 있겠어?"

"으음…… 어느 정도의 죄를 지었는지에 따라 다르겠지만, 저의 목숨을 노리는 상대라면 봐주지 않을 거예요. 저는 진지하게 삶을 살아가고 있으니까요! 악인 따위에게 목숨을 내줄생각은 없어요!"

"……그래. 멋진 마음가짐이군."

데리스는 하루나의 머리를 세게 쓰다듬어줬다. 제자의 마음가짐이 마음에 든 건지 입가에 약간의 미소를 머금었다.

"우왓! 사부님, 아프다고요!"

"자아, 스승 파워의 주입도 끝났으니, 화끈하게 싸우라고."

"예!"

＊　＊　＊

"이토 녀석, 거 되게 안 오네⋯⋯. 농땡이라도 피우는 거 아냐?"

"어이, 스즈키. 재미 좀 보려고 방해꾼을 쫓아낸 건 바로 너 아냐?"

스즈키가 투덜대자 타나카가 웃음을 흘리며 그렇게 비아냥댔다. 그들은 여전히 트럼프를 하며 시간을 보내고 있었다. 하지만 게임을 하고 있는 건 셋뿐이며, 다들 상반신은 알몸 상태였다. 그렇다. 그들 셋은 자기 차례가 될 때까지 시간을 보낼 겸 카드 게임을 하고 있었다. 자리에서 일어난 사토와 노예가 관계를 마칠 때까지. 참고로 그 둘도 한 방에 있기 때문에 거리상으로는 얼마 떨어져 있지 않았다.

"어이, 빨리 끝내~. 서두르지 않으면 이토가 돌아올 거라고."

"크크큭, 그럼 구경 좀 시켜주면 되지! 우리의 남자다움을 말이야!"

"아~ 그러고 보니 지난번에 그 녀석은 완전 발정 난 원숭이 같았지. 진짜 웃겨줬다니깐!"

네 사람의 웃음소리가 방 안에 울려 퍼졌다. 한편, 이 방에 있는 소녀는 몸을 떨며 입을 다물고 있었다. 빨리 이 시간이 지나가기만 빌면서.

"뭐, 그 애는 이 근처에서는 보기 힘든 처녀 같으니까, 상냥하게 해주라고."

"인마, 사토가 그런 말을 들은 척이라도 할 것 같냐……."

"뭐, 기절이라도 안 하면 그나마 다행일걸?"

"……내기할까?"

"재미있네. 그럼 나는 기절하는 쪽에 걸겠어. 사토, 부탁한다!"

"좋아. 나만 믿어."

"야, 인마! 나도 그쪽에 걸 생각이었는데……!"

"크크큭, 빠른 쪽이 임자라고! 푸하――."

――콰앙!

"하, 하앗?!"

갑자기 방문이 박살나면서 날아가더니, 문 쪽에 앉아있던 타나카의 뒤통수에 명중했다. 상당한 속도로 날아간 그 문은 중량도 보통 때보다 **무거웠으며**, 타나카를 기절시키고도 남을 정도의 위력을 지니고 있었다.

"맞은 사람은── 타나카네요."

"그 소문 자자한 사토 군이 아니구나. 뭐, 행운이 1밖에 안 되니 어쩔 수 없지. 그럼, 상황은──."

문이 사라진 후, 데리스는 방 안을 슬쩍 살폈다. 하루나의 기습에 당한 타나카, 그리고 얼이 나간 듯한 표정으로 의자에 앉아있는 남자 두 명, 그리고 여자를 덮치고 있는 남자 한 명, 그리고 그 남자 밑에 깔려 울고 있는 여자 한 명…….

"──세이프네. 이야, 늦지 않아서 다행이야."

"아웃이에요!"

무슨 소리를 하는 거예요! 하고 말하는 듯한 투로 하루나가 데리스에게 반론했다.

"괜찮아. 아직 중요 부위는 보이지 않아. 진짜로 아슬아슬 하게 세이프인걸. 뒷일은 너한테 맡기마, 하루."

"역시 이번에도 사부님은 나서지 않는 거군요. 좋아요. 저 한테 맡겨주세요."

하루나는 한숨을 내쉬면서 앞을 바라보았다. 눈앞에는 몬 스터 네 마리와 인질이 한 명 있었다. 그녀는 머릿속의 스위 치를 켜면서, 사냥꾼이 됐다.

한편, 불량배들은 얼굴이 새파랗게 질렸다. 그럴 만도 한 게, 그들은 하루나에게 덤볐다가 찍 소리도 못하고 패배한 적 이 있는 것이다. 그리고 하루나와 대치하고서야 비로소 깨닫 게 되는 그녀의 비정상적인 면을 알고 있는 몇 안 되는 이해자이기도 했다. 하루나에게 진 후, 사토 일행이 그녀에게 앙 갚음을 하지 않은 것도 그런 이유 때문이다.

"하, 하루나, 카츠라기 하루나……?!"

"어, 어이어이어이! 네, 네가 왜 여기에 있는 건데?!"

스즈키와 타카하시는 화들짝 놀라며 벌떡 일어섰다. 누가 봐도 명백할 만큼 그들은 동요한 상태였다. 데리스는 자초지 종을 모르는지라 어리둥절한 표정을 지었지만, 하루나가 기 회를 잡은 것 같았기에 잘됐다고 생각하며 넘어갔다.

"어, 어이, 당황하지 마! 하루나, 우리는 알고 있거든? 네가 이 세계에서는 아무 짝에도 쓸모없을 정도로 약해빠졌다는 걸 말이야. 마, 마침 잘됐어. 지금까지 쌓인 울분을 이참에 풀 어보자고! 어때?!"

"그, 그래! 맞아! 옛날에는 몰라도, 지금은 우리가 더 강해! 너의 그 빈약한 몸으로 예전에 네가 한 짓거리에 대한 대가를 치르게 해주마!"

"뭐, 뭐어, 얼굴은 내 취향이니까, 나쁘지 않겠네……!"

데리스는 그런 흔한 대사를 늘어놓는 그 녀석들을 보면서 질린 듯한 표정을 지었다. 사냥꾼이 몬스터의 말에 귀를 기울 일 리가 없다. 하루나는 그들의 헛소리가 전혀 들리지 않는 것 같았다. 하루나를 상대로 스토킹에 가까운 짓을 한 이토 라면 며칠이란 시간은 그녀가 강해지기에 충분한 기간이라는 것을 알고 있으리라. 하지만 하루나를 피하기만 했던 사토 패거리가 그것을 알 리가 없었다.

데리스는 저들이 인질을 방패삼는 야비한 전법을 구사해준 다면 하루나의 교육상 매우 도움이 될 거라고 생각했지만, 그 런 짓을 할 기색은 없었다. 사토에게 겁탈을 당하던 소녀가 눈물을 닦으면서 물러나자, 이제 저들의 전투력에 기대할 수 밖에 없다고 생각한 데리스는 탄식을 터뜨렸다.

"헤, 헤헤헤……! 하루나, 저승길 선물로 보여주마. 나만 가 진 특별한 힘, 고유 스킬『레드테일』을 말이야!"

뜻밖에도 상대 중에 고유 스킬 소유자가 있는 점은 반갑지 만, 자기 입으로 능력을 폭로하지 좀 말라고, 하고 데리스는 마음속으로 중얼거렸다.

* * *

사토를 비롯한 불량배 세 사람과 대치한 하루나는 전투태 세를 취했다. 예전에 반에서 그들을 쓰러뜨렸을 때처럼 복싱 자세를 취한 것이다. 넋두리는 그만 늘어놓고 덤벼보라는 듯 이, 하루나는 템포 좋게 리듬을 새기면서 그들을 향해 강대한 위압감을 뿜었다.

"큭……!"

사토는 무심코 물러날 뻔했다. 사토는 싸움을 잘하는 편이 었다. 중학생 시절에 시작한 복싱 경험을 살려, 다른 학교의 불량배 셋을 상대로 혼자 싸워서 이긴 적도 있다. 그런 사토를 주위 사람들은 신뢰했으며, 그는 거들먹거리며 부하들을 이끌어왔다.

그런데 지금은 입장이 완전히 뒤바뀌었다. 복싱을 본격적으로 익히지도 않은 아마추어, 그것도 여자인 하루나에게 지면서 그때까지 쌓아왔던 자부심이 심적 고통으로 변하고 말았다.

"어, 어이, 사토. 이 녀석, 진짜로 약해빠진 것 맞지? 우리보다 약하지?!"

하루나는 사토 패거리에게 트라우마를 심어줬던 그때와 마찬가지로 압도적인 위압감을 자아내고 있었다. 전사인 스즈키는 검을 쥔 손을 떨면서 사토에게 물었다. 아까 의기양양하게 자신이 고유 스킬을 가졌다는 걸 밝힌 사토 또한 설명을 늘어놓을 여유가 없는 건지 입을 다물고 있었다. 스즈키는 그런 사토를 보고 불안에 사로잡혔다.

(나, 나는 겁을 집어먹은 게 아니라, 긴장했을 뿐이야! 하루나는 맨손이지만, 우리는 두 명이나 검을 들고 있다고. 스테이터스에서 차이 나는 건 명백한데다, 접근전을 벌이게 되면 나와 스즈키가 압도적으로 유리해! 게다가 타카하시가 마법으로 엄호도 해주겠지! 비장의 카드인 레드테일을 쓰지 않고도, 이길 수 있어!)

사토는 자기 자신을 독려, 아니 용기를 쥐어짜내려는 듯이,

승리의 방정식을 머릿속으로 짰다. 그런 사토가 결의를 다지며 입을 열었다.

"내가 신호를 하면, 일제히——."

하지만 하루나는 이미 몸을 날렸다. 그녀가 보기에 임전태세인 적 앞에서 작전회의나 하고 있는 저들은 빈틈투성이였다. 너무 빈틈이 많아서 전투 시작 직후 몇 초 동안은 함정을 판 건지 의심했을 정도다. 하지만 그런 낌새는 느껴지지 않았다.

이대로 탐색전을 이어가도 의미가 없다고 생각한 하루나는 자세는 그대로 유지한 채, 발의 도약력만으로 사토 패거리를 향해 쇄도했다. 사토 패거리가 보기에는 하루나가 느닷없이 자신들의 코앞에 나타난 것만 같으리라. 그런 눈의 착각에 놀랄 때가 아니지만, 그들이 받은 충격은 고함이 되어 입에서 터져 나왔다.

""——아닛?!""

전위를 맡고 있던 사토와 스즈키는 너무 놀란 나머지 고함을 질렀다. 복싱 폼은 언제든 공격을 펼칠 수 있는 자세다. 이대로 있다간 **또** 당하고 만다. 사토는 직감적으로 그것을 눈치챘다.

"레, 레드테일!"

하루나의 주먹이 자신의 턱에 닿기 직전, 사토는 고함을 지르듯 고유스킬 사용을 선언했다. 그리고 사토는 겨우겨우 턱을 빼면서 하루나의 잽을 피했다.

"크, 윽……!"

"──윽!"

사토는 그대로 뒤편으로 몸을 날리며 하루나와 거리를 벌렸다. 하루나도 더는 파고들지 않으며 그 자리에서 멈춰 섰다. 다시 사토 패거리와 대치한 하루나는 그들 주위에서 일렁이고 있는 붉은색 아우라 같은 이펙트를 쳐다보았다.

"호오."

데리스는 적지 않게 감탄했다. 하루나가 일격에 사토를 해치울 거라고 생각했던 것이다. 자랑하던 능력을 써보기도 전에 당하는 것만큼 어이없는 건 없다. 그런 점에서 본다면, 사토는 체면치레는 했다고 할 수 있을 것이다.

"어이, 사토?! 벌써 쓴 거냐?! 나는 마음의 준비가──."

"시끄러워! 잔말 말고 전력을 다하라고!"

사토와 함께 물러났던 스즈키, 그리고 뒤편에 있던 타카하시가 허둥댔다. 사토도 초조한 것처럼 보였다.

"어이, 가자! 이제 **시간**이 없어!"

"젠장!"

이번에는 사토와 스즈키가 고함을 지르며 하루나에게 달려들었다. 검을 머리 위로 치켜들더니, 금방이라도 아래편으로 내리그을 것 같았다. 게다가 그들의 움직임은 하루나에게 필적할 정도로 빨라졌다.

(――역시, 빨라졌네?)

하루나가 순간적으로 감지한 것처럼, 사토 일행의 신체능력은 아까보다 향상됐다. 게다가 사토는 다른 이들보다 더욱 향상된 것처럼 느껴졌다. 이것은 사토의 고유 스킬 『레드테일』에 의한 효과이며, 일정 범위 안에 있는 동료의 근력, 내구, 민첩을 두 배로 올려주는 강화능력이다.

무시무시할 정도로 강력한 힘 같지만, 물론 결점도 존재한다. 이 힘은 10초 동안만 유지되며, 그 기한이 지나고 나면 반동에 의해 그 후로 10초 동안 아까 상승했던 스테이터스가 반감되고 마는 것이다. 사용할 수 있는 횟수 또한 하루에 한 번뿐인지라 적절한 타이밍에 사용해야 하는 고유 스킬이며, 가능하면 상대를 몰아붙일 때 쓰자고 사토는 평소에 생각했다.

하지만, 이미 싸움은 시작됐다. 당황한 바람에 스즈키와 타카하시에게도 효과를 적용시키고 말았다. 강습을 회피하기 위한 긴급수단이기는 해도, 10초 안에 결판을 내지 못하면 지고 만다. 이 시간 안에 하루나를 쓰러뜨리면 사토 패거리의 승리이며, 하루나가 10초 동안 버텨내면 그녀가 승리한다고 하는 방정식이 그들의 머릿속에 세워졌다. 결국 그들은 혈안이 되어 노도와 같이 공격을 퍼부었다. 사토 패거리에게는 이제 물러설 곳이 없는 것이다.

"이걸로――."

"――끝이다!"

사토와 스즈키는 동시에 검을 휘둘렀다. 비장의 카드를 사용해 강화한 육체, 그리고 신뢰해온 장검이 그들에게 용기를 줬다. 사토와 스즈키는 혼신의 힘을 다해 일격을 날렸다. 하지만 하루나는 두 사람이 휘두른 검을 쳐다보지도 않았다.

(이 녀석, 어디를 보는──!)

사토는 하루나의 시선이 자신들의 뒤편을 향하고 있다는 것을 눈치챘다. 그들의 뒤편에는 마법사인 타카하시가 있었다. 타카하시는 공격마법을 펼치기 위해 한창 주문을 영창하고 있었다. 공격을 받는다면 그대로 당하고 말겠지만, 이 상황에서는 하루나도 타카하시를 공격할 수단이 없다. 사토는 하루나의 직업이 마법사라는 사실을 완전히 망각하고 있었다.

(얕보는 거냐! 어쨌든 간에, 이걸 맞으면 너는 그대로 끝이야!)

"영차."

하루나는 두 사람이 날린 혼신의 일격을 너무나도 간단히 피했다. 사토와 스즈키는 얼이 나간 듯한 표정을 짓더니, 공중에서 몸을 비틀며 공격을 피한 하루나를 향해 경악에 찬 시선을 보냈다.

하루나의 장기는 복싱도, 합기도도, 권법도 아니다. 치나츠와 함께 절차탁마한 검도인 것이다. 『검술』스킬로 다소 검을 다룰 수 있게 되었더라도, 풋내기 수준에 불과한 사토와 스즈키가 휘두른 검을 피하는 것 정도는 하루나에게 어려운 일이 아니다. 차라리 사토가 뛰어난 스테이터스와 복싱의 경험을 살려 주먹으로 싸우려 했다면, 하루나와 싸워볼 만했을지도 모른다. 하지만 그는 자기 직업이 검사라는 이유로 복싱을 버렸다. 결과론에 불과하지만, 그것이 이런 사태를 초래한 것이다.

두 사람이 휘두른 검을 피한 하루나는 공중에서 옆으로 몸을 날리는 듯한 자세를 취했다. 그녀의 표적은 바로 타카하시였다.

"받~아~라~!"

하루나는 쥐고 있던 돌멩이를 지면에 닿을락말락하는 사이드스로 느낌으로 던졌다. 투척용으로 하루나가 파우치에 넣어뒀던, 주먹 안에 쏙 들어오는 크기의 평범한 돌멩이다. 복싱 자세를 취할 때, 하루나는 미리 이 돌을 꺼내서 손에 쥐고 있었다.

독을 발라뒀을 뿐만 아니라 +10kg의 중량 보정이 된 돌이 사토의 옆을 가르며 타카하시를 향해 날아갔다. 영창 중인 그가 이 돌을 피할 수 있을 리가 없었다.

결국 타카하시의 왼쪽 어깨에 마구가 꽂혔다. 강속구 느낌으로 날아온 철제 아령을 맞은 듯한 충격이 그에게 가해졌다. 타카하시는 자신의 몸 내부에서 생겨난 불길한 소리를 들으며 그대로 뒤편으로 튕겨났다.

"커, 어억······!"

(아, 약간 빗나갔네.)

사실 하루나는 심장을 향해 돌멩이를 던질 생각이었다. 하지만 연습도 해보지 않고 던져서 명중시킨 것만으로도 충분히 말도 안 된다는 생각이 들었다. 아무튼, 타카하시가 제한 시간 안에 전투에 복귀하는 건 불가능할 것이다. 이제 남은 건 사토와 스즈키뿐이다.

"크억!"

그리고 스즈키 또한 탈락됐다. 아까 그가 하루나를 향해 힘차게 휘두른 검은 허공을 가른 후 그대로 바닥에 박혔다. 그 순간 공중투구를 마치고 착지한 하루나가 날린 발차기가 스즈키의 안면에 꽂히자, 그의 얼굴은 그대로 찌그러졌다. 위력만 본다면 타카하시가 맞은 마구와 비슷하기에, 더욱 비참한 상황이 벌어졌다. 하지만 전사인 그는 원래 내구력이 뛰어났고, 레드테일의 효과 중이기 때문에 실신은 했지만 목숨을 잃지는 않았다.

"하루나~!"

타임리미트가 코앞까지 다가온 가운데, 스즈키보다 먼저 자세를 회복한 사토가 마지막 기회를 거머쥐기 위해 남은 힘을 쥐어짜내며 최후의 공격에 모든 것을 쏟아 부었다.

하지만, 슬프게도 그는 마지막까지 검을 휘둘렀다. 눈을 감고도 피할 수 있을 듯한 공격을 곁눈질로 쳐다본 하루나는 파우치에서 검은색 지팡이를 꺼내더니, 사토가 쥔 꽤 유서 깊은 명검을 그대로 부러뜨렸다. 명검은 놀랍도록 깨끗하게 부러졌고, 그와 동시에 레드테일의 효과 또한 끝났다.

"아⋯⋯."

검은색을 띤 무언가가 시야를 가득 채운 순간, 사토는 체감적으로 두 배의 격통을 맛봤다. 의식을 놓기 직전, 시야를 가득 채운 물체가 물러나더니 의기양양한 표정을 짓고 있는 소녀의 모습이 언뜻 보인 듯한 느낌이 들었다.

＊　＊　＊

의외로 순식간에 끝난 이 싸움은, 사토가 이 방의 천장에 박히면서 마무리됐다. 전투를 벌인 이들 중에서 두 발로 멀쩡히 서있는 자는 의기양양한 표정을 짓고 있는 하루뿐이었다.

"전투를 시작하고 약 10초 만에 끝났네. 싸워보니 어때?"

나는 사토 패거리가 아직 숨을 쉬는지 확인하면서 하루에게 감상을 물었다. 우와, 사토 군은 완전히 박살이 났네.

"생각했던 것보다 약했어요. 잘은 모르겠지만, 초조해하는 것 같았고요⋯⋯."

예상대로, 하루에게 있어서는 꽤나 실망스러운 상대였던 것 같았다.

"사부님, 회복시켜줄 건가요?"

"응~? 아, 그래."

하루가 박살낸 문에 맞고 기절한 타나카, 독을 묻힌 돌멩이가 왼쪽 어깨에 명중한 탓에 실신한 타카하시, 안면이 박살이 나고 만 스즈키, 그리고 가장 심각한 상태인 사토에게도 죽지 않을 정도만 회복 마법을 걸어줬다. 하루는 의아하다는 눈길로 그 광경을 쳐다보고 있었다.

"……왜 그래?"

"아, 사부님은 적에게 자비를 베푸는 사람이었나 싶어서요. ……헉! 설마 가짜──."

"──어이, 너는 대체 나를 얼마나 극악무도한 인물이라고 생각하는 건데?"

진짜 맞으니까 그 복싱 자세를 풀라고. 네 신속한 행동을 보니 이 사부는 울고 싶어진단 말이다.

"아, 귀찮아 죽겠다는 듯한 딴죽을 날리는 걸 보니 진짜 사부님 맞네요. 실례했어요!"

"……너, 꽤 진심으로 나를 의심했지?"

나로서는 클래스메이트를 아무렇지 않게 죽이려 드는 여고생이 더 의심스러운데 말이야. 이 녀석들은 운이 좋았지만, 하루가 날린 공격은 충분한 살상력을 지녔다. 극악무도한 걸로 유명한 내 제자로서는 우수하지만, 인간으로서는 문제가 있는 것이다. 하지만, 그래도 괜찮다.

"죽여 버리는 것보다는 산 채로 데려가면 더 많은 보수를 받을 수 있거든. 기왕이면 저녁 식사 때 먹을 반찬이 하나라도 더 늘어나는 편이 좋잖아?"

"아하, 납득했어요."

"납득해줘서 고마워. 주력인 이 녀석들을 박살냈으니, 이제 잔당과 두목인 트론만 남았는걸……. 하루, 뒷일은 네가 대충 처리해. 머리가 벗겨졌고 배가 불룩 튀어나온 아저씨가 트론이니까, 그 녀석만 살려둬. 미드나이트 측에 팔아넘기게 말이야."

"대머리에 배불뚝이…… 메모해둬야지. 사부님은 그사이에 뭘 할 건가요?"

"나는 이 녀석들이 회복되면, 지하에 있는 유괴된 소녀를 구하러 갈 거야. 이토 군이라는 녀석과 노예인 애도 데려가야 하잖아?"

나는 그렇게 말하면서 기절한 채 바닥에 쓰러져 있는 이토와 천으로 몸을 가린 노예 소녀를 가리켰다. 그 소녀는 꽤 진정한 것 같지만, 그는 여전히 꿈나라에 있었다.

"알았어요! 그럼 잔당 섬멸 및 트론 씨 생포를 하러 갈게요!"

하루는 힘찬 목소리로 그렇게 말하며 방 밖으로 뛰쳐나갔다. 곧 문이 박살나는 소리, 그리고 굵직한 비명소리가 들려왔다. 하루에게는 나중에 은밀하게 행동하는 법을 가르쳐야겠다.

"자아……."

죽지 않을 정도만 치료한 사토 패거리를 이토 옆으로 옮긴 후, 잘그락잘그락 하는 소리가 나는 어떤 물건을 가방에서 꺼냈다. 아, 맞다. 이참에 이 아이에게서 이야기를 좀 들어볼까.

"저기, 너. 잠깐 나 좀 볼래?"

나는 고객 접대용 영업 스마일을 지으면서 노예 소녀에게 말을 걸었다.

* * *

"으, 으응……."

흐릿하던 의식이 점점 맑아졌다. 장시간 게임을 하다 잠이 든 후 깨어났을 때와 비슷한 느낌이 들었다. 그다지 기분이 좋지 않았다. 으음, 나는 뭘 하고 있었더라? 머리가 엄청 아프고, 속도 거북했다. 사토 패거리에게 명령을 받아서──

아.

"하, 하루나?!"

하루나와의 운명적인 만남을 떠올린 나는 무의식적으로 그 이름을 외쳤다.

"아뇨, 그 애의 사부입니다."

"……윽?!"

하지만 눈앞에는 하루나와 같이 있던 그 남자가 있었다. 여전히 나에게 흥미가 없다는 듯, 죽은 시체 같은 눈길로 쳐다보고 있었다.

"우와앗!"

"뭐야. 고함도 지를 줄 아는 거냐? 좋아, 소년. 바로 그거야."

"어, 어어?"

상황을 이해할 수가 없었다. 내가 정신을 잃은 후, 대체 무슨 일이 있었던 거지? 분명 악을 처단한다고…… 아니, 그것보다 여기는 어디일까?

주위를 둘러보니 이곳은 감옥 안이었다. 조명이라고는 벽쪽에 존재하는 양초의 불빛뿐이고, 창문이 없으며, 어둑어둑했다. 바닥과 벽도 전부 돌로 되어 있는, 매우 차가운 느낌의 방이다. 하지만 왠지 눈에 익은데——.

"——여기는, 지하의……?"

그렇다. 이곳은 유괴된 소녀, 그리고 노예가 머무는 지하수용소다. 하지만 내 기억 속 광경과 다른 점도 있었다. 감옥 안 벽에 달린 수갑을 차고 있는 건 불운한 소녀가 아니라, 바로 나 자신이었다.

"저, 저기…… 이게 무슨 짓이죠?"

"응? 그야 너만 따돌리면 불쌍하잖아. 이래봬도 나는 자비심이 깊거든."

남자는 내 옆을 바라보았다. 나도 덩달아 그쪽을 쳐다보니,

사토와 스즈키, 타나카와 타카하시도 나와 같은 꼴로 잡혀 있었다. 눈을 부라리며 저 남자를 노려보고 있는 걸 보면, 다들 의식과 투지는 있는 것 같았다. 하지만 입이 막힌 탓에 아무 말도 하지 못했다.

"자아, 친구도 깨어난 것 같으니 본론에 들어가 볼까. 너희는 현재 이 나라에서 비밀리에 지명수배가 되어 있어. 뭐, 당연하지. 왕성에서 도망쳤으니까 말이야."

남자는 동요한 내 심경 같은 건 개의치 않는다는 듯 이야기를 이어나갔다.

"게다가 이 마을에서 다수의 소녀를 유괴 및 폭행했고, 이 국가에서 규정한 법을 무시하며 노예로 팔아넘기는 월권행위까지──이것만으로도 사형은 면할 수 없는데다, 슬럼에서도 멋대로 굴었나 보군. 미드나이트도 열 받았어. 아무래도 곱게 죽기는 글렀겠는걸."

우리의 죄상을 하나하나 읊듯, 그 남자는 담담한 어조로 그렇게 말했다. 어, 어라? 혹시 나도 포함되어 있는 거야……?

"아, 이토 군은 미드나이트를 알아? 조직폭력배나 마피아와 비슷한──."

"저, 저는 안 했어요! 그건 전부 사토 패거리가 한 거라고요!"

"으, 으읍──!"

사토가 재갈을 물린 상태에서 고함을 질렀지만, 지금은 그런 걸 신경 쓸 때가 아니다! 나쁜 짓을 한 건 저 녀석들이야! 나도 피해자라고!

"으음, 그래?"

"하루나한테도 말했다시피, 저는 쟤들에게 억지로 끌려 다녔을 뿐이에요. 그러니까, 저는 아무 잘못도 안 했단 말이에요!"

그렇다. 모든 죄를 사토 패거리에게 떠넘기면 전부 해결된다. 그리고 나는 성으로 돌아가서 새 출발을 하는 것이다. 그러면 하루나와——.

"하지만 이 나라는 너희를 전부 말살하고 싶어 하거든. 괜히 정보가 퍼져나가기 전에 말이야. 물론, 그중에는 이토 군도 포함되어 있지. 너도 유괴된 소녀들을 건드렸다며? 여기에 잡혀 있던 애들 전원에게 물어봤어. 너희 중에 죽여버리고 싶은 녀석이 있냐고 말이야. 그랬더니 이토 군 이름도 언급하더란 말이지."

"——예?"

으, 으음……?

"그러니까 너희 속내 같은 건 아무래도 상관없다고. 경위가 어떻게 되었든 간에, 너희는 무단으로 성을 빠져나갔어. 너희는 이 나라의 기밀 그 자체나 다름없거든. 기밀을 유출한 범죄자에게는 벌이 내려지지. 자아, 이제 이해가 되지?"

이 남자가 무슨 소리를 하는 건지 이해가 되지 않았다. 아니, 이해하고 싶지 않았다. 그저 사토가 시키는 대로 했을 뿐인데, 어째서 이렇게 된 건지? 나는, 나는 이런 데서 죽을 인간이 아닌데……!

"으읍!"

"읍──, 읍──!"

사토 패거리도 최후의 저항을 하려는 듯이 필사적으로 버둥거리고 있었다. 하지만 수갑을 풀 수 없는데다, 고함조차 지를 수 없었다. 가장 강한 사토도 저런 상태이니, 내가 아무리 버둥거려봤자 의미가 없을 것이다. 젠장, 젠장……!

"뭐, 그런 표정 짓지 마. 그러니 항간에서 상냥한 걸로 정평이 나있는 이 형님이 제안을 하나 할까 해."

"……?"

남자는 의미심장한 미소를 지으며 감옥 쪽으로 걸어왔다. 나는 그 미소가 왠지 엄청 섬뜩해 보였다. 그 남자가 손가락을 튕기자 어찌된 영문인지 내 손에 채워져 있던 수갑이 풀렸다. 사토 패거리도 마찬가지였으며 입을 막고 있던 재갈도 풀렸다.

"너희들 옆에 상자가 있지? 사토 군의 검은 하루가 부쉈기 때문에 대용품이지만, 다른 건 너희가 애용하던 무기들이지. 자아, 꺼내봐."

남자가 말한 상자를 보니, 내 지팡이와 스즈키의 검이 들어 있었다. 사토는 재빨리 검을 뽑아들며 그 남자와 대치했다.

"······이 자식, 무슨 꿍꿍이냐?"

"그냥 마지막 기회를 주려는 것뿐이야. 지금 이 지하에는 우리밖에 없지. 즉, 나를 쓰러뜨리면 너희가 운 좋게 도망칠 가능성도 있는 거라고. ······설명은 그 정도면 충분하지?"

남자는 감옥 문도 열어줬다. 이 남자를 쓰러뜨리고 도망치면, 우리는 살 수도 있다. 그는 그렇게 말한 것이다.

"그, 그런데 대체 왜 이런 위험한 짓을······."

"이유가 궁금해? 별거 아냐. 잘은 모르겠지만, 너희는 하루가 무서워서 움츠러든 바람에 꼴사납게 박살이 났잖아? 너희 같은 용사 후보의 진짜 실력을 확인하려는 거야. 그리고 겸사겸사 내 운동 부족도 해소하려는 거지. 하루와 대련을 할 때, 이제는 정신을 바짝 차리지 않으면 힘들거든. 이야, 나이도 나이인데다 오랜 공백기 때문에 몸을 쓰는 게 힘들더라고."

"""······."""

그는 태연자약한 어조로 그렇게 말했다. 나뿐만 아니라 사토 패거리도 어이없다는 듯 입을 쩍 벌렸다. 하지만 그런 침묵은 오래가지 않았다.

"허, 헛소리 하지 말라고————!"

사토는 고함을 지르면서 그 남자에게 달려들었다. 그야말로 귀기가 어린 듯한 저 표정이야말로 사토가 다른 학교 불량배들에게 두려움의 대상이 된 이유다. 하지만 그 남자는 안색 하나 바꾸지 않으며 오른손을 대충 앞으로 내밀었다.

그 순간, 사토의 오른발이 날아갔다. 아니, 사라졌나? 아무튼 사토는 오른발을 잃은 채 그대로 차가운 바닥을 나뒹굴었다.

"으, 으아악——?!"

지하라 그런지 사토의 비명이 크게 울려 퍼졌다. 하지만 자신의 심장 뛰는 소리가 더욱 크게 느껴졌다.

"……어라? 너희는 안 덤빌 거야? 응~?"

이런 상황에서 저 남자에게 달려들 수 있을 리가 없다. 남자의 발치를 굴러다니고 있는 사토를 보면 알 수 있다. 절대, 이길 수 없다는 걸 말이다.

"어이, 의욕 좀 내봐……. 뭐, 운동 부족을 해소하고 싶은데, 너희가 이렇게 나오면 어떻게 하냐고. 좋아, 마법은 쓰지 않지. 어때?"

"이, 망할 놈이……!"

이렇게 명백하게 실력 차가 드러났는데도 아직 으르렁거리고 있는 사토는 근성이 있다고 생각한다. 하지만 나는——.

"아, 맞다. 이토 군."

그는 갑자기 내 이름을 입에 담았다.

"너, 하루를 좋아하지? 미안하게 됐는걸. 네가 좋아하던 애를 본의 아니게 채간 게 됐잖아."

"……뭐?"

이 남자가 무슨 소리를 하는 거지?

"하루는 지금 나와 같이 살고 있어. 한 지붕 아래에서 말이야. 즉, 동거라는 걸 하고 있는 거지."

"……읙!"

생각조차 하고 싶지 않았던 일을, 상상하고 말았다. 그러자 내 마음속에서 분노가 치솟았다.

"하루는 요리를 잘하거든. 매일 먹어도 질리지가 않아."

그건, 그건 내가, 매일 먹고 싶다고 생각했던 그 도시락의 ──.

"이야. 진짜로 미안하게 됐어, 이토 군. 내가 하루를 먼저 **맛봐버렸네.**"

내 안의 무언가가 끊어졌다. 그 후, 나는 일그러진 미소를 짓고 있는 그 남자를 향해──.

* * *

그 후로 어느 정도의 시간이 흘렀을까. 몇 번이나 싸우기는 했지만 매번 순식간에 결판이 나는 바람에 시간 감각이 마비되고 말았다. 슬슬 하루도 일을 마쳤을까?

"자아, 떨어져나간 팔이나 신체부위를 다시 붙여줬어. 이번에도 열의를 불태우며 덤벼보라고."

나는 방금 박살을 내준 이토 패거리의 몸을 치료해준 후, 다음 훈련도 열심히 하자! 같은 청춘드라마의 전형적인 대사를 읊는 듯한 투로 그렇게 말했다. 하지만 그들은 내 배려를 무시했다.

"우, 우엥……. 이, 이제…… 용, 서…….."

"……."

"크하, 크하하……."

아~ 이제 끝내야겠네. 사토는 갓난아기처럼 울어대고 있고, 다른 녀석들은 반응을 보이지 않거나 메마른 웃음을 흘렸다. 몸은 내가 고쳐줬지만, 마음이 먼저 박살이 나버린 것 같았다. 저들이 내 재활훈련에 어울려준 횟수는 겨우 두 자릿수밖에 안 되는데 말이다.

"그런데 이토 군은 어떻게 할래? 다음에는 하루와의——."

"헤헤, 헤헤헤헤…… 하루, 나…… 헤헤."

"으음, 이쪽도 글렀네. 완전히 망가졌어."

의외로 이토 군이 가장 최선을 다했지만, 연전 기록도 이쯤에서 스톱인 것 같았다. 치명상을 치료해줄 때마다 하루와 나의 깨가 쏟아질 듯한 알콩달콩 러브 스토리를 대충 지어내서 들려줬는데, 질투심에 의한 부스트도 이제 한계에 도달한 것 같았다.

그건 그렇고, 이 기분 나쁜 미소는 대체…… 내가 대충 생각나는 대로 지껄인 이야기를, 자기와 하루 사이의 일이라고 상상하고 있는 걸까? 으음, 스토커는 무시무시하네. 나무아미타불.

뭐, 어쨌든 용사 후보 다섯 명을 상대로 혼자서 이만큼이나 싸웠으면 충분하려나. 질보다 양이라고 본다면 말이다. 안 한 것보다는 나을 테니, 하루와의 대련에도 꽤 도움이 될 것이다.

"훌쩍…… 흐흑……."

"그래도 좀 실망인걸."

내가 실제로 싸워본 감상을 밝히자면, 하나같이 스테이터스와 스킬 레벨이 조금 높기만 할 뿐, 그것을 다루는 실력이 갖춰지지 않은 느낌이었다. 운전면허를 각 취득한 초심자가 느닷없이 레이싱카를 몰게 됐다는 비유가 적절할 것이다.

뭐, 그럴 만도 했다. 그들은 전이의 부산물로 강한 힘을 얻었을 뿐, 시간을 들여 단련한 끝에 그런 힘을 얻은 게 아니다. 그 결과, 그 힘과 육체의 포텐셜이 맞물리지 않는 것이다.

즉, 하루와는 정반대되는 패턴이라 할 수 있다. 하루의 포텐셜은 지나치게 뛰어나며, 초기의 머신이 점점 비정상적으로 개조되고 있는 느낌이다. 저들은 죽었다 깨어나도 하루에게 이길 수 없다. 이 결과는 어떻게 보면 당연한 것일지도 모른다.

하지만, 용사 후보라는 작자들이 겨우 이것밖에 안 된다니……. 아델하이트 마법학원의 졸업제 때까지 기다릴 필요 없이, 하루의 지금 실력이면 충분히 인정받을 수 있을 것 같았다. 혹시 전이의 은총이 특정 인물들에게 편중된 걸까? 레벨5인 녀석도 있다는 것 같던데, 아무래도 과도하게 기대하지는 말아야겠다. 남은 클래스메이트 중에 괜찮은 녀석이 있으면 좋겠지만……

"히히, 하루나, 하루……나~…….."

"아, 맞다. 하루의 눈에 띄기 전에 처분해야겠는걸."

나는 쓰러진 채 꼼짝도 하지 않는 인생 체념 모드인 이토와 사토 패거리를 향해, 구원의 손길을 내밀었다.

"벨리알셰이드."

"히, 히——."

그 순간, 다섯 명의 몸은 어둠에 삼켜지더니 피 한 방울도 남기지 않으며 완전히 사라졌다. 좋아~ 쓰레기 청소도 끝났군. 역시 방을 깨끗하게 청소하니 기분이 좋은걸.

"……청소를 좋아하게 됐군. 나도 하루에게 꽤나 물든 것 같네."

때로는 책장이라도 정리하도록 할까.

* * *

"아, 사부님! 수고하셨어요!"

"너도 수고 많았어."

잿빛끈의 저택 입구, 별칭 피웅덩이 홀에서 기다리고 있으니, 1층 안쪽에서 하루가 뛰어왔다. 달성감으로 가득 찬 저 미소를 보아하니, 내 지시를 무사히 완수한 것 같았다.

"내가 시킨 일은 어떻게 됐어?"

"아, 그게 말이죠……."

하루는 허리에 찬 파우치에서 메모장을 꺼냈다. 아무래도 자신의 성과를 메모해둔 것 같았다.

"잿빛끈의 조직원으로 보이는 사람들은 전부 쓰러뜨렸어요. 사부님과 따로 행동을 시작한 후, 저택 2층에서 열여섯 명, 1층에서 스물일곱 명을 해치웠죠. 노예 분들은 전부 밖으로 피난시켰어요. 두목인 트론 씨는 사토 패거리가 있던 곳 근처의 방에 있었어요. 너무 초반에 마주쳐서 일단 기절을 시킨 다음, 두 다리의 뼈를 부러뜨리고 방치해뒀죠. 이제부터 회수하러 가려던 참이에요!"

"좋아~. 잘했어. 이걸로 오늘 저녁밥은 기대해도 되겠는걸."

"에헤헤. 돌아가는 길에 시장에서 장을 봐가요."

내가 머리를 쓰다듬어주자 하루는 웃으면서 기뻐했다. 으음, 이 감촉에 중독될 것 같네. 긴 포니테일이 꼬리처럼 흔들리는 게, 꽤 멋지잖아. 하지만 하루 양. 손과 지팡이에 묻은 피는 씻어. 이 상태로 시장에 갔다간 난리가 날 테니까 말이야. 그리고 네 스승인 나에 대한 악평으로 이어질 거야.

"아, 맞다. 사부님 쪽은 어떻게 됐나요? 유괴된 분들은 찾았나요?"

"무사히 지하에서 발견했어. 하루가 구조한 노예는 미드나이트가 보호했고, 사토 일행과 유괴되었던 소녀는 기사단에게 넘겼지. 미드나이트 녀석들이 뒤처리를 해주기로 했으니까, 이제 트론을 확보하면 오늘 일은 끝났어. ……아~ 이토 녀석은 사토한테 억지로 끌려 다니며 이용당했을 뿐인 것 같으니까, 마을 밖으로 도망치게 해줬어. 아마 다시는 이 나라에 오지 못하겠지만, 이 나라의 법에 따라 처벌을 받는 것보다는 낫겠지. 넬한테도 내가 은근슬쩍 말을 해둘게. 머나먼 곳에서 평온하게 살아줬으면 하거든."

"그런가요……. 저도 그 편이 나을 거라고 생각해요. 인생이란 건 포기하지 않으면 어떻게든 되니까요!"

"하하하, 동감이야."

하루처럼 포기하지 않고 노력한다면, 언젠가 레벨업을 했을지도 모르는데 말이야. 그 녀석들이 은총으로 얻은 힘이 정말 아깝다는 생각이 들었다.

"그럼 트론 녀석의 면상이나 구경하러 갈까? 그리고 미드나이트에 넘겨버리자고."

"예~."

그 후, 트론을 미드나이트의 레퀴엠에게 넘긴 우리는 시장을 보러 갔다. 오늘은 고기 요리를 먹을 예정이었지만, 돼지고기 말고 다른 걸 먹었으면 좋겠다. 이야, 뚱뚱하다는 이야기는 들었지만 그렇게 뒤룩뒤룩 살이 찐 돼지 자식일 줄이

야……. 남자인 나조차도 살을 빼야겠다는 생각이 들 정도였
다.

"사부님, 오늘은 확 생선을 먹죠!"

——좋은 생각이다. 그렇게 하자고!

* * *

우리는 시장에서 산 것들이 가득 든 바구니를 들고 집으로
향했다. 집에 도착할 즈음에는 해가 지기 시작했는데, 마침
배도 적당히 고팠다. 하루가 솜씨 좋게 저녁 식사 준비를 하
는 사이, 나는 오늘 보수와 하루의 성장을 재확인했다. 악당
들을 상대로 몬스터와 싸울 때와는 다른 전투를 경험했으니,
한층 더 성장했을 것이다. 하루는 스테이터스만이 아니라, 정
신적으로도 성장을—— 아, 그러고 보니 하루는 원래부터 멘
탈이 괴물급이었지.

"사부님~. 음식이 완성됐으니까, 테이블 위의 돈 좀 치워
주세요~."

"그래, 알았어."

테이블에 산더미처럼 쌓인 보수는 모험가 길드, 미드나이
트, 그리고 국가로부터 받은 것들이다. 미드나이트와 국가로
부터 비밀리에 받은 보수는 그 금액도 상당했다. 아마 이번
일에 대한 입막음 비용도 포함되어 있을 것이다. 내가 그런

귀찮은 일을 벌일 리가 없는데 말이다. 정말 하나같이 걱정이 많다니깐. 뭐, 주는 돈을 거절할 생각은 없지만.

아, 맛있는 냄새가 나는걸. 밥맛 떨어지는 생각은 그만하고, 이 더러운 돈은 빨리 집어넣자.

"짜잔~! 아쿠아파차 느낌으로 만들어봤어요!"

"오오, 맛있겠네."

어패류와 토마토를 넣고 끓여서 만든 요리가 내 침샘괴 위장을 격렬하게 자극했다. 그런데 양이 엄청났다. 이 요리가 담긴 커다란 접시가 테이블의 절반을 차지하고 있을 정도였다. 도저히 남녀 2인분으로 보이지 않을 정도였다. 메인인 생선도 놀라울 정도로 컸다.

나 혼자서는 반도 먹지 못하겠지만, 하루라면 남은 걸 전부 먹어치울 수 있을 것이다. 아니, 대부분 하루가 먹는다. 게다가 요리는 그것만이 아니었다. 다른 요리가 담긴 접시 서너 개가 테이블 위에 놓여 있었다. 전부 맛있는 향기가 피어나고 있는 걸 보면, 맛이 정말 끝내줄 것 같았다. 그런데 말이지, 나도 성장기 때 이렇게 많이 먹지는 않았을 것 같은데.

"오늘도 기분 좋게 땀을 흘린 만큼, 신경 써서 만들어봤어요."

"하루는 항상 신경 써서 요리를 하잖아."

밥그릇이라기보다 대접에 가까운 하루 전용 식기에는 밥이 가득 담겨 있었다. 나 같으면 저 밥만으로 배가 가득 찰 것이다. 일류 운동선수는 에너지도 남들 곱절로 소모한다던데, 하루가 바로 그런 케이스인 것 같았다. 저렇게 많이 먹는다면 키와 가슴에도 영양분이 가면 좋을 텐데. 왠지 안 됐다. 하지만 상대방을 방심시킬 수도 있을 테니, 지금 이대로도——.

"……(지그시~)"

——하루가 밥을 쳐다보며 저렇게 군침을 삼키고 있으니, 일단 식사부터 해야겠다. 내가 먼저 식사를 시작할 때까지 하루는 아무 것도 먹지 않으니까. 하루의 입에서 군침이 흘러나올 것만 같다.

"……잘 먹겠습니다."

"잘 먹겠습니다~!"

뭐, 식사를 시작하면 내가 한 입 먹는 사이에 두 입은 먹지. 음, 맛있는걸.

"그런데 하루. 오늘 얼마나 성장했는지 확인해봤어?"

"에~?"

아니, 왜 똥딴지같은 표정을 짓는 건데.

"식사를 하면서도 괜찮으니까 오늘 성과를 확인해봐. 하루 종일 실전을 치렀으니까 스테이터스가 꽤 성장했을 거야."

"자, 잠깐만요! 지금 확인해볼게요!"

= = = = = = = = = = = = = = = = = = = =
= = = = = = = = = = = = = = = = = = = =

카츠라기 하루나 16세 여자 인간

직업 : 마법사 LV3

HP : 700/700

MP : 52/190(+50)

근력 : 149 내구 : 139 민첩 : 109 마력 : 132(+30)

지력 : 29 손재주 : 64 행운 : 1

스킬 슬롯

◇격투술 LV57

◆어둠 마법 LV28

◆장술 LV45

◇숙면 LV18

◇회피 LV17

◇투척 LV23

= =
= =

스테이터스를 확인한 하루는 송구하다는 눈길로 나를 쳐다
보았다.

"사부님, 직업 레벨이 오르지 않았어요……."

"아, 그건 하루아침에 오르는 게 아니거든? 너 정도면 엄청
빠른 페이스로 레벨업을 하고 있는 거야."

낮에 익혔던 『회피』와 『투척』도 이미 레벨20 전후까지 상승

했다. 하지만 하루는 자신의 노력이 부족했다는 듯 의기소침
했다. 인마, 평범한 사람은 이 경지까지 올라오는 데 10년은
걸린다고.

······하지만 어둠 마법과 창술의 합계치는 73이다. 즉, 직업
레벨이 오르는 날도 멀지 않은 것이다.

"뭐, 좋아. 새롭게 취득한 회피와 투척 스킬은 어떤 느낌이
지?"

"평소보다 정밀하게 몸을 놀릴 수 있게 된 느낌이었어요.
다수의 적에게 한꺼번에 공격을 당해도 간단히 피했고요. 투
척을 할 때도 컨트롤이 쉬워진 느낌이에요. 그리고 투척의 위
력도 상승한 것 같았어요······."

하루의 발언은 정확했다. 그 두 스킬의 특성은 얼추 하루가
말한 대로다.

회피 스킬은 말 그대로 자신을 향해 날아오는 공격에 대한
회피 행동을 쉽게 취하게 해주는 기능이다. 사토 패거리와의
전투에서도 활용했다시피, 접근전을 선호하는 문제아 마법사
인 하루에게 유용한 스킬이다. 안 그래도 합기도 같은 판타지
의 경지에 발을 반쯤 걸친 듯한 무술을 익혔으니, 사용자 본
인의 회피기능도 뛰어나다면 더할 나위 없다. 상승하는 스테
이터스는 민첩에 +3, 손재주에 +1이며, 하루의 스테이터스
중 수치가 낮은 항목을 보완해줬다. 마법사라는 직업과 관련
이 없다는 점이 아쉽지만.

투척 스킬은 물체를 던질 때의 제구력, 구속, 위력을 상승시켜주는 기능이며, 공처럼 동그란 물체로 포크볼 같은 변화구를 던질 때도 보완을 해준다. 특히 하루는 애드버로 만들어 낸 진흙 혹은 그래비로 무겁게 만든 물체를 적에게 던질 때가 많다. 「마법이란 던지는 것」이라는 착각 섞인 발언까지 할 정도다.

하지만 그런 면이 공부보다도 효율적으로 스킬을 성장시키고 있기에, 틀렸다고 말을 해줄 수가 없다. 장래에 『투척하는 마법사』라 불리게 되지 않기만 빌 뿐이다.

참고로 레벨업을 할 때 상승하는 스테이터스는 근력 +2, 손재주 +2다. 당연히 이것도 마법사라는 직업과 전혀 관련이 없는 스킬이다. 보통은 곡예사나 뒷세계의 인간이 익히는 거라고.

뭐, 이번에 익힌 스킬들은 하루의 전투법을 더욱 강화하기 위한 것들이다. 이것으로 때리고 달리는 마법사에 한 걸음 더 다가섰다. 머리를 쓰는 쪽으로는 젬병인 하루라도, 실전을 통해 마법사 레벨을 올릴 수 있게 된 것이다. 유일하게 레벨이 오르지 않은 숙면 스킬 또한, 잠만 자 주면 알아서 성장할 것이다.

"이제부터는 실전만으로 충분할지도 모르겠는걸. 너는 앞으로 요리책 말고 다른 책은 안 읽어도 돼."

"어, 정말인가요?!"

응. 공부는 효율이 나쁘거든. 노력은 인정하지만, 사람에게 적성이라는 것이 있다는 사실을 절실하게 실감했다. 저 환희에 찬 모습이 실상을 구구절절하게 나타내고 있었다.

"그 대신, 매일 자기 전에 MP가 바닥날 때까지 마법을 쓰도록 해. 이제 어둠 마법의 레벨이 20을 넘었으니까, 새로운 마법을 쓸 수 있을 거야."

"새, 새로운 마법······!"

그렇게 눈을 반짝이면서 나를 쳐다보지 마. 네 정도 레벨에서 익히는 마법은 대부분 별거 아니란 말이야. 뭐, 그것도 쓰기 나름이지.

"레벨20이면······『디제』군. 검은 연기를 피우는 마법인데, 보통 눈속임 같은 용도로 쓰지."

"눈속임, 인가요?"

"그래, 눈속임. 기대에 어긋났을지도 모르지만, 이래봬도——."

"——아뇨, 멋진 마법이라고 생각해요! 열심히 익힐게요!"

"그, 그래? 마음에 들었다니 다행이지만······."

저렇게 좋아하는 걸 보면 또 이상한 용도가 생각난 건가? 연기는 던질 방법이 없을 텐데.

"아직 MP에 여유가 있으니까, 나중에 써볼게요!"

"응······. 아, 집안에서는 디제를 쓰지 마. 시야도 가려질 테고, 남들이 화재가 일어났다고 착각할 수도 있거든."

"아, 그렇군요. 조심할게요."

하루는 음식을 전부 먹어치운 다음 설거지를 했고, 욕조에 따뜻한 물을 받았다. 집안일을 마친 후 고대하던 새 마법 시운전! 하고 말하면서 힘차게 뒤뜰 연습장으로 뛰어갔다.

어둠 마법은 곧 레벨30에 도달할 테니, 내일 또 새로운 마법을 익힐 수 있을지도 모른다. 나는 욕조 안의 물에 몸을 담근 채, 내일 이후의 계획을 짰다.

——수행 5일차, 종료.

제5장 권유

──수행 6일차.

한밤중에 볼일이 보고 싶어진 탓에 잠에서 깨어났다. 창밖을 보니, 아직 달이 떠있었다. 항상 아침까지 숙면을 즐기는 나답지 않게 꽤 드문 일이었다. 나이를 먹으면 밤잠이 줄어든다던데, 나도 그럴 나이가 된 걸까……. 으윽, 좀 충격인걸. 숙면 스킬아, 하루처럼 힘 좀 내봐. 사양할 필요 없어. 내가 허락하지.

"……바보 같은 소리는 그만하고, 빨리 볼일 보고 와서 잠이나 자야지. 화장실, 화장실~. 어?"

나는 화장실에 가기 위해 침대에서 빠져나오려고 했다. 하지만 바로 그때, 위화감을 느꼈다. 이불 안에서 다른 이의 온기가 느껴졌다. 마치 이불 안에 고양이가 들어와서 따뜻해진 것 같다고나 할까, 과음을 한 다음날 아침에 정신을 차려보니 여자가 옆에 누워 있었다 같은……. 아, 그때는 진짜로 심장이 멎는 것 같았다.

아무튼, 그런 느낌의── 아, 현실도피는 관두자. 나는 어른이다. 그 어떤 부조리한 일이 벌어지더라도 솔직하게 받아들이자.

"너, 내 침대에서 뭐하고 있는 거야?"

"쿠울……."

자고 있다. 하루가 나를 끌어안은 채, 기분 좋은 듯 내 침대에서 자고 있다. 잠옷인 체육복은 눈에 익었지만, 머리카락을 푼 모습은 꽤 신선…… 그렇지도 않나. 목욕 후에 매번 보니까 말이야.

이야기가 옆으로 샜다. 지금 문제는 왜 하루가 나와 같은 침대에서 자고 있느냐, 다. 아니타가 이 일을 알면 사방으로 소문을 퍼뜨릴 것이다. 그것만은 안 된다. 극악무도한 데리스 씨의 이미지가 붕괴된다. 로리콤보다야 극악무도가 낫다고.

"어이, 하루. 일어나~."

볼을 찔렀다. 우선 내 팔에서 떨어지라고, 이 녀석아.

"……우냐~."

나는 몇 번이나 하루의 볼을 손가락으로 찔렀지만, 그녀는 영문 모를 잠꼬대만 늘어놓을 뿐 일어나지 않았다. 이 녀석, 전력으로 자고 있잖아……! 이렇게 되면 방법은 실력행사뿐이다. 볼을 확 잡아당겨주지!

"우에~……."

"……일어나지를 않네."

볼을 사방팔방으로 잡아당겼지만, 하루는 평온한 표정으로 쿨쿨 잠을 잤다. 왠지 내가 하루의 볼 감촉을 즐기고 있는 느낌이 들었다. 확실히 하루의 볼은 버릇이 될 것만 같을 정도로 부드러웠지만, 내 목적은 그녀의 볼을 만지작거리는 게 아니다. 아침에는 딱 시간에 맞춰 일어나면서, 왜 지금은 깨지

않는 걸까? 어쩔 수 없다. 강제적으로 깨워야겠다.

"──올 큐어."

"……흐응?"

수면을 상태이상으로 여기는, 빛 마법으로 치료했다. 이러면 아무리 깊은 꿈에 빠졌더라도 깨고 만다.

"아, 사부님~. ……좋은 아침이에요~……."

"응, 좋은 아침. 그런데 하루 양. 무릎 좀 꿇어볼래?"

"예……?"

상황을 파악하지 못한 듯한 하루의 손에서 풀려난 나는 일단 그녀를 침대 위에서 무릎 꿇게 했다. 이렇게 될 때까지 눈치를 못 챈 나에게도 잘못은 있다. 그러니 사태의 심각함을 가능한 한 제대로 전달하기 위해, 나 또한 무릎을 꿇었다. 그리고 하루에게 한 번 더 올 큐어를 걸어서 졸음을 완전히 날려버렸다.

"하루, 네가 왜 내 침대에서 자고 있는 거야? 혹시 나를 덮치려는 거야?"

"아뇨. 제가 생각하고 또 생각한 끝에 찾아낸, 깊디깊은 이유 때문이에요."

"호오, 그 깊디깊은 이유가 뭐지?"

"즉, 숙면 스킬의 효율을 높이자 작전이에요!"

"……."

나는 아무 말 없이 하루의 이마에 손을 대며 열이 없는지 확인했다.

"사부님, 저는 감기에 걸린 적이 한 번도 없어요."

"아, 내 의도를 이해했구나. 확실히 열은 없네. ——그런데 감기에 걸린 적 없다는 게 진짜야?"

"당연히 진짜죠. 에헴."

너, 대체 얼마나 건강 우량아인 거냐……. 바보는 감기에 걸리지 않는 건가? 아니, 철저한 건강관리와 하루의 건전한 육체가 그런 결과로 이어진 걸까. 그런 면에 있어서도 전력질주를 하고 있는 것이다.

"하루가 얼마나 대단한지는 잘 알았어. 하지만, 숙면 스킬 어쩌고 작전은 대체 뭐야?"

"숙면 스킬의 효율을 높이자 작전, 이에요!"

그 명칭에 집착하는 것 같네…….

"저는 깨달았어요. 다른 스킬에 비해 숙면 스킬의 레벨이 오르지 않는다는 걸요!"

"흠흠, 그래서?"

안 오르는 게 아냐. 엄청 빠른 속도로 오르고 있단 말이다. 나는 그런 딴죽을 날리고 싶었지만, 일단 하루의 말을 끝까지 들어보기로 했다.

"그 이유를 찾기 위해 고심한 결과, 저는 어떤 사실을 눈치 챘어요. 이 세계로 전이하기 전의 수면과 지금의 수면 사이에 차이점이 하나 존재한다는 사실을요!"

"흠흠, 그게 뭔데?"

"그건—— 애완견인 페로예요!"

"……뭐?"

애완견, 개, 애완동물?

"저는 잘 때 항상 페로를 허그베개로 삼으며 자요. 이런 식으로 가볍게 안은 채 자는 거죠. 요즘에는 숙면 스킬 덕분에 의식하지 않았지만, 역시 저한테 익숙한 방식으로 잠을 자면 레벨이 잘 오를 거라는 생각이 들었어요."

"……그래서, 나를 페로 대신으로 삼겠다는 거야?"

"예! 사부님의 팔은 페로와 거의 비슷한 크기이고, 온기도 딱 적당, 아야얏?!"

나는 하루의 머리에 손날치기를 날렸다.

"으으, 아야야……."

"하루의 행동력은 때때로 무서울 지경인걸. 인마, 자기 스승을 애완견 취급하지 말라고."

"으으, 죄송해요……."

"그리고 너도 일단은 여고생이잖아. 아무리 몸이 빈약하더라도 꽃 같은 나이인 여자애라고. 나 같은 아저씨의 침대에서 함부로 자지 마. 이 세상에는 특수한 성적 취향을 지닌 사람도 있단 말이야. 잿빛끈의 저택에서 너도 봤잖아?"

"예……."

"네가 매사에 전력을 다하는 건 좋아. 하지만 경우에 따라서는 절도를 지킬 필요도 있다고."

내가 이런 말을 할 자격이 있냐고? 그래서 경우에 따라서는, 이라는 말을 붙인 거라고.

"저기, 사부님은 싫으세요?"

"싫지는 않아……. 그래도 아무한테나 이러면 안 된다고."

"저도 아무한테나 이러지는 않아요! 저기, 사부님이니까 이러는 거라고요!"

윽, 그런 소리 하지 마. 우리 관계가 여러모로 복잡해질 수 있단 말이다.

"왠지 아빠 같거든요!"

"……아빠?"

"예, 아빠예요."

그래. 아빠구나. 예상했던 대답과 좀 다르기는 하지만, 이걸 어떻게 받아들여야 할까. 여고생의 아빠 대신이라, 왠지 좀 불온한 느낌이 감도는데 말이야. 이건 아웃일까, 세이프일까…….

"참고로 나와 같이 자보니 어땠어?"

"엄청 쾌적했어요! 사부님의 침대에 들어가자마자 졸음이 바로 몰려오더니, 마음 놓고 푹 잤어요! 숙면 스킬과 사부님의 포옹, 이건 그야말로 최강 조합이에요!"

하루가 이렇게 역설을 하는 걸 보면 확실히 효력이 있기는 한 것 같았다. 이러지 않더라도 하루는 잠을 엄청 잘 자는 것 같지만, 하루 정도는 상황을 지켜보는 것도 좋을 것 같았다.

"······그럼, 오늘만 같이 자는 걸 허락하겠어. 앞으로는 무턱대고 이런 짓을 벌이지 말고 미리 말을 해."

"정말요? 와아~! 사부님, 사랑해요!"

"어이, 끌어안지 마! 괜히 오해 살지도 모른다고!"

"······아빠, 알러뷰?"

"그게 더 문제 발언이거든?!"

이리하여, 우리는 경과관찰을 위해 오늘은 같이 자기로 했다. 내가 깨기 전과 같은 자세가 된 순간, 하루는 곤히 잠들며 고른 숨소리를 냈다. 그냥 잠을 잘 자는 레벨이 아니잖아. 참고로 나는 잠기운이 확 달아난 바람에 좀처럼 잠들지 못했다. 숙면 스킬, 일 제대로 하라고.

──그리고 다음날 아침에 숙면 스킬의 레벨이 오른 것을 보고 또 놀랐다. 동침이 효과적이라는 사실이 입증되자 나는 그 후로 하루와 같이 자기로 했다. 하루와 같은 시간에 잠들게 된 것이다. 즉, 일찍 자고 일찍 일어나는 건강한 생활의 막이 오른 것이다.

* * *

밤에 있었던 일 때문에 잠을 충분히 못잔 탓에, 나는 약간 피곤한 기색을 드러내며 이 집을 찾은 손님을 맞이했다.

"안녕. 좋은 아침이야."

"……안녕. 좋은 아침이네."

그 손님은 긍지 높은 마법기사단의 단장님인 넬 레뮤르였다. 약간 불길한 느낌이 들어서 하루 대신 내가 손님을 맞이하기 잘했다. 일전에는 일촉즉발의 분위기였으니까. 그건 그렇고, 아침 식사 시간에 무슨 일로 찾아온 거지?

"받아, 선물이야."

"이건…… 일전의 케이크야?"

"데리스가 먹고 싶어 했잖아? 이번에는 3인분을 사왔어."

아침부터 케이크냐, 같은 소리는 못하겠는걸. 내 말을 기억해준 건 솔직히 기뻤다. 점심 식사 후에 먹어야겠다.

"항상 고마운걸. 지금 아침 먹고 있는데, 넬은 식사했어? 안 했으면 같이 먹지 않겠어?"

"아직 안 먹었지만, 불쑥 찾아와서 밥까지 얻어먹는 건 좀 그럴 것 같아."

"괜찮으니까 먹어. 넬 한 명 늘어났다고 해서 음식이 부족할 것 같지는 않거든."

"……뭐?"

넬은 우리 집 식탁 사정을 알 리가 없기에 영문을 모르겠다는 반응을 보였다. 뭐, 곧 알게 될 거야. 지난번과 마찬가지로 넬을 거실로 안내하자 우걱우걱 식사를 하던 하루가 넬을 발견했다.

"아, 넬 씨! 좋은 아침이에요!"

"안녕, 하루——. 이 많은 음식은 다 뭐야?!"

우리 집에서는 지극히 평범한 식탁 풍경이에요.

"이, 이건 지난번과 같은 가게에서 사온 케이크인데…… 디저트까지는 못 먹겠지?"

"아뇨, 그만큼 운동을 많이 하면 돼요! 잘 먹을게요!"

"그, 그래? 기뻐해주니 나도 기뻐……."

왕국 최강의 기사님을 우리 집 식사 풍경만으로 움츠러들게 만들다니, 대단한걸. 진심으로 하는 말이다.

나는 식욕이 감소할 기색을 보이지 않는 하루 옆에 넬을 앉힌 후, 케이크를 주방으로 가져갔다. 넬은 소식을 하니까 그녀가 예전에 쓰던 밥그릇에 밥을 적당히 담아서 건네줬다.

"이 정도면 되지?"

"응, 고마워. 잘 먹을게."

이 대화도 왠지 반가운걸. 참고로 넬이 같이 식사를 하게 되었는데도 딱히 평소와 큰 차이는 없었으며, 대부분의 요리는 평소와 마찬가지로 하루가 먹어치웠다. 그래도 배가 가득 차지는 않은 건지, 잘 먹었다고 말하면서 뒷정리를 척척 하더니 케이크와 홍차를 내왔다. 그리고 설거지를 위해 주방으로 다시 돌아갔다.

하루의 행동이 너무 재빨랐기 때문에, 케이크는 점심 식사 후에 먹자는 말을 하지 못했다. 뭐, 넬에게 감사하며 열심히 먹어볼까.

"그런데 오늘은 무슨 일로 온 거야? 어제 일 때문인 거야?"

"대외적으로는 말이지. 요셉이 하도 시끄럽게 굴어서 말이야."

넬은 피로가 묻어나는 목소리로 그렇게 말한 후, 한숨을 내쉬었다.

"으음, 뭐랬더라? 단적으로 말하자면, 보수를 거하게 챙겨줬으니까 이번 일은 비밀로 해달래. 만약 문제가 발생한다면 내가 너를 해치우게 될 테니까, 잘 부탁해."

"흐음, 알았어. 성가신 일은 나도 질색이거든. 입 다물고 있을게."

넬이 의욕이 없는 목소리로 그렇게 말하자, 나 또한 의욕이라고는 눈곱만큼도 느껴지지 않는 목소리로 대충 대답했다. 요셉은 왕국 최강의 실력자인 넬을 나에게 보내서 경고를 할 생각이었겠지만…… 솔직히 말해 이런 느낌이어선 위기감이 눈곱만큼도 느껴지지 않는다. 애초에 나한테 이런 일을 시키고 싶지 않다면, 그쪽에서 관리를 똑바로 하란 말이다.

"뭐, 어차피 이건 사족에 불과해. 이제부터 본론에 들어갈 건데, 실은 너한테 알려줄 중대발표가 있어."

"중대발표?"

뭐야. 드디어 결혼이라도── 아, 저기, 그렇게 노려보지 마. 그리고 내 마음을 읽지 말라고.

"어험! 저기…… 나도 제자를, 들였어."

"……뭐?"

제자? 넬이, 제자를……?!

"열이라도 있어?"

"내가 그런 소리를 들을 만큼 이상한 소리를 했어?"

내가 넬의 이마에 손을 대며 그렇게 말하자, 그녀는 도끼눈으로 나를 노려보았다. 저건 짜증이 살짝 치솟았을 때 짓는 표정이다. 정예 중의 정예인 기사들도 자기들의 단장인 넬의 저 표정을 보면 얼굴이 새파랗게 질린다. 하지만, 아니, 저기 말이야.

"너는 육성 같은 것에는 관심이 없었잖아? 부하인 기사 육성도 방임주의고, 하루 때도 거절했다고 캐논한테서 들었다고."

"그러는 데리스도 마찬가지 아니었어? 흥미가 생기면 열중하는 버릇이 또 튀어나온 거지?"

"으, 그건 그렇지만……."

"나도 이번에는 같은 증상에 걸린 것 같아. 얼마 전에 하루나한테 버금갈 정도로 재미있는 애를 발견했거든. 아마 두 사람은 멋진 라이벌 관계가 될 거라고 생각해."

넬은 우아하게 차를 마시면서 그렇게 말했다. 호오, 내 제자인 하루에게 버금갈 정도라는 거냐. 부하도 제대로 길러본 적 없는 넬이 재미있는 농담을 늘어놓는걸.

"하루와 말이야? 과연 그럴까? 그 정도 인재는 흔치 않을 거라고 생각하는데 말이야⋯⋯."

"언제나 가능성을 부정하지 않는 데리스가 오늘은 꽤나 경박한 소리를 하네."

"아, 제자를 믿는 것도 스승의 도리 중 하나거든."

"흐흥, 그럼 나는 내 제자를 믿겠어."

"" ⋯⋯. ""

찌직. 차분한 위압감이 방안을 가득 채우기 시작하자, 홍차가 담긴 찻잔에 금이 갔다. 그 금은 점점 커지더니——.

"두 분한테서 새오나오는 살기 때문에 식기에 큰일이 났거든요?! 밖에 나가서 싸우세요!"

"" 아, 미안해⋯⋯. ""

하루가 주방에서 얼굴을 내밀며 그렇게 외치자, 거실을 가득 채우고 있던 분위기가 순식간에 흩어졌다. 나와 넬은 하루를 향해 고개를 숙이며 사과했다.

"⋯⋯뭐, 없다고 단정 지을 수는 없지. 이세계에서 온 녀석들도 있으니까 말이야. 딱히 이상할 것도 없어. 나도 좀 흥미가 생기는걸."

"그, 그래? 으음, 실은 말이야, 하루나와 내 제자가 경쟁을 해주면 더욱 강해지지 않을까 싶은데⋯⋯. 그래서, 오늘은 권유를 하러 온 거야."

"권유?"

넬은 손가락을 꼼지락거리며 시선을 피했다.

"기사단의 이번 원정에 내 제자도 데려갈 건데…… 하루나도 참가하면 어떨까 해. 물론 괜찮다면 데리스도 같이 가자."

마법기사단의 원정이란, 평범한 모험가가 처리할 수 없는 흉악한 몬스터를 처리하기 위해 단장인 넬이 직접 기사를 이끌고 정벌 나가는 것을 말한다. 넬이 맡게 되는 임무는 하나같이 최고 난이도의 임무이며, 행군에 참가하는 기사 또한 사지로 향할 각오를 다진다.

——이렇게 표현하면 무시무시하게 들리지만, 실은 넬이 혼자서 흉악한 몬스터를 박살내는 광경을 가까이에서 지켜보는 관광 투어다. 당연히 관계자 이외에는 참가할 수 없지만, 최강자의 힘을 엿볼 수 있기 때문에 기사단 안에서는 꽤 인기가 있다고 한다. 그리고 콧대 높은 귀족이 신입으로 기사단에 들어오면 꼭 이 투어에 강제 참가시켜서 공포체험을 시킨다, 라는 소문도 있다. 진실은 모르는 편이 나을 것이다.

뭐, 그저 넬이 성 안에서 지내기 싫어서 이런 구실을 만드는 것뿐이지만 말이야. 몬스터의 수급과 함께 실적을 가지고 돌아오니, 성 안의 녀석들도 불평을 늘어놓지 못한다던가.

"우리가 참가해도 괜찮은 거야?"

"그 정도는 단장 권한으로 어떻게든 돼. 애초에 누구를 데려갈지 정하는 건 바로 나거든."

아무래도 미리 손을 써둔 것 같았다. 자아, 어떻게 한다. 넬이 싸우는 모습을 볼 기회는 흔치 않고, 넬이 들었다는 제자 또한 어떤 애인지 궁금했다. 결국 어제 처리한 잿빛끈의 녀석들은 실망스러웠던 데다, 하루에게 큰 자극을 주는 것도 나쁘지 않을 것이다.

"그럼 호의를 받아들이도록 할까."

"정말이야?!"

넬은 자리에서 벌떡 일어났다. 의자를 넘어뜨리지 말라고.

"나는 이유도 없이 거짓말을 하지 않는다는 걸 알고 있잖아? 그런데, 어떤 임무야?"

"……아, 으음. 어험. 자칭 마왕을 퇴치하러 가는 거야. 그렇게 위험한 임무는 아니니까 안심해."

카츠라기 하루나

16세 여자 인간

직업 : 마법사 LV3 (77/100)

HP : 755/755

MP : 200/200(+50)

근력 : 154

내구 : 150

민첩 : 113

마력 : 138(+30)

지력 : 31

손재주 : 67

행운 : 1

스킬 슬롯

◆격투술 LV58

◇어둠 마법 LV30

◇장술 LV47

◆숙면 LV22

◆회피 LV18

◆투척 LV24

로쿠사이 치나츠

16세 여자 인간

직업 : 승려 LV4 (151/200)

HP : 50/50

MP : 455/455

근력 : 38

내구 : 20

민첩 : 241

마력 : 272(+60)

지력 : 471(+60)

손재주 : 72

행운 : 173

스킬 슬롯

◇빛 마법 LV81

◇연산 LV70

◆회피 LV52

◆위험감지 LV51

◆검술 LV4

미즈호리 토코

16세 여자 인간

직업 : 격투가 LV5 (333/400)

HP : 1295/1295

MP : 10/10

근력 : 378(+100)

내구 : 297

민첩 : 801(+100)

마력 : 20

지력 : 20

손재주 : 223

행운 : 62

스킬 슬롯

◇격투술 LV99

◇순발력 LV91

◇도약 LV75

◆회피 LV53

◇근성 LV 68

◆대식가 LV42

데리스 파렌하이트

33세 남자 인간

직업 : 마법사 LV? (?/?)

HP : ?/?

MP : ?/?(+?)

근력 : ?

내구 : ?

민첩 : ?

마력 : ?(+?)

지력 : ?

손재주 : ?

행운 : ?

스킬 슬롯

◇ ?

넬 레뮤르

26세　여자　인간

직업 : 검사 LV? (?/?)

HP : ?/?

MP : ?/?

근력 : ?(+?)

내구 : ?

민첩 : ?(+?)

마력 : ?

지력 : ?

손재주 : ?

행운 : ?

스킬 슬롯

◇ ?

어느 현에 존재하는, 흔하디흔한 지방도시. 일본에서는 흔해빠진 지역으로 분류될 이 장소에도 전국에 자랑할 특산품과 특색이 한두 개 정도는 존재하기 마련이다. 그것은 기름이 오른 생선이기도 하고, 혹은 식탁을 아름답게 꾸며주는 채소이기도 했다. 혹은 전통적인 공예품이나 나사 생산량이 어마어마하다는 점이기도 했다.

그럼 이 지역의 자랑거리는 무엇일까? 보통 이런 질문을 받는다면 의견이 갈릴 것이다. 하지만, 아마 이 지역에 사는 남녀노소 전부 한입으로 이렇게 말하리라.

——검도부 중고생들의 실력이 엄청나다, 라고 말이다.

이 이야기는 그렇게 검도 실력이 엄청난 지역에서 살고 있는, 머릿속의 나사가 풀린 것처럼 평범함과는 거리가 먼 소녀, 카츠라기 하루나의 일상을 다루고 있다.

이른 아침, 아직 해도 뜨지 않은 네 시경. 하루나는 항상 이 시간에 잠에서 깨어났다.

"하아암~……."

이불 밖으로 손을 쑥 내밀며 몸을 일으킨 하루나는 크게 하품을 했다. 그리고 베갯머리에 놓인 시계로 현재 시간을 확인했다.

"응, 오늘도 평소와 같은 시간에 일어났네."

정해진 시간에 잠이 들고, 정해진 시간에 일어나는 습관을 완성시킨 하루나에게는 자명종 시계가 필요 없다. 타이머를 맞춰두지 않더라도, 한겨울이라 이불의 온기가 사랑스러워지는 계절이라도, 체내시계와 확고한 의지를 통해 정해진 시간에 일어난다. 게다가…… 그녀와 한 침대에서 같이 자주는 나이스가이가 있기 때문에, 수면의 질 또한 뛰어났다.

"페로, 좋은 아침. 참, 아직 일어나지 마~."

"……왈."

그런 그녀는 오늘도 네 시 정각에 정신을 차렸고, 침대 안에서 자고 있는 애완견 페로를 쓰다듬어줬다. 그러자 페로는 낮은 울음소리를 내더니, 오늘도 기분이 좋다는 듯 눈을 가늘게 떴다.

하루나는 잠옷 삼아 입고 있던 낡은 체육복을 벗고, 아침 훈련용 스포츠웨어로 갈아입었다. 그녀는 이제부터 자신의 일과의 일환인 가벼운 운동을 하러 갈 것이다.

"살금, 살금……."

아직 잠에서 깨어나기에는 이른 시간대다. 다른 방에서 자고 있는 어머니와 동생들을 깨우지 않기 위해, 조용히 집밖으로 이동했다. 하루나는 소리를 내지 않고 걷는 방법을 자연스럽게 터득했다.

──찰칵.

"문단속 완료~."

하루나는 운동을 하러 출발하기 전에 현관문을 잠갔다. 집에 있는 이들의 전투력을 생각하면 도둑이 들어도 별문제는 없겠지만, 그래도 혹시 모르니. 게다가 문을 잠그지 않았다간 어머니에게 혼쭐이 난다.

"출발!"

하루나는 정성들여 준비체조를 마친 후, 경쾌하게 달리기 시작했다. 러닝이라기에는 페이스가 빠르지만, 이것은 어디까지나 가벼운 아침 구보다. 등교 준비와 해야 할 일을 생각하면, 한 시간 정도만 뛸 수 있는 것이다. 그래서 하루나는 더욱 페이스를 높였다. 그러자 그녀의 포니테일이 흩날렸다.

"좋은 아침이에요!"

"어, 하루나. 오늘도 엄청 빠르—— 아, 벌써 가버렸나……."

이 시간대에 러닝을 하는 사람, 혹은 개를 산책시키는 사람들 사이에서 하루나는 약간 명물 취급을 받고 있었다. 귀엽고 싹싹한 인상, 그리고 전력질주를 하는 것처럼 빠른 속도로 뛰는 모습은 그들 사이에서 모르는 사람이 없을 정도로 유명했다.

"안녕, 하루나 양. 오늘도 기분 좋게 뛰고 있네. 자아, 내가 쏘는 거니까 마셔!"

"우왓, 감사합니다!"

전환점에서 마주친 우유배달부가 우유병을 던져주자, 하루나는 그것을 한손으로 움켜잡았다. 그리고 그대로 단숨에 들이켰다. 조그마한 몸집만 봐서는 상상도 안 될 만큼 대식가인 하루나에게 있어, 병 안에 든 우유를 전부 마시는 데는 몇 초도 걸리지 않았다. 이 우유배달부는 하루나가 우유를 마시는 모습을 보기 위해 일부러 이 자리에서 기다릴 때도 있다.

"푸핫, 오늘도 맛있네요!"

"크으~! 여전히 우유를 멋지게 들이키는걸! 아, 병은 회수해갈게."

"항상 고마워요! 이렇게 얻어만 먹으니 정말 면목이 없네요……."

"괜찮아. 그 대신, 다음 대회도 기대할게. 힘내!"

"예! 그럼 가볼게요!"

우유와 십여 초 동안의 휴식을 통해 완전히 회복된 하루나는 아까보다 더 빠른 속도로 달렸다. 그녀는 순식간에 우유배달부의 시야에서 사라졌다.

"어이쿠, 이러다 배달이 늦겠는걸. 나도 빨리 가봐야겠네."

이제부터 향하는 곳이 주택가이기 때문인지, 그가 몰고 있는 바이크의 속도는 왠지 약간 느린 느낌이 들었다.

"하아, 하아, 하아── 도착~! 응, 오늘도 날씨가 좋네!"

하루나가 집에 돌아와 보니 태양이 모습을 드러내며 푸른 하늘을 서서히 비추고 있었다. 페이스 조절 삼아 마을 안을 한 바퀴 돈 후 그녀는 집 안에 들어갔다. 아직 아침 다섯 시이며, 가족들은 꿈나라를 여행하고 있었다. 러닝을 하며 흘린 땀을 샤워로 씻어낸 하루나는 가족들의 아침 및 도시락 준비를 시작했다.

"어제 저녁 반찬이 남아 있으니까, 오늘은 조금만 준비해도 되겠어."

하루나는 그렇게 말했지만, 부엌에는 그녀가 꺼내놓은 식재료가 산더미처럼 쌓여 있었다. 일반가정에서 처리하기에는 지나치게 많은 양이었으며, 또한 여자와 어린애가 먹을 수 있는 양이 아니었다. 그야말로 업무용 식재료라 해도 과언이 아니었다. 하지만 이곳은 카츠라기 씨네 집이다. 세간의 상식이 통하는 곳이 아닌 것이다.

"점화!"

필연적으로 하루나가 사용하는 조리도구 또한 크고 양이 많았다. 가스화로가 몇 개나 있었으며, 그 위에는 대형 프라이팬이 몇 개나 놓여 있었다. 부엌 자체도 요식업계 전문가의 전용 공간처럼 넓었다. 게다가 가족들이 단란히 식사를 하는 공간인 식탁 또한 말도 안 되게 컸다. 아니, 광활했다.

시간을 들여가며 정성들여 요리를 하자, 공복을 자극하는 악마의 향기가 집안을 가득 채웠다. 이 즈음이면 아직 꿈속에 있던 굶주린 동생들이 이 냄새에 이끌려 식탁 앞으로 온다.

"누나, 좋은 아침~……."

"졸려~……."

"좋은 아침이야, 하루히사, 토와. 엄마는 아직 자?"

"으음~ 그런 것 같아……. 앗! 벌써 시간이 이렇게 됐네! 아침 훈련에 늦겠어! 토와, 일어나!"

"세 그릇만 더 먹고~……."

"이 녀석, 반쯤 졸면서 밥을 먹고 있어……. 하아, 아침에 이렇게 정신을 못 차리는 건 엄마를 닮아서 그런가? 누나, 나도 빨리 밥 줘!"

"알았어. 누나는 지금 도시락을 싸고 있으니까, 저기 담아 놓은 걸 가지고 가."

업소용 밥솥의 밥을 바닥이 깊은 도시락통에 담던 하루나는 동생인 하루히사에게 지시를 내렸다. 하루히사와 토와는 초등학생이지만 키는 고등학생인 하루나보다 컸다. 그리고 지금도 쑥쑥 크고 있었다. 이대로 가면 초등학교를 졸업할 즈음에는 170센티를 넘을지도 모른다며 소문이 자자했다. 그런 두 사람 또한 하루나와는 다른 의미에서 주목을 받고 있었다.

""밥 더 줘!""

"직접 퍼다 먹어~."

그리고 그 식욕 또한 하루가 다르게 진화하고 있었다. 이제 업소용 밥솥을 늘려야 할지도 모른다고 생각한 하루나는 부모님과 진지하게 상의를 해보기로 마음먹었다.

""잘 먹었습니다!""

"식사 마쳤어? 그럼 싱크대에 식기를 넣어둬~. 자아, 도시락 완성! 그럼 나도 아침 먹어야지~."

밥으로 된 산이 식탁에 강림했다.

"우와, 누나는 정말 많이 먹는다니깐……."

"저렇게 먹어도 키가 안 크잖아. 대체 먹은 게 어디로 가는 거야? 우리 집의 7대 불가사의 중 하나라니깐~."

하루나 본인이 저 두 사람보다 많이 먹는다는 점이 밥솥 추가의 가장 큰 이유일 것이다.

"에헤헤, 엄마를 닮아서 그럴지도 몰라~. 그것보다, 늦은 거 아니었어?"

"아, 큰일 났다! 뛰어가야겠네!"

"다녀오겠습니다~. 누나도 지각하지 마~."

"나는 학교가 근처니까 괜찮아~. 잘 갔다 와~."

동생들이 집을 나설 즈음, 반으로 된 에베레스트가 3분의 1 정도로 줄어 있었다. 하지만 하루나는 이걸 먹고 밥을 더 먹을 예정이니 아직 식사가 끝나려면 멀었다.

"응~? 일어났나 보네?"

십여 분 후, 이번에는 2층에서 발소리가 들렸다. 계단을 내려오는 이 조신한 발소리는 어머니의 것이다.

"하암~…… 아~ 하루나. 좋은 아침~. 오늘도 식사 준비를 해줘서 고마워~."

이 방에 나타난 사람은 하루나와 키가 거의 비슷하고, 나이도 비슷해 보이는 언니……가 아니라, 하루나의 어머니인 카츠라기 쿠온이었다. 처음으로 만나는 사람은 다들 착각을 할 만큼 젊은 외모를 지녔기에, 실제 연령을 들으면 다들 깜짝 놀라고 만다. 외모만 보면 하루나와 크게 다르지 않아 보이지만, 이래봬도 아이를 셋이나 둔 어머니인 것이다.

"엄마, 아직 졸리지? 목소리가 늘어지고 있네."

"잠이 덜 깼나 봐~. 으음~ 세수하고 올게~."

쿠온은 졸린지 하품을 하면서 세면장으로 향했다. 그녀가 시간을 들여 세수를 하는 사이, 아침 식사를 마친 하루나는 어머니의 아침 식사를 준비했다. 참고로 그 양은── 아마 상상이 될 것이다.

"나, 부활! 와아! 오늘 아침도 참 맛있어 보여, 하루나!"

"아까만 해도 텐션이 바닥을 쳤으면서, 지금은 기운이 넘치네. 아, 엄마. 나도 아침 훈련을 하러 학교에 가봐야 할 시간이니까 설거지 좀 부탁해."

"뭐어? 안 해줄 거니? 그러면 안 되지. 설거지까지가 아침 식사야, 하루나."

"아하하. 마치 집에 돌아갈 때까지가 소풍! 같은 소리네. 나도 그렇고 싶지만, 슬슬──."

──딩동.

하루나가 시계를 보려던 순간, 현관 벨이 울렸다. 하루나는 그 벨을 누른 사람이 누구인지 알고 있는지 교복으로 갈아입고 가방을 준비했다.

"봐, 치나츠도 왔잖아."

"정말~ 어쩔 수 없네~. 그럼 이 엄마가 배웅해줄게."

카츠라기 모녀는 현관으로 이동했다. 그리고 덜컹 하는 소리를 내면서 문을 열었다.

"아, 하루나. 좋은 아침. 아주머니, 좋은 아침이에요."

"좋은 아침이야, 치나츠!"

"좋은 아침~. 치나 양은 오늘도 끝내주는 미인이네."

어찌된 영문인지 쿠온은 자기 딸의 친구인 치나츠를 애칭으로 불렀다.

"아주머니야말로 여전히 아름다우세요. 일전에 엄마가 아주머니한테서 젊음의 비결을 알아내고 싶다고 말했다니까요."

"우후후. 적당한 운동, 적절한 식생활이 비결이란다♪"

"그, 그렇군요……. 가르쳐주셔서 고마워요."

참고로 현재 식탁 위에는 밥으로 된 에베레스트 산이 두 개나 존재했다. 업소용 밥솥도 텅 비었다.

"그럼 엄마, 학교 갔다 올게!"

"응. 차 조심해~. 위험하다고 합기도로 흘려보내면 안 돼. 운전사가 다칠 수도 있거든."

"나는 엄마가 아니라서 그런 거 못해!"

"으, 으음, 그럼 실례할게요. 하루나, 아직 시간적으로 여유가 있으니까 뛰지 않아도 돼."

현관에서 손을 흔들던 쿠온은 하루나와 치나츠가 시야에서 사라질 때까지 두 사람을 바라보았다.

"……으음~ 왠지 불길한 예감이 드네~. 뭐, 저 애라면 악의 조직에 납치되더라도 노력과 근성으로 어떻게든 할 거야. 나와 나가히사의 딸이니까 말이야. 노 프라블럼~ 노 프라블럼~. 그럼 즐거운 식사 시간을 다시 이어가볼까~."

쿠온은 불온한 예감을 받았지만, 그런 불온한 말을 남기면서 집안으로 다시 들어갔다. 카츠라기 가의 기본방침은 『하면 된다』다. 하루나의 아버지이자 쿠온의 남편인 나가히사는 세계적인 모험가인데, 몇 달 전부터 행방불명되었다. 하지만 이 가족은 「뭐, 아버지라면 어디선가 잘 지내고 있을 거야」 하고 낙관적으로 여겼다. 그만큼 그를 신뢰하는 건지, 아니면 죽여도 죽지 않을 거라 생각하는지는 알 수 없었다.

* * *

죠쇼 학원 고등학교, 통칭 죠쇼 학교는 1년 전까지 학력 및 부활동이 전부 평균적인 수준인 고등학교였다. 꽤 머리가 좋은 우등생도 있고, 나쁜 짓을 하는 불량배도 있다. 그런 흔하디흔한 고등학교다. 하지만 최근 들어 운동부, 주로 여자 스포츠부가 대활약을 하고 있었다.

전국에서도 손꼽힐 만큼 수준이 높은 이 지역의 다른 학교와의 검도시합에서 대등한 시합을 벌였다. 그전에는 주목을 받지 못했던 여자 축구, 육상, 배구 등 여러 부활동 또한 각종 대회에서 승승장구를 하면서, 지역 신문에 기사가 날 정도였다.

여자만큼은 아니라 남자 쪽에서도 변화는 일어나고 있었다. 분위기가 남자 쪽까지 전염된 건지, 무패까지는 아니더라도 예전보다 나은 성적을 내고 있었다.

이 상황에서 누구나 품게 되는 의문이 있을 것이다. 왜 이렇게 갑자기 강해진 건가? 그 대답은 의외로 단순했다. 죠쇼학교와 시합을 해본 이들이라면 자연스럽게 그 답을 알게 된다.

"저기저기~ 치나츠~. 학교 수업을 전부 체육이나 가정과 목으로 만들 방법은 없을까?"

"무슨 바보 같은 소리를 하는 거야? 다음 수업은 이동수업이니까 서두르자."

1교시 수학이 끝난 후, 하루나는 책상에 넙죽 엎드리며 그렇게 중얼거렸다. 아침에 보여줬던 활발한 모습은 찾아볼 수가 없었다. 2교시 미술, 3교시 국어, 4교시 영어 수업을 들으면서, 하루나의 머리는 한계에 도달했다. 하면 된다, 매사에 전력, 포기라는 선택지를 버린 하루나에게 있어, 이것들은 뇌를 혹사시키는 행위에 지나지 않았다. 공부를 질색하는 하루나에게 있어, 비축해둔 에너지를 가장 많이 소모하는 일이다.

"드, 드디어 점심시간이 됐네……."

"수고했어. 하루나가 모를 것 같은 부분을 정리해뒀으니까, 나중에 봐."

"치, 치나츠~……!"

치나츠는 하루나를 위해 수업 내용을 알기 쉽게 정리한 전용 공부 노트를 그녀에게 건네줬다. 그러자 하루나는 평소와 마찬가지로 치나츠의 품에 뛰어들며 진심으로 고마워했다.

"정말, 호들갑이 심하다니깐. 중학교 때부터 하던 거니까, 이제 그만 익숙해지는 게 어때?"

"그래도 이루 다 말할 수 없을 만큼 고마워! 이 은혜는 어떤 형태로든 꼭 갚겠습니다!"

"이 학교는 하루나 덕분에 많은 혜택을 받았다고 생각하는데 말이야……. 그것보다, 하루나가 고대하던 점심시간이 됐네."

"아, 그랬지! 에헤헤, 밥 먹자~."

하루나는 가방에서 큼지막한 도시락을 꺼냈다. 치나츠의 도시락보다 훨씬 거대한 저것을 대체 어떻게 저 가방 안에 넣은 걸까? 치나츠는 매번 그것이 의아하게 느껴졌다.

"하루나, 나와 승부하자! 허억, 허억……!"

치나츠가 고개를 갸웃거리려던 순간, 그런 목소리가 들리면서 클래스메이트인 미즈호리 토코가 모습을 드러냈다. 대충 걸치고 있던 교복은 더욱 헝클어졌으며, 온몸으로 땀을 흘

흑철의 마법사 1.재능 없는 제자의 수행담

리며 거친 숨을 내쉬고 있었다. 빵이 가득 들어있는 봉투를 양손에 들고 있는 것을 보면, 점심시간이 되자마자 매점에 뛰어갔다 온 것 같았다.

"아, 토코. 오늘도 같이 먹자~."

"좋아……."

"토코, 매번 하는 말이지만 일단 좀 숨 좀 가다듬어. 자아, 여기 앉아."

"허억, 허억…… 고마워……."

토코는 의자에 앉더니, 잠시 동안 숨을 고르며 체력을 회복했다.

"하루나! 승부다!"

"회복되자마자 승부를 하려는 거야? 그런데 토코, 그 빵은 다 뭐야?"

"흐흥, 좋은 질문이야. 내 라이벌인 하루나 때문에 나는 몇 번이나 쓴맛을 봤거든. 이 굴욕을 씻기 위해서는 하루나의 특기분야로 승부해서 박살을 내줄 수밖에 없어! 그러니까, 도시락 빨리 먹기 승부를 하자!"

"빠, 빨리 먹기 승부…… 토코, 그건 너무 무모하지 않아?"

솔직히 말해 공수도 시합보다 승산이 없다고 생각한 치나츠는 토코를 말렸다.

"흥. 포기하면 그걸로 어쩌고, 같은 말 들어본 적 없어? 하루나가 먹는 도시락의 양을 매일같이 관찰하면서, 얼추 비슷한 양을 준비했지. 치나츠, 네가 평등하게 심판을 봐."

"평등이 아니라 공평인데…… 요즘 들어 쭉 점심을 같이 먹은 건, 이걸 노리고 그런 거구나?"

"시합 전에 첩보활동을 하는 건 기본 중의 기본이거든. 불공평한 승부로 이겨봤자 전혀 기쁘지 않거든!"

"……저기, 빵을 이만큼이나 사는 데 돈이 꽤 들지 않았어?"

"이, 이번 달 용돈이 전부 날아가 버렸지만, 그래도, 뭐……."

토코는 일을 벌인 후에 후회하는 타입 같았다. 아직 승부를 시작하지 않았는데, 토코에게서는 진 듯한 분위기가 흘러나오고 있었다.

"젠장! 왜 하루나는 매일같이 이렇게 말도 안 되는 양의 도시락을 가져오는 건데?! 식비가 얼마나 드는 거냐 말이야……!"

"뭐, 그건 좀 궁금하긴 해."

"아, 우리 집 식비? 으음, 아빠가 항상 계좌로 돈을 보내주니까 식비 걱정 같은 건 한 적 없어."

"어라? 아저씨는 또 행방불명이 됐다고 했잖아?"

"응, 또야~. 진짜 방임주의의 극치라니깐."

"게다가 아저씨는 방랑주의자잖아."

"어이, 그건 아무렇지 않은 투로 할 이야기가 아닌 것 같거

든?"

잠시 후에 펼쳐진 빨리 먹기 대결은 예상대로 하루나가 압승을 거뒀다. 토코는 속이 안 좋은지, 5교시는 양호실에서 보냈다.

* * *

"하아~! 치나츠! 나, 오늘도 살아남았어!"

"저기, 학교는 전쟁터가 아니거든?"

오후 수업이 무사히 끝나자 하루나는 머리에서 검은 연기가 피어나기는 해도 오늘이라는 멋진 하루를 버텨냈다. 방과후는 하루나에게 있어 주무대다. 즉, 즐겁기 그지없는 부활동 시간이 시작되는 것이다.

"으으, 배가 꾸르륵거려……."

"어머? 토코, 어디 가는 거야? 곧 공수도부의 연습이 시작되잖아?"

"그, 그게 꽃 좀 따러……."

"토코, 너 괜찮아?! 그런 말은 대체 어디서 배웠어?!"

한편, 토코는 오늘이라는 나날과 여전히 싸우고 있었다. 토코가 평소 같으면 절대 쓰지 않을 표현을 입에 담자, 주위에 있던 친구들이 진심으로 그녀를 걱정했다. 사실 토코는 정신이 반쯤 나간 상태였다.

"왠지 시끌벅적하네."

"자업자득이지만 말이야⋯⋯. 그런데 하루나는 오늘 어느
부에 갈 거야?"

"으음, 오늘은 축구부? 연습 시합이 있다니까, 도우미로 경
기를 뛸 거야."

하루나는 이 학교에 있는 온갖 운동부에 소속되어 있다. 여
차할 때 도우미로서 경기에 주전으로 참가하기도 하며, 경기
내외적으로 막대하게 공헌하고 있다. 그냥 실력이 좋기만 한
것이 아니라 가르치는 것도 잘하기 때문에, 팀 전체의 실력
향상에도 기여해 각 운동부가 좋은 성적을 내는 데 기여하고
있다.

"치나츠한테는 항상 고마워하고 있어~. 내가 다른 사람들
과 사이좋게 지낼 수 있는 건 치나츠 덕분인걸! 진짜 고마워!"

"정말, 너무 고마워하지 마! ⋯⋯나는 하루나와 다른 사람
들 사이에서 징검다리 역할을 했을 뿐이야. 응. 나는 조금 거
들었을 뿐인걸. 전부 하루나가 자기 힘으로 해낸 거야."

하지만 그 과정에서, 꽤 문제가 발생했다. 그걸 해결하면
서, 하루나와 치나츠는 더욱 가까워진 것이다. 그 문제가 무
엇이냐면――.

"자아, 이 이야기는 이걸로 끝! 지나간 일 말고, 앞으로의
일을 신경 쓰자!"

"응~."

——그 이야기는 다음에 하도록 하겠다.

"치나츠는 이제 검도부에 갈 거지? 요즘 들어 자주 얼굴을 못 비쳐서 미안해. 축구부 부활동이 끝나면 바로 튀어갈게!"

"너무 무리하지는 마. 하루나의 연습 빈도를 줄이지 않으면, 다른 부원이 네 상대가 되지 못하는걸."

치나츠는 농담 삼아 그렇게 말했지만, 내용상으로는 꽤 핵심을 찌르고 있었다.

"게다가 오늘은 학생회 일도 도와야 하거든. 행사 관련으로 상의할 게 있다니까 꽤 시간이 걸릴 것 같아. 아마 나도 오늘은 도장에 못 갈 것 같네."

"오오~ 역시 치나츠! 학생회장도 치나츠한테 의지하는구나. 차기 학생회장 자리는 치나츠 거라는 소문이 돌 만도 해."

"그렇지 않아. 일개 학급 반장으로서 의견을 내놓으려는 것뿐이야. 사실 나도 하루나처럼 부활동에 집중하고 싶지만——."

"저기~ 로쿠사이 양 있니~? 선생님 좀 도와주렴~. ……부탁이야~……."

복도에서 고개를 쏙 내민 담임교사가 무거워 보이는 서류 다발을 안아든 채 필사적으로 치나츠를 찾고 있었다. 아직 20대인 이 신임교사는 내성적인 편이며, 곤란한 일이 벌어질 때마다 성심성의껏 자신을 도와주는 치나츠에게 기대는 버릇이 생겼다. 오늘도 금방이라도 울음을 터뜨릴 듯한 표정으로 치나츠를 찾아왔다. 아마 몇 십 초 후면 그녀는 무너지듯 풀썩 주저앉고 말 것이다.

"하아, 저 표정을 보면 무심코 도와주게 된다니깐."

"아하하, 학생회에 가기 전에 해야 할 일이 생겼네. 나도 도와줄까?"

"아냐. 축구부 사람들이 기다리고 있을 거잖아? 나는 괜찮으니까, 그쪽에 전념해."

"라져~! 그럼 치나츠, 내일 봐!"

"응, 내일 봐. 복도를 뛰는 학생에게 합기도를 쓰면 안 돼. 당한 애가 다칠 수도 있거든."

"나는 우리 엄마가 아니거든? 그런 기술은 못 써!"

치나츠는 손을 마구 휘두르면서 현관으로 향하는 하루나를 쳐다본 후, 담임이 들고 있던 서류를 대신 들었다. 그리고 교무실까지 그 서류를 옮겼다. ……의외로 무거웠다.

"고마워~ 로쿠사이 양~. 당신이 없었으면, 나는 이 서류의 산에 파묻혀버리고 말았을 거야."

"선생님, 오버가 너무 심한 거 아닌가요? 그럼 저는 이제 학생회실에 가봐야 하니 이만 실례——."

"——어, 로쿠사이구나. 마침 잘됐군. 학생에게 물어보고 싶은 게 있거든. 기탄없는 의견이 듣고 싶으니, 잠시 시간을 내주지 않겠니?"

"예?"

"아, 그 일 말이군요. 확실히 로쿠사이 양은 믿음직하니까 딱이라고 생각해요~. 로쿠사이 양, 차 끓여올 테니까 여기 잠시 앉아 있어~."

"예엣?"

교무실에 도착하자마자 새로운 일이 생겼다. 결국 치나츠는 교사들의 부탁을 두 번 정도 더 들어준 후에야 학생회실로 향할 수 있었다. 오늘도 치나츠는 많은 이들에게 도움을 주고 있었다.

*　*　*

치나츠가 남들의 부탁을 들어주느라 동분서주할 즈음, 하루나는 건물 입구로 향했다. 여자 축구부 부실은 운동장 인근에 있기 때문에, 신발을 갈아 신고 밖으로 나가야만 한다. 다른 학생들이 부활동을 하러 가는 가운데, 하루나도 신발장을 열고 신발을 꺼내려 했다.

"응?"

신발을 꺼내려던 순간, 손가락 끝에서 기묘한 감촉이 느껴졌다. 아무래도 종이 같은 게 신발장 안에 들어있는 것 같았다.

"뭐지? 편지인가?"

하루나가 그것을 꺼내보니 글자가 적힌 봉투였다. 신발장에 들어있는 봉투라 여러모로 의미심장했다. 하지만 하루나는 딱히 개의치 않으면서 그 봉투 안에 든 종이를 꺼냈다.

"으음, 도전장―― 아, 토코가 보낸 거네."

봉투 안에 든 종이를 읽어보지 않더라도, 봉투에 큼지막하게 적힌 글자만 봐도 내용이 짐작됐다. 그래도 일단 내용을 확인해봤다.

『도전을 하고 싶었지만, 과식을 하는 바람에 컨디션이 안 좋으니까 오늘은 무리야. 내일 다시 덤비겠어!』

결국 도전은 하지 않으려는 것 같았다. 하루나는 도전을 받는 게 아니라 같이 놀자는 약속을 잡는 느낌으로 그 문장을 읽었다. 그리고 그제야 도전장 밑에 편지가 한 통 더 있다는 사실을 눈치챘다. 그것도 읽어봤다.

『오늘 방과 후, 학교 옥상으로 와주세요. 카츠라기 양에게 할 말이 있습니다.』

그 편지에는 인사를 생략하고 본론만 적혀 있었다. 신발장에 넣어두는 편지란 보통 이런 것이리라는 생각이 들었다. 즉, 러브레터다.

"어? 이건 누가 보낸 도전장이지? 으음, 옥상은 위험할 것 같은데 말이야~. 잘못해서 떨어지기라도 하면, 그대로 저세상 행인데……."

하지만 그 편지의 의미가 하루나에게 제대로 전해졌다고 보기는 힘들 것 같았다. 요즘 들어 토코에게 시도 때도 없이 도전을 받았던 하루나는 이 편지가 도전장이라고 단정 짓고 있었다.

"다른 반…… 누구지? 남자라는 건 알겠는데, 어떤 격투기 경험자인지는 모르겠네. 으음~. 뭐, 가보면 알 수 있겠지!"

하루나는 러브레터를 도전장으로 착각한 채 옥상을 향해 출격했다. 토코가 지은 죄업은 무거웠다. 그리고, 무대는 결전의 장소로 바뀌었다.

"──카츠라기 양, 저와 교제해주세요!"

(교제? 아, 교류를 나눌 겸 손속을 겨루고 싶은 건가?)

토코의 죄업은 꽤나 무거웠다. 흔하디흔한 착각에 사로잡힌 하루나지만, 그녀는 도전을 거절한 적이 한 번도 없다. 도전을 받아주고, 정정당당히 싸워서 박살을 내준다. 그것이 도전해준 자에게의 예의이며, 봐주는 것은 실례라고 생각하는 것이다.

이 학교의 운동부들을 비약적으로 진보시킨 하루나는 교내에서 모르는 사람이 없을 정도로 유명했다. 그 공적은 물론이고, 사랑스러운 외모와 아담한 체구는 남학생들 사이에서 인기를 모았다. 팬마저도 있을 정도다. 이 날, 용기를 내 하루나에게 고백을 한 이 남학생도 그런 팬 중 한 명이다. 지금까지 하루나와 접점이 없었으며 대화를 나눈 적도 없다.

"좋아요. 결투를 받아주죠."

"어? 정말 받아── 어? 결투?"

한순간, 고백에 성공했다고 생각하며 뛸 듯이 기뻐했던 남학생이 영문을 모르겠다는 반응을 보였다. 뭐, 뭔가 이상했다. 게다가 하루나는 격투기 자세를 취했다. 남학생은 다시 상황을 정리했다.

(······서, 설마, 자기보다 약한 남자에게는 흥미가 없다! 같은 걸까?!)

아쉽다. 하지만, 해석 자체는 정답이다.

"조, 좋아. 나도 남자야! 어디 한번 해보자고, 카츠라기 양!"

남학생은 의욕을 불태웠다. 싸움을 해본 적이 없을 이 솔직한 소년은 하루나의 자세를 어설프게 흉내 냈다. 착각에 착각이 더해진 결과, 두 사람은 결투를 벌이게 되었다.

"좋은 마음가짐이에요! 저도, 전력을 다하죠!"

"우, 우오오오오————!"

그는 하루나를 향해 주먹을 휘두르는 것을 잠시 동안 주저했다. 주저하고 말았다. 여자에게 폭력을 휘두른다는 것은, 게다가 그 상대가 좋아하는 여자라면, 상식적으로 생각할 때 머뭇거리는 게 당연했다. 그는 아무런 잘못도 범하지 않았으며, 올바른 인간으로서 당연한 행동을 취했다.

하지만 하루나에게 빈틈을 보인 순간, 이미 그는 승부를 포기한 것이나 다름없었다. 하루나는 그 짧은 틈에 일격으로 이 남학생을 기절시킬 수 있는 것이다. 게다가 그는 하루나의 눈을 보고 말았다. 방금까지만 해도 사람을 잘 따르는 애완동물 같던 눈과는 명백하게 달랐다. 저것은 자신을 사냥하려 하는, 압도적 강자의 눈이다.

기백, 존재감, 압박감. 그 모든 것이 변모한 하루나를 본 순간, 그는 숨을 삼키며 그대로 얼어붙었다. 마치 뱀과 마주친 개구리 같았다. 만약 하루나가 **움직이지 않았다면**, 그는 그대로 엉덩방아를 찧었을 것이다.

──행동은 개시한 하루나는 그 남학생의 시야에서 사라졌다. 몸을 앞으로 기울이며 바닥을 기듯 쇄도한 하루나를, 그는 완전히 놓치고 말았다.

"어…….."

하루나의 하단 발차기가 상대방의 발목에 완벽하게 들어갔다. 남학생의 발바닥이 바닥에서 떨어지더니, 그의 몸은 허공에 잠시 떠올랐다. 바로 이때, 그의 시야에는 푸른 하늘이 펼쳐져 있었을 것이다. 남학생은 얼이 나가 있었으며, 그의 머릿속은 새하얗게 표백되어 있었다. 하지만 그것조차 허락하지 않는다는 듯, 곧 등에서 강렬한 통증이 느껴졌다. 잠시 동안의 공중산책을 마친 후, 등이 그대로 옥상 바닥에 내동댕이쳐진 것이다.

"아얏──."

그는 아픔을 목소리라는 형태로 드러낼 틈조차 없었다. 반사적으로 감았던 눈을 떠보니, 푸른 하늘은 보이지 않았다. 그 대신 방금 사라졌던 하루나가 주먹을 휘두르려는 자세를 취하고 있었다. 기왓장 깨기의 요령으로 주먹을 휘두르려는 건가? 텔레비전이나 격투기 시범에서 본 적이 있지만, 이 시점에서 보는 건 처음이리라. 그렇기에 무슨 일이 일어났는지 이해하지 못했고…… 무시무시한 눈길로 쳐다보고 있는 하루나가 주먹을 휘두를 때까지 손가락 하나 까딱하지 못했다.

"제가 이긴 거죠?"

"……."

아마 남학생의 안면을 분쇄했을 하루나의 철권은 그의 얼굴에 닿기 직전에 정지됐다. 하루나가 다시 사랑스러운 표정을 짓자, 남학생은 나름 결의를 다지며 임한 이 싸움이 끝났다는 것을 깨달았다.

"……내가, 졌구나."

"예. 그래도 멋진 파이트였어요."

그 사실을 깨닫고 가장 먼저 느낀 감정은 분함도, 슬픔도 아니라 자신이 살아있다는 사실에 대한 실감과 안도였다. 소년은 진심으로 이해했다. 카츠라기 하루나는 자신의 품에 넣을 수 있을 만큼 작은 그릇이 아니다. 인간이기는 하지만, 자신과 다른 세계에 사는 주민인 것이다.

"……나와 싸워줘서 고마워. 덕분에 마음이 정리됐어."

"그런가요? 으음, 잘된 건가요?"

여전히 착각에 사로잡혀 있는 하루나를 본 소년은 무심코 쓴웃음을 흘렸다. 그는 하루나가 자신의 사랑 고백을 받았다는 걸 눈치채지 못했음을 깨달았다.

"카츠라기 양에게 매일 도전하는, 그 잿빛머리 애는 정말 대단하네."

"토코 말인가요?"

"아, 응. 그 애 말이야. 그녀가 카츠라기 양에게 도전하는 걸 몇 번이나 봤지만, 그중에는 시합 형식으로 싸울 때도 있었어. 나와 같은 일을 겪은 적이 몇 번이나 있을 텐데…… 사람은 겉모습만 보고 알 수 없네. 응. 좋은 공부가 됐어. 그 애도 정말 대단해."

"물론이죠. 토코는 제 라이벌인걸요!"

남학생은 바닥에 쓰러진 채 하늘을 올려다보았다. 푸른 하늘이 끝없이 펼쳐져 있었다.

* * *

옥상에서의 결투를 마친 하루나는 당초 예정대로 축구부로 향했다. 생각했던 것보다 시간이 걸린 바람에, 약속 시간에 겨우겨우 도착할 것만 같았다. 하지만 그건 어디까지나 평범한 이들이라면 그럴 거라는 이야기이며, 하루나는 꽤 여유롭게 도착했다.

"기다리게 해서 죄송해요~! 카츠라기 하루나, 막 도착했어요!"

"아, 카츠라기 양! 와줘서 고마워. 항상 약속 시간보다 일찍 왔는데 오늘은 좀 늦는 것 같아서 약간 걱정했어."

"죄송해요. 급한 볼일이 생긴 바람에……. 으음, 이미 상대 팀은 온 것 같네요."

"응. 예전 챔피언은 의욕이 넘치는 것 같아."

축구부의 탈의실 쪽을 쳐다보니, 다른 학교 학생이 유니폼 으로 갈아입고 나오고 있었다. 오늘은 평일이지만 상대 팀은 오전에 수업을 마치고 연습 시합을 하기 위해 이곳에 온 것 같았다. 이 지역의 지난번 우승팀, 즉 작년까지는 전혀 두각 을 나타내지 않았던 죠쇼 학교에게 지난 대회에서 져버린, 자 이언트 킬링을 당한 팀이다. 그래서 그런지 오늘은 설욕을 하 기 위해 열의를 불태우고 있었다.

"어, 카츠라기 하루나 아냐……?"

"그래. 카츠라기야."

"저 애가, 카츠라기……."

백전연마의 실력자인 그녀들은 방금 도착한 하루나를 주목 했다. 지난 대회의 결승전에서 도우미로 참전한 하루나는 연 속 득점을 한 MOM(맨 오브 더 매치)이었다. 그렇기에, 예전 챔피언이 가장 주시하고 있는 선수 또한 하루나였다. 최정상 선수들로부터 날카로운 시선을 한몸에 받자, 하루나는 의욕 이 샘솟았다.

"후훗, 정규 부원보다 주목받고 있네. 샘이 날 것 같아. 뭐,

지난번 시합에서 그렇게 대활약을 했으니 당연할지도 몰라."

"영광이에요!"

"으, 응…… . 전부터 생각했던 건데, 카츠라기 양은 멘탈이 정말 끝내주는 것 같아."

"어, 그런가요?"

"자각을 못하나 보네."

하루나에게 있어 지난번 축구 시합은 강호 팀을 큰 점수 차로 대파한 최고의 시합이었다. 그렇게 패배한 팀이 자신을 적으로 인식하며 최대한 노력한 끝에 이렇게 다시 도전한다는 행위에는 경의를 표할 수밖에 없었다. 그러나 하루나는 그 도전을 받아준 후, 그 상대를 다시 쓰러뜨리는 것을 정말 좋아했다.

"하지만 카츠라기 양에게 의지하기만 하는 건 여자 축구부로서 좀 부끄러워. 카츠라기 양, 오늘은 우리 실력만으로 얼마만큼 싸우고 있는지 시험해 보고 싶어! 벤치에서 시합을 지켜보면서, 우리에게 부족한 부분을 조언해줬으면 좋겠어!"

"예?"

그래서, 유감스럽게도 이런 상황은 예상하지 못했다.

"저기, 벤치보다는 필드 안에서 주위가 잘 보일 것 같은데……."

"안 돼. 카츠라기 양이 출전하면, 저 사람들은 카츠라기 양을 죽어라 마크할 거야. 그러면 평소와 다를 게 없잖아? 걱정하지 마. 우리도 카츠라기 양의 지도 덕분에 엄청 성장했거든. 우리끼리도 얼마든지 싸울 수 있다는 걸, 오늘 보여주겠어!"

"아, 예……."

팀메이트들은 엄지를 치켜들며 환한 미소를 지었다. 그녀들의 제안은 선의에서 우러난 것이겠지만, 아쉽게도 그것은 하루나가 원하는 선의와는 완전히 정반대였다.

"그, 그래요……. 그럼, 저는 벤치에서 지켜볼게요……."

하루나는 힘없이 엄지를 치켜들었다. 왠지 그녀의 트레이드마크인 포니테일 또한 축 늘어져 있는 느낌이 들었다. 이럴 때는 다른 일에 정열을 불태워야만 한다.

"어라? 카츠라기 양, 어디 가는 거야?"

"시합이 시작되려면 아직 멀었죠? 잠시 그라운드 주위를 뛸까 해서요. 아무 것도 안 하며 가만히 있으려니까, 좀이 쑤시네요……."

"그래? 너무 무리하지는 마."

"예. 그럼──."

다음 순간, 하루나가 서있던 장소에서 흙먼지가 휘날렸다. 그리고, 엄청난 속도로 그라운드 주위를 뛰고 있는 하루나의 모습이 눈에 들어왔다. 울분을 발산하려는 듯, 하루나는 전력을 다해 내달리고 있었다.

"어, 어이. 카츠라기 하루나가 몸을 풀고 있어! 역시 요주의

인물이야!"

그러자 자연스럽게 상대팀의 시선이 그녀에게 쏠렸다.

"카츠라기 양은 일부러 상대팀의 주의를 끌어서 우리를 도와주려는 거야……. 다들, 카츠라기 양을 위해서라도, 오늘 꼭 이기자!"

"""예!"""

그게 아니다. 하루나는 그런 이유로 뛰는 게 아니지만, 결과적으로 여자 축구부의 결속력이 강해졌다.

"으으~ 이렇게 될 줄은 몰랐네……. 어?"

하루나는 마음속으로 분통을 터뜨리면서 그라운드를 몇 바퀴나 뛰었다. 하지만 그녀에게 아니, 그녀의 클래스메이트 전원에게 이변이 일어나려 하고 있었다. 허공에 흩날리는 흙먼지, 리프팅을 하고 있는 학생의 공, 하루나의 시야에 보이는 광경이 전부 정지됐다. 그녀의 발치에 어느새 생겨난 마법진이 빛나더니, 일상은 비일상으로 뒤바뀌고 말았다.

후기

『흑철의 마법사1 재능 없는 제자의 수행담』을 구매해주셔서 감사합니다. 두 번째 시리즈를 내놓게 되어 텐션이 올라간 마요이 도후입니다. WEB소설판에 이어 이 책도 구매해주신 독자 여러분, 항상 구독해주셔서 감사합니다.

요즘 들어 사무업무가 많아져서 그런지, 아니면 나이가 들어서 그런지, 복부가 신경 쓰일 정도로 출렁대기 시작했습니다. 이래서는 안 된다 싶어서 일부러 시간을 내서 조깅을 시작해 봤습니다만, 학창시절 이후로 제대로 된 스포츠를 해본 적이 없어서 그런지 수십 분 정도 뛰었는데 호흡곤란 상태가 되었습니다. 달린 후에도 오랫동안 휴식을 취해주지 않으면 작업에 임할 수가 없었기에, 결국 워킹으로 체인지했습니다. 이러니 얼마든지 할 수 있을 뿐만 아니라, 걸으면서 소설 구상도 할 수 있더군요. 한 시간 정도 걸었는데도 몸에 가해지는 부담은 얼마 되지 않았습니다! 제 나이에 맞는 운동을 하며, 출렁거리는 복부를 쏙 들어가게 만들까 합니다.

사생활에 문제가 있나 싶어 살펴봤습니다. 저는 술도, 담배도, 도박도 안 하니 살찔 요소가 없습니다. 그러니 운동만 좀 해주면 살을 뺄 수 있대이! 하고 생각했는데, 집필 중에 초콜릿을 마구 먹어대는 게 문제더군요. 하지만 당분 없이는 머리가 돌아가지 않는데……! 그래도 최대한 자제하고 있습니다. 올해 안에 체중을 원래 수준으로 돌려놓는 게 목표죠. 으음, 커피를 너무 많이 마시는 것도 위험할 것 같은데…… 술보다는 낫겠지만 말이죠. 어쩌면 좋을까요.

그럼 저에 대한 이야기는 이만하기로 하고, 『흑철』에 대해 이야기를 할까 합니다. 데리스와 하루나의 왁자지껄 스토리는 어떠셨나요? 제가 좋아하는 걸 마음 가는 대로 쓴지라, 너무 폭주한 건 아닌지 모르겠습니다. 그게 정말 걱정이에요. 하지만 쓰면서 즐거웠으니 잘됐다고 생각할까 합니다. 본문을 읽은 독자 여러분은 알고 계시겠지만, 1권에서는 데리스와 하루나가 대부분의 분량을 차지했습니다. 하지만 다음 권부터는 넬과 치나츠도 활약할 겁니다. 앞으로도 많은 기대 부탁드립니다. 눈곱만큼 기대하지 않는 분도, 조금은 기대해주세요……!

이번에는 제가 집필한 다른 시리즈인 『검은 소환사』와 동시에 간행되면서(코미컬라이즈 판도 포함하면 트리플 간행), 지금까지 경험해본 적 없을 만큼 바빴습니다. 기본적으로 서적 작업을 해야 했고, 특전도 집필해야 했죠. 게다가 오버랩 측의 대감사제 시기와 겹치는 바람에, 담당 편집자와 함께 피를 토하는 심정으로 에너지 음료를 마시며, 컴퓨터 앞에서 손가락을 놀려야했습니다! 아무튼, 진짜 난리도 아니었습니다. 하지만 고생을 한 만큼 기쁨도 컸습니다. 책이 완성되었을 때

느낀 달성감은 정말 어마어마했죠. 그렇게 완성된 이 시리즈를 독자 여러분이 읽고 조금이라도 즐겨주시면 감사하겠습니다.

마지막으로, 『흑철의 마법사』를 제작하는 과정에서, 귀여운 하루나와 수상쩍은 데리스, 그리고 다른 캐릭터들을 매력적인 그림으로 표현해주신 일러스트레이터 뉴무 님, 교정자 님, 그리고 가장 중요한 독자 여러분에게 진심으로 감사드립니다.

그럼 다음 권에서 다시 뵐 수 있기를 빌며, 앞으로도 『흑철의 마법사』를 잘 부탁드립니다.

마요이 도후

◆ 당신은 언제나 옳습니다. 그대의 삶을 응원합니다. — 라의눈 출판그룹

흑철의 마법사
1. 재능 없는 제자의 수행담

초판 1쇄   2019년 3월 15일

지은이 마요이 도후   일러스트 뉴무   옮긴이 이승원
펴낸이 설응도   기획 조동현   편집주간 안은주
영업책임 민경업   디자인책임 조은교

펴낸곳   라의눈

출판등록 2014년 1월 13일(제2014-000011호)
주소   서울시 강남구 테헤란로78길 14-12(대치동) 동영빌딩 4층
전화   02-466-1283   팩스   02-466-1301

문의(e-mail)
편집 editor@eyeofra.co.kr   마케팅 marketing@eyeofra.co.kr
경영지원 management@eyeofra.co.kr

ISBN   979-11-89881-03-0 (04830)
       979-11-89881-02-3 (04830) (set)